ОСТАТОК ДНЯ

КАДЗУО ИСИГУРО

Санкт–Петербург
ДОМИНО

Москва
ЭКСМО

2007

УДК 82(1-87)
ББК 84(5Япо)
И 85

Kazuo Ishiguro

THE REMAINS OF THE DAY

Copyright © 1989 by Kazuo Ishiguro

Перевод с английского *Владимира Скороденко*

Составители серии *Александр Гузман, Александр Жикаренцев*

Оформление серии *Сергея Шикина*

Исигуро К.

И 85   Остаток дня: Роман / Кадзуо Исигуро; [пер. с
англ. В. Скороденко]. — М.: Эксмо; СПб.: Домино, 2007. — 304 с. — (Интеллектуальный бестсел-
лер).

ISBN 978-5-699-21553-9

Урожденный японец, выпускник литературного семинара Маль-
кольма Брэдбери, написал самый английский роман конца XX века!
Дворецкий Стивенс, без страха и упрека служивший лорду Дарлингтону, рассказывает о том, как у него развивалось чувство долга и
умение ставить нужных людей на нужное место, демонстрируя поистине самурайскую замкнутость в рамках своего кодекса служения.
Недаром роман получил Букера (пожалуй, единственное решение
Букеровского комитета за всю историю премии, ни у кого не вы-
звавшее протеста), недаром Б. Акунин выпустил своего рода ремейк
«Остатка дня» — «Коронацию»!

УДК 82(1-87)
ББК 84(5Япо)

Памяти миссис Леноры Маршалл

Пролог, июль 1976 год.

I

Дорнигерэль-холл

Пролог: июль 1956 года

∎

Дарлингтон-холл

Все вероятней и вероятней, что я и в самом деле предприму поездку, которая занимает мои мысли вот уже несколько дней. Поездку, нужно заметить, я предприму один, в удобнейшем «форде» мистера Фаррадея; направлюсь же в западные графства, что, как я ожидаю, позволит по дороге обозреть много красивейших мест сельской Англии. В Дарлингтон-холле, таким образом, меня не будет дней пять, а то и шесть. Идея путешествия, должен я подчеркнуть, принадлежит мистеру Фаррадею, который пару недель тому назад самолично сделал мне это в высшей степени любезное предложение, когда я протирал портреты в библиотеке. Если не ошибаюсь, я как раз стоял на стремянке и вытирал пыль с портрета виконта Уэзебери, когда вошел хозяин со стопкой книг, каковые он, вероятно, собирался поставить на полку. Увидев мою персону, он воспользовался случаем и сообщил, что сию секунду принял окончательное решение отбыть в Соединенные Штаты на пять недель в августе — сентябре. Объявив об этом, хозяин положил книги на стол, уселся в *chaise-longue** и вытянул ноги. Глядя на меня снизу вверх, он сказал:

— Послушайте, Стивенс, мне вовсе не нужно, чтобы все время, пока меня не будет, вы сидели взаперти

---

* Шезлонг *(фр.)*.

в этом доме. Почему бы вам не взять машину да не съездить куда-нибудь на несколько дней? Поглядеть на вас, так отдых очень даже пойдет вам на пользу.

Предложение это обрушилось на меня так неожиданно, что я, право, не знал, что и сказать. Помнится, я поблагодарил его за заботу, но, видимо, не ответил ничего определенного, потому что хозяин продолжал:

— Я серьезно, Стивенс. Мне и в самом деле кажется, что вам следует отдохнуть. Бензин я вам оплачу. А то вы, ребята, всю жизнь торчите в этих старых особняках, всегда при деле, так где же вам выкроить время поездить по своей прекрасной стране?

Хозяин не впервые заговаривал на эту тему; больше того, это, кажется, по-настоящему его беспокоит. На сей раз, однако, мне прямо на стремянке пришло в голову, как можно было бы ответить; ответить в том смысле, что лица нашей профессии, хотя и нечасто видят страну, если понимать под этим поездки по графствам и осмотр достопримечательностей, на самом деле «видят» больше Англии, чем многие прочие, благо находятся в услужении там, где собираются самые важные дамы и господа государства. Разумеется, все это я мог изложить мистеру Фаррадею, лишь пустившись в объяснения, которые, не дай бог, показались бы самонадеянными. Посему я ограничился тем, что просто сказал:

— Я имел честь видеть лучшее, что есть в Англии, на протяжении многих лет, сэр, в стенах этого дома.

Вероятно, мистер Фаррадей меня не понял, потому что продолжал:

— Нет, в самом деле, Стивенс. Чтоб на собственную страну да не посмотреть — это никуда не годится. Послушайте моего совета, выберитесь из дому на несколько дней.

Как и следовало ожидать, в тот раз я отнесся к предложению мистера Фаррадея недостаточно серьезно, посчитав это очередным проявлением незнакомства американского джентльмена с тем, что принято и что не принято в Англии. Потом я, правда, изменил отношение к этому предложению, больше того, идея автомобильной поездки на Западное побережье овладевает мной все сильнее. В основном это, конечно, объясняется — и с какой стати мне это скрывать? — письмом от мисс Кентон, первым чуть ли не за семь лет, если не считать поздравительных открыток на Рождество. Сразу же поясню, что именно я имею в виду; я имею в виду, что письмо мисс Кентон вызвало у меня некоторые соображения касательно моих профессиональных занятий в Дарлингтон-холле. Хотелось бы подчеркнуть, что озабоченность по поводу указанных профессиональных занятий и заставила меня пересмотреть отношение к великодушному предложению хозяина. Тут, однако, требуется более подробное объяснение.

Дело в том, что за последние несколько месяцев я допустил ряд погрешностей при исполнении своих прямых обязанностей. Нужно сказать, что все эти погрешности сами по себе не заслуживают серьезного внимания. Тем не менее вам, полагаю, понятно, что у лица, не привыкшего допускать такие погрешности, подобное развитие событий вызвало известное беспокойство; пытаясь установить причину ошибок, я и вправду начал придумывать разного рода панические объяснения, но, как часто бывает в таких случаях, проглядел очевидное. И только поразмыслив над письмом мисс Кентон, я прозрел и понял простую истину — все погрешности последних месяцев проистекают всего лишь из-за неверного распределения обязанностей между слугами.

Всякий дворецкий, само собой разумеется, несет ответственность за тщательнейшую разработку схемы распределения обязанностей. Кто сочтет, сколько раздоров, возведенной напраслины, необоснованных отказов от места, сколько загубленных в самом начале карьер следует отнести на счет небрежности дворецких при составлении схемы распределения обязанностей? Могу заявить, что я, безусловно, согласен с теми, для кого способность составить хорошую схему распределения обязанностей — краеугольный камень искусства приличного дворецкого. Мне за свою жизнь довелось составлять много таких схем, и я могу без ложной скромности сказать, что лишь считанные из них приходилось впоследствии дорабатывать. И если в Дарлингтон-холле обязанности между слугами распределены неправильно, то вина за это ложится только на меня и ни на кого другого. Однако справедливости ради нужно отметить, что в данном случае мне пришлось столкнуться с беспримерно трудной задачей.

Но расскажу по порядку. Когда обе стороны пришли к соглашению и этот дом, два века принадлежавший семейству Дарлингтонов, перешел в другие руки, мистер Фаррадей сообщил, что не станет сразу же переселяться, а задержится в Соединенных Штатах еще на четыре месяца: покончить с делами. Между тем ему бы очень хотелось сохранить в Дарлингтон-холле штат, служивший при прежнем владельце,— штат, о котором он слышал много хорошего. Названный «штат» представлял собой всего-навсего рабочую группу из шести человек, которых наследники лорда Дарлингтона оставили следить за домом до завершения переговоров о продаже; к сожалению, сразу же по продаже все ушли, и единственное, что мне удалось сделать для мистера Фаррадея,— это уговорить остаться миссис Клементс. Я написал новому хозяину и извинился, что так получилось; в ответном письме он распорядился нанять новых слуг, «достойных великолепного старинного английского дома». Я постарался незамедлительно исполнить пожелание мистера Фаррадея, но, как вы знаете, в нынешние времена весьма нелегко подыскать новых слуг, удовлетворяющих принятым требованиям. Я был рад нанять Розмари и Агнес по рекомендации миссис Клементс, однако больше никого не нашел вплоть до дня нашей первой деловой встречи с мистером Фаррадеем весной прошлого года, когда он ненадолго приезжал в Англию осмотреться. Именно в тот день мистер Фаррадей в непривычно пустом хозяйском кабинете Дарлингтон-холла впервые пожал мне руку, хотя к тому времени мы уже были достаточно наслышаны друг о друге: со слугами вышла незадача, но мой новый хозяин имел возможность и по другим поводам проверить способности, каковых я, по счастью, видимо, не лишен, и, рискну утверждать, нашел, что на них можно положиться. По этой причине, как мне кажется, он сразу же смог вступить со мной в деловую доверительную беседу, а отбыв, оставить в моем распоряжении немалую сумму для оплаты расходов на разнообразные приготовления в связи с его предстоящим переселением в Дарлингтон-холл. Во всяком случае, я хочу сказать, что в ходе именно этого собеседования я затронул вопрос о трудностях найма в наше время подходящей прислуги; мистер Фаррадей немного подумал и попросил меня как-нибудь да изобрести такую схему распределения обязанностей («что-то вроде расписания дежурств прислуги», как он выразился), при которой для поддержания в доме порядка хватило бы наличного штата из четырех человек — миссис Клементс, двух юных горничных и меня самого. Он согласился, что для этого, вероятно, потребуется «зачехлить» какие-то помещения, но призвал меня использовать весь мой опыт и знания, чтобы этих помещений было по возможности меньше. Вспомнив о временах, когда под моим началом было семнадцать человек прислуги, и зная, что не столь уж давно штат Дарлингтон-холла насчитывал двадцать восемь человек, я подумал, что распределять обязанности таким образом, чтобы тот же самый дом обслуживали всего четверо,— дело, мягко говоря, неблагодарное. Я попытался скрыть обуревавшие меня сомнения, но, видимо, не вполне в этом преуспел, ибо мистер Фаррадей тут же добавил, как бы для ободрения, что при необходимости можно нанять еще человека. Однако, повторил он, ему бы очень хотелось, чтобы я постарался «управиться пока вчетвером».

Как многие коллеги, я, естественно, питаю неприязнь к основательным изменениям в заведенном порядке. Но в отличие от некоторых не вижу ничего хорошего и в приверженности традиции ради нее самой. В век электричества и современных отопительных систем нет ровным счетом никакой нужды держать столько слуг, сколько требовалось всего одно поколение назад. Больше того, я давно пришел к выводу, что раздувание служебного штата только ради поддержания традиции — а это ведет к тому, что избыток свободного времени развращает слуг,— является существенной причиной резкого падения уровня профессиональных стандартов. К тому же мистер Фаррадей дал ясно понять, что крайнс редко намерен устраивать большие приемы вроде тех, какие в прошлом часто бывали в Дарлингтон-холле. Вот почему я со рвением взялся исполнять задание мистера Фаррадея: много часов просидел над схемой распределения обязанностей и уж никак не меньше времени потратил на ее обдумывание, пока выполнял другие свои обязанности или перед сном, отдыхая в постели после рабочего дня. Когда мне казалось, что решение найдено, я всякий раз тщательно проверял, не допустил ли какой оплошности, и рассматривал его со всех сторон. Наконец я разработал схему, которая, вероятно, не вполне отвечала требованиям мистера Фаррадея, однако мне казалась лучшей из всех, какие можно придумать. Самая красивая часть дома сохранялась в рабочем состоянии; требовалось законсервировать обширные служебные помещения, включая задние комнаты, две кладовые и старую прачечную, а также комнаты для гостей на третьем этаже; весь первый этаж и изрядное число комнат для гостей оставались, таким образом, открытыми. Подразумевалось, что нынешний штат из четырех человек мог справиться со своими обязанностями лишь с помощью приходящей прислуги. Поэтому предложенная мною схема предусматривала услуги садовника один раз в неделю (летом — два раза) и двух уборщиц, занятых по два дня в неделю. Помимо этого, моя схема требовала радикального перераспределения обязанностей внутри постоянного штата из четырех человек. Я знал, что двум горничным нетрудно будет приспособиться к таким изменениям, но по мере сил постарался облегчить перемены для миссис Клементс — вплоть до того, что возложил на себя кое-какие обязанности, исполнение которых, как вы можете догадаться, требует от дворецкого немалой терпимости.

Даже теперь я бы не стал утверждать, что схема дурна: в конце концов, она позволяет вчетвером справляться с невероятным объемом работы. Но вы, несомненно, согласитесь, что оптимальное распределение обязанностей должно учитывать возможность ошибок в случае болезни одного из слуг или иного нарушения нормального хода жизни и свести число этих ошибок до минимума. В данном, конкретном случае передо мной, конечно, стояла несколько необычная задача, но я тем не менее не забыл определить указанный «минимум» там, где это было возможно. Меня особенно беспокоило, что миссис Клементс или горничные еще и не захотят браться за исполнение обязанностей, не положенных им по должности, укрепившись в этом своем нежелании мыслями о том, что их рабочая нагрузка существенно возрастает. Поэтому, мучительно размышляя над схемой, я упорно стремился добиться, чтобы миссис Клементс с горничными не только преодолели нежелание выступать в более «эклектичных» ролях, но и сочли для себя новое распределение обязанностей приятным и необременительным.

Боюсь, однако, что в стремлении добиться поддержки у миссис Клементс и горничных я, видимо, не оценил столь же трезво свои собственные возможности; хотя опыт и привычная предусмотрительность в подобных делах не позволили мне брать на себя сверх того, что я был в состоянии выполнить, я, вероятно, проявил небрежность и не предусмотрел для себя запаса свободного времени. Неудивительно поэтому, что на протяжении семи с лишним месяцев эта оплошность заявляет о себе мелкими, однако красноречивыми просчетами. Одним словом, я пришел к выводу, что все объясняется очень просто: я взвалил на себя слишком много.

Вы, пожалуй, удивитесь, как я мог не заметить столь очевидной оплошности при распределении обязанностей. Согласитесь, однако, что подобные вещи не редкость, если долго и упорно думаешь об одном и том же: истина открывается лишь тогда, когда на нее совершенно случайно наталкивают посторонние обстоятельства. Так было и в этот раз: письмо от мисс Кентон, в котором, при всех длинных и довольно невразумительных рассуждениях, звучали явная тоска по Дарлингтон-холлу и, в чем я абсолютно уверен, вполне определенное желание сюда вернуться, побудило меня взглянуть на распределение обязанностей свежим взглядом. И только тут до меня дошло, что нам, безусловно, нужен еще один человек, призванный сыграть поистине решающую роль; что к отсутствию этой штатной единицы и восходят все мои недавние трудности. Чем больше я над этим размышлял, тем очевиднее мне становилось, что мисс Кентон, с ее привязанностью к этому дому и образцовым знанием дела — по нынешним временам такое почти невозможно найти,— именно тот человек, который мне нужен, и без нее схема укомплектования Дарлингтон-холла обслуживающим персоналом не сможет удовлетворять всем требованиям.

Проанализировав таким образом сложившуюся ситуацию, я снова вернулся к любезному предложению, которое мне за несколько дней до того сделал мистер Фаррадей. Мне пришло в голову, что эту автомобильную поездку можно прекрасно использовать в интересах дела, а именно — я мог бы по дороге к Западному побережью заодно навестить мисс Кентон и лично выяснить, с чем связано ее желание возобновить службу здесь, в Дарлингтон-холле. Следует пояснить, что я не раз перечитал последнее письмо мисс Кентон и не допускаю, чтобы намеки на это с ее стороны были просто плодом моего воображения.

При всем том я несколько дней не мог решиться снова заговорить об этом с мистером Фаррадеем. Во всяком случае, я чувствовал — тут есть много такого, что следует прояснить для себя самого, прежде чем предпринимать дальнейшие шаги. Например, проблема расходов. Даже с учетом щедрого предложения хозяина «оплатить бензин» такая поездка все равно грозит обернуться немалыми и непредвиденными тратами, если добавить ночевки в гостиницах, завтраки, ленчи и ужины, не говоря уж о том, что в дороге я просто могу захотеть перекусить. Опять же вопрос о костюме: какой именно подойдет для подобного путешествия и имеет ли смысл вкладывать деньги в приобретение новой пары? У меня достаточно прекрасных костюмов, каковые за многие годы достались мне от щедрот самого лорда Дарлингтона и различных гостей, на которых уровень здешнего обслуживания произвел самое благоприятное впечатление. Многие из этих костюмов, возможно, слишком парадны для автомобильной поездки или же старомодны по нынешним временам. Впрочем, есть одна пиджачная пара, которую в 1931 или 1932 году мне подарил сэр Эдвард Блэр; тогда костюм смотрелся как с иголочки и сидел на мне почти по фигуре; в нем, пожалуй, вполне уместно появиться вечером в гостиной или столовой любого пансиона, где я мог бы остановиться. Чего у меня, однако, нет, так это подходящего дорожного костюма, то есть такого, в каком было бы не стыдно сидеть за рулем; вот разве надеть подаренный в войну молодым лордом Чалмерсом — этот костюм мне хоть и явно мал, но зато сшит безупречно. В конце концов я подсчитал, что мои сбережения позволяют покрыть все возможные дорожные расходы и в придачу купить новый костюм. Надеюсь, из-за этой покупки вы не сочтете меня человеком тщеславным; просто если обстоятельства заставят меня отрекомендоваться путешественником из Дарлингтон-холла, тут уж необходим костюм сообразно занимаемому положению.

В те дни я также провел немало минут над дорожными картами и проштудировал соответствующие тома «Чудес Англии» миссис Джейн Симонс. Если вы не читали книг миссис Симонс — всего семь, каждая посвящена одному району Британских островов,— горячо их рекомендую. Написаны они в тридцатые годы, но во многом не устарели и сегодня: в конце концов, немецкие бомбы, думается, не изменили нашу провинцию столь уж неузнаваемо. Кстати, до войны миссис Симонс часто гостила в этом доме и даже была в числе тех, кто пользовался у слуг особым расположением, поскольку не стеснялась выказывать им свою признательность. Тогда-то я, питая к этой даме чувство вполне понятного восхищения, и приохотился читать ее книги в библиотеке, как только выпадала свободная минутка. Помнится, вскоре после отъезда мисс Кентон в Корнуолл в 1936 году я часто просматривал том III труда миссис Симонс, в котором перед читателем предстают красоты Девона и Корнуолла в сопровождении фотографий и, что, на мой взгляд, еще более впечатляет, разнообразных рисунков этого края. Таким образом я смог составить определенное представление о местах, куда мисс Кентон перебралась жить с мужем и где сам я никогда не бывал. Но все это, как я говорил, было еще в тридцатые, когда, если не ошибаюсь, книги миссис Симонс пользовались успехом в родовитых домах и на севере, и на юге. Много лет я не заглядывал в эти тома, однако новые обстоятельства побудили меня еще раз снять с полки том про Девон с Корнуоллом и вновь погрузиться в эти чудесные описания и разглядывание иллюстраций. Представьте себе, как я радовался и волновался при мысли, что теперь и сам смогу предпринять автомобильную поездку по тем краям.

В конце концов мне, похоже, не осталось ничего другого, как снова поднять тему поездки в разговоре с мистером Фаррадеем. Я, разумеется, не исключал, что его предложение двухнедельной давности могло быть продиктовано минутным капризом и он уже отказался от этой идеи. Но по моим наблюдениям последних месяцев, мистер Фаррадей не принадлежит к джентльменам, склонным к проявлению самого неприятного из свойств, которое только может быть у хозяина,— непоследовательности. Не было никаких оснований считать, что на сей раз он менее благосклонно отнесется к им же предложенной автомобильной поездке, больше того, что не повторит своего весьма щедрого предложения «оплатить бензин». Тем не менее я всесторонне обдумал, по какому случаю удобней всего заговорить с ним на эту тему; хотя, как было сказано, мне бы и в голову не пришло заподозрить мистера Фаррадея в непоследовательности, однако же представлялось разумным не касаться проблемы, когда он занят или думает совсем о другом. В подобных обстоятельствах отказ вполне мог и не отражать истинного отношения хозяина к существу дела, но после отрицательного ответа мне было бы нелегко еще раз вернуться к этой теме. Отсюда со всей очевидностью следовало, что нужно осмотрительно подгадать момент.

В конце концов я решил, что самое удобное время — когда я днем подаю ему в гостиную чай. Обычно к этому часу мистер Фаррадей возвращается с короткой прогулки по дюнам и редко сразу же садится читать или писать, обычно он занимается этим по вечерам. Вообще-то, когда я вхожу с подносом, мистер Фаррадей имеет обыкновение закрывать книгу или журнал, если до этого читал, вставать, подходить к окнам и потягиваться, словно предвкушая забавный разговор.

Как бы там ни было, я полагаю, что абсолютно точно рассчитал подходящее время, и если все обернулось так, как оно обернулось, то в этом целиком и полностью виновата допущенная мною ошибка — я не учел совсем другого фактора. То есть не придал должного значения тому, что в этот час суток мистер Фаррадей любит беседовать в непринужденных, шутливых тонах. Зная за ним эту склонность и отдавая себе отчет в его предрасположенности к подтруниванию надо мной в такие минуты, я не должен был бы, конечно, вообще упоминать про мисс Кентон, когда вчера принес ему чай. Но прошу принять во внимание, что я, в конце концов, обращался к хозяину с просьбой о щедрой милости, а потому, естественно, хотел намекнуть, что эта просьба продиктована вполне профессиональными соображениями. Вот так и вышло, что я принялся объяснять, почему решил съездить в западные графства, и вместо того, чтобы ограничиться упоминанием о заманчивых достопримечательностях, описанных миссис Симонс, необдуманно заявил, что в тех краях проживает бывшая экономка Дарлингтон-холла. Вероятно, дальше я собирался сказать мистеру Фаррадею, что таким образом получаю возможность проработать вариант, каковой мог бы стать идеальным решением возникших в доме небольших затруднений. Но только я произнес имя мисс Кентон, как до меня внезапно дошло, что распространяться на эту тему в высшей степени неуместно. Мало того что я не мог быть уверен в согласии мисс Кентон к нам возвратиться — я, разумеется, со времени предварительной нашей беседы больше года тому назад ни разу не поднимал перед мистером Фаррадеем вопроса о дополнительной штатной единице. Высказывать свои соображения о будущем Дарлингтон-холла было бы в этих обстоятельствах, мягко говоря, весьма самонадеянно с моей стороны. Боюсь, я довольно внезапно замолк и несколько растерялся. Во всяком случае, мистер Фаррадей воспользовался случаем, широко ухмыльнулся и произнес, растягивая слова:

— Ай-ай-ай, Стивенс. Так вы у нас женолюб — в ваши-то годы.

В высшей степени неудобное положение, лорд Дарлингтон никогда бы не поставил в такое слугу. Я не хочу сказать о мистере Фаррадее ничего плохого — в конце-то концов, он американский джентльмен и часто ведет себя не так, как английский. Он не думал меня обидеть, об этом не может быть и речи, но вы-то, конечно, представляете, до чего мне было неловко.

— Вот уж не подозревал, Стивенс, что вы у нас такой женолюб,— продолжал он.— Помогает душой не стареть, верно? Право, не знаю, стоит ли потворствовать вам в столь сомнительной затее.

Меня, понятно, одолевало искушение тут же, на месте, самым недвусмысленным образом отмежеваться от побуждений, какие он мне приписывал, но я вовремя сообразил, что это значило бы попасться мистеру Фаррадею на удочку и усугубить и без того неприятное положснис. Поэтому я продолжал стоять перед ним, сгорая от неловкости, и ждал, когда же он разрешит обещанную поездку.

При том что я пришел тогда в немалое замешательство, мне не хотелось бы быть превратно понятым. Я никоим образом не виню мистера Фаррадея, которого никак нельзя назвать человеком недобрым. Я уверен, что и в тот раз он всего лишь забавлялся, шутил, что в Соединенных Штатах такое подтрунивание, несомненно, свидетельствует о добром, дружеском взаимопонимании между хозяином и слугой и ему предаются как своего рода сердечной потехе. Дабы представить вещи в их истинном свете, я должен сказать, что мои отношения с новым хозяином на протяжении всех этих месяцев были отмечены именно такими розыгрышами с его стороны, хотя, должен признаться, мне так и не ясно, как на них реагировать. Честно говоря, в первые дни пребывания мистера Фаррадея в Дарлингтон-холле его слова пару раз просто-напросто ставили меня в тупик. Так, однажды мне понадобилось спросить у него, прибудет ли джентльмен, которого ждали в гости, вместе с супругой.

— Боже упаси,— ответил мистер Фаррадей.— Но если она все-таки явится, не могли бы вы, Стивенс, избавить нас от нее? Сводили бы, скажем, в какой-нибудь хлев, их полно в усадьбе у мистера Моргана. Порезвились бы с ней на сене. Вдруг окажется, что она в вашем вкусе.

Поначалу я не уразумел, о чем это он. Потом сообразил, что хозяин изволит шутить, и попытался соответственно улыбнуться, но, боюсь, легкая тень замешательства, чтобы не сказать потрясения, промелькнула у меня на лице.

Потом, однако, я научился принимать хозяйские шутки подобного рода как должное и улыбался положенным образом всякий раз, как улавливал в его голосе подтрунивание. Тем не менее я так и не понял, что именно требуется от меня в таких случаях. Возможно, от всей души рассмеяться или даже подбросить в ответ уместную реплику. Последняя мысль беспокоит меня вот уже несколько месяцев, но я так и не пришел к определенному решению. Отнюдь не исключено, что в Америке умение быть всегда наготове с остроумным ответом входит в число достоинств образцового слуги в их, американском, понимании. Да вот же, помнится, мистер Симпсон, хозяин «Герба пахаря», как-то сказал, что, будь он барменом в Америке, не болтал бы он с нами по-дружески, хотя и уважительно, но грубо тыкал бы носом в наши пороки и недостатки, обзывал бы пьянчугами и еще похлеще, а то бы не справился с ролью и не оправдал ожиданий клиентов. Еще вспоминаю, как несколько лет назад мистер Рейн, который ездил в Америку камердинером при сэре Реджинальде

Мовисе, заметил, что нью-йоркский таксист в разговорах с пассажирами запросто употребляет такие выражения, что повтори он их в Лондоне — дело кончилось бы скандалом, а то еще сволокли бы голубчика в ближайший полицейский участок.

В свете этого вполне вероятно, что хозяин, подтрунивая надо мной, искренне рассчитывает, что я ему подыграю, а мою неспособность к этому рассматривает как своего рода служебное упущение. Я уже говорил, что эта проблема изрядно меня беспокоит. Однако боюсь, что подыгрывание не относится к тем служебным обязанностям, каковые я способен исполнять с воодушевлением. Приспособиться к новым обязанностям, исконно не входящим в круг моей деятельности,— еще куда ни шло по нынешним переменчивым временам; но подыгрывание и подтрунивание — это совершенно другая область. Начать с того, что никогда не скажешь наверняка: как раз сейчас от тебя и ждут этого самого подыгрывания. А о чудовищной вероятности промаха — отпустишь шутливое замечание и сразу поймешь, насколько оно неуместно,— и говорить не приходится.

И однако не так давно я набрался-таки смелости и попробовал ответить хозяину надлежащим образом. Как-то утром я подавал мистеру Фаррадею кофе в малой столовой, и он обратился ко мне:

— Надеюсь, Стивенс, это не вы спозаранку раскаркались как ворона у меня под окнами?

Я понял, что хозяин имеет в виду пару цыган, собиравших старое железо,— те прошли мимо дома рано утром, выкликая по своему обыкновению: «Кастрюлю берем-покупаем». Случилось так, что в то утро я как раз ломал голову над вопросом, ждут или нет от меня подыгрывания господским шуткам, и всерьез растревожился, прикинув, что в этом отношении подводил хозяина не раз и не два и что он может обо мне подумать. Поэтому я принялся ломать голову над остроумным ответом, таким, который прозвучал бы вполне невинно и в том случае, если б я неверно оценил положение. Подумав, я сказал:

— Я бы скорей повел речь о ласточках, чем о воронах, сэр. Как-никак — перелетные птицы.

Эту фразу я сопроводил легкой улыбкой, недвусмысленно дав понять, что сострил: не хотелось бы, чтобы мистер Фаррадей подавил взрыв непринужденного смеха из-за моей неуместной почтительности.

Но мистер Фаррадей только взглянул на меня и спросил:

— Что-что, Стивенс?

И лишь тут до меня дошло — разумеется, мою остроту трудно оценить человеку, не знающему, что это были цыгане. В такой ситуации я не увидел возможности продолжить обмен остроумными репликами, больше того, счел за благо поставить точку и, притворившись, что вспомнил о каком-то неотложном деле, поспешил удалиться, оставив хозяина несколько озадаченным.

Таким образом, первая попытка исполнить то, что вполне могло бы стать для меня совершенно новой формой служебных обязанностей, закончилась весьма обескураживающе; и даже настолько обескураживающе, что, признаюсь, я больше не отваживался на попытки такого рода. Однако же меня гнетут опасения: вдруг мистер Фаррадей недоволен реакцией с моей стороны на его подтрунивания? А то, что в последнее время они участились, можно даже воспринимать как настойчивое его стремление вопреки всему добиться от меня подыгрывания в нужном духе. Как бы там ни было, но после той первой остроты касаемо цыган я ни разу не сумел быстро найтись с другой.

В наши дни такие затруднения тем более удручают, что нет возможности обсудить их и обменяться взглядами с коллегами по профессии, как бывало в свое время. Не так уж давно, если возникали похожие сомнения относительно своих обязанностей, можно было успокаивать себя мыслью о том, что вскорости кто-нибудь из уважаемых коллег обязательно прибудет в Дарлингтон-холл со своим хозяином и мы основательно обсудим это дело. Ну и конечно, во времена лорда Дарлингтона, когда дамы и господа гостевали у нас по многу дней кряду, было нетрудно достигнуть с прибывающими коллегами полного взаимопонимания. Воистину, в те хлопотные дни у нас в лакейской часто собирался самый цвет нашей профессии со всей Англии, и за беседами мы, бывало, просиживали у пылающего камина далеко за полночь. Уверяю вас — если б вы появились в лакейской в один из таких вечеров, вы бы услышали не просто сплетни, а скорее всего стали бы свидетелем споров о великих делах, которыми наверху были заняты наши хозяева, или о важных событиях, о которых писали газеты; и, разумеется, мы были бы поглощены, как то пристало коллегам по службе на всякой жизненной стезе, всесторонним обсуждением чисто профессиональных проблем. Порой, естественно, мнения резко расходились, но большей частью среди нас царил дух глубокого взаимного уважения. Чтобы вы лучше представили себе атмосферу таких собраний, упомяну, скажем, о том, что среди их постоянных участников были мистер Гарри Грэм, дворецкий-камердинер сэра Джеймса Чемберса, мистер Джон Доналдс, камердинер мистера Сиднея Дикенсона, и им подобные. Бывали и другие лица, вероятно не столь видные, однако они вносили в компанию оживление, что и делало их приезд событием достопамятным. К примеру, мистер Уилкинсон, дворецкий-камердинер мистера Джона Кемпбелла, известный тем, что блестяще изображал выдающихся джентльменов; мистер Дэвидсон из Истерли-хауса — он, бывало, отстаивал свою точку зрения с таким пылом, что человек посторонний мог даже испугаться, но во всех прочих отношениях располагал к себе простотой и благожелательностью; мистер Герман, камердинер мистера Джона Генри Питерса,— его крайние взгляды всегда вызывали на спор, однако же нельзя было не полюбить его за характерный утробный смех и йоркширское обаяние. И это далеко не все. В те дни среди лиц нашей профессии, при всех незначительных расхождениях в подходах, царило доброе товарищество. В основе своей все мы, образно говоря, были слеплены из одного теста. Теперь совсем не то: если редкий гость и берет с собою слугу, последний скорее всего оказывается человеком приезжим; с таким не о чем говорить, разве что о футболе, а вечера он предпочитает коротать не в лакейской у камина, а за выпивкой в «Гербе пахаря» или даже — что встречается нынче все чаще — в «Звездном подворье».

Я вот упомянул мистера Грэма, дворецкого-камердинера сэра Джеймса Чемберса. Могу сообщить, что месяца два назад меня порадовало известие о предстоящем приезде в Дарлингтон-холл сэра Джеймса. Я с нетерпением ждал этого не только потому, что гости лорда Дарлингтона крайне редко бывают гостями теперешнего хозяина — окружение мистера Фаррадея, понятно, совсем иное, чем окружение его светлости,— но еще и по той причине, что предполагал: мистер Грэм будет сопровождать сэра Джеймса, как в доброе старое время, и я смогу обсудить с ним проблему подыгрывания. Поэтому я был и удивлен и огорчен, узнав накануне приезда сэра Джеймса, что тот прибывает один. Больше того, за время пребывания сэра Джеймса в доме я пришел к выводу, что мистер Грэм уже не находится в услужении у сэра Джеймса, каковой вообще не держит теперь постоянной прислуги. Мне хотелось узнать о судьбе мистера Грэма, ибо хотя мы и не были близко знакомы, однако, я бы сказал, прекрасно ладили при встречах. К сожалению, обстоятельства сложились так, что разузнать о нем мне не выпало подходящего случая. Должен признаться, я несколько огорчился, ибо надеялся потолковать с ним о проблеме подыгрывания.

Однако возвратимся к нашему повествованию. Как я уже говорил, вчера мне пришлось пережить в гостиной несколько неприятных минут, пока мистер Фаррадей надо мной подтрунивал. В ответ я, как обычно, улыбался — не широко, но ровно настолько, чтобы показать, что на свой лад принимаю участие в шутке и отношусь к ней так же добродушно, как и сам хозяин; в то же время я ждал, даст ли мистер Фаррадей разрешение на поездку. Как я и предполагал, разрешение было милостиво дано, и довольно быстро; больше того, мистер

Фаррадей был настолько любезен, что вспомнил и подтвердил свое щедрое предложение «оплатить бензин».

Итак, сейчас я не вижу разумных оснований к тому, чтобы отказаться от автопоездки в западные графства. Разумеется, надо будет написать мисс Кентон и уведомить, что по пути я мог бы к ней завернуть; предстоит также решить вопрос о костюмах. Понадобится утрясти и еще кое-что в связи с надзором за домом на время моего отсутствия. При всем том я не вижу, однако, серьезных причин отказываться от этой поездки.

День первый — вечер

■

Солсбери

Итак, нынче вечером я уже в Солсбери. Остановился в пансионе. Первый день поездки подошел к концу, и, должен сказать, в общем и целом я им вполне доволен. Я выехал утром почти на час позже задуманного, хотя покончил со сборами и загрузил в «форд» все необходимое задолго до восьми часов. Миссис Клементс и девушки тоже разъехались на неделю, и я отдавал себе полный отчет в том, что с моим отбытием Дарлингтон-холл опустеет, вероятно, впервые за нынешнее столетие, а быть может, впервые со дня своего основания. Странное то было ощущение; им-то, возможно, и объясняется, почему я долго тянул с отъездом и несколько раз обошел весь дом, в последний раз убеждаясь, что все в полном порядке.

Трудно передать мои чувства, когда я наконец тронулся в путь. Не скажу, чтобы в первые двадцать минут поездки я испытал какое-то там волнение или радость. Объясняется это, несомненно, тем, что, хоть я с каждой секундой и отдалялся от дома, местность, по крайней мере, оставалась знакомой. Я всегда считал, что очень мало поездил, ибо обязанности по дому ограничивали мое передвижение, но, разумеется, за долгие годы мне доводилось совершать разные вылазки по той или иной служебной надобности, и я, как выяснилось, знал окрестности много лучше, чем мог предполагать. Итак, я ехал под ясным небом в сторону беркширской границы и, как уже было сказано, не переставал удивляться, насколько все вокруг мне знакомо.

В конце концов, однако, я перестал узнавать местность и понял, что так далеко еще никогда не забирался. Я слышал рассказы людей, кто плавал под парусом, о той минуте, когда берег пропадает из виду. Думаю, та смесь легкой тревоги и возбуждения, о которой говорят применительно к этой минуте, весьма напоминает мои ощущения за рулем, когда пошли незнакомые места. Это случилось после того, как я свернул на развилке и выехал на дорогу, огибающую выступ холма. Я почувствовал, что слева от обочины склон круто обрывается вниз, хотя из-за деревьев и густого кустарника этого не было видно. До меня внезапно дошло, что Дарлингтон-холл и вправду остался позади. Должен признаться, я таки ощутил легкую панику, которую еще усугубило опасение, что я, чего доброго, свернул не там и забираюсь куда-то в глушь. То было всего лишь мимолетное чувство, однако я сбавил скорость. И даже уверившись, что дорога та самая, я тем не менее невольно остановился, чтобы осмотреться и понять, куда я попал.

Я решил вылезти из машины и немного размяться. Ступив на землю, я еще сильнее почувствовал, что нахожусь высоко на склоне холма. Справа от дороги кустарник и маленькие деревья лезли все выше и выше, а слева сквозь просветы в листве я увидел далеко внизу поля и луга.

Если не ошибаюсь, я еще немного прошел вдоль обочины, высматривая просвет пошире, чтобы полюбоваться видом, когда сзади раздался голос. До этого я, конечно, считал, что тут никого нет, поэтому удивленно обернулся. Чуть впереди от дороги справа отходила тропинка, круто забиравшая вверх и исчезавшая в зарослях. На большом валуне, от которого она начиналась, сидел худющий седой старик в суконной кепке и курил трубку. Он снова меня окликнул; слов я не разобрал, но по его жестам понял, что он меня подзывает. Поначалу я принял его за бродягу, но потом сообразил, что это кто-то из местных — вышел подышать свежим воздухом и погреться на летнем солнышке. Отчего было не подойти?

— Я тут прикидывал, сэр,— произнес он, когда я приблизился,— крепки ли вы на ноги.

— Виноват?

Местный махнул рукой в сторону тропинки.

— Чтоб туда подняться, нужны сильные легкие и сильные ноги. У меня ни того ни другого, вот и сижу себе тут внизу. Будь я покрепче, сидел бы наверху. Отличное там местечко, есть скамейка и вообще. А другого такого вида, как оттуда, не найти во всей Англии.

— Если это действительно так,— сказал я,— то, пожалуй, не стоит подниматься. Я еду в автомобиле и по ходу поездки рассчитываю полюбоваться многими отличнейшими видами. Едва ли разумно обозреть самый лучший из них, когда я только-только отъехал от дома.

Видимо, местный не понял, потому что повторил:

— Другого такого вида во всей Англии не найти. Но тут, учтите, требуются сильные ноги и сильные легкие.— Подумал и добавил: — Вижу, сэр, что для ваших лет вы хорошо сохранились. По-моему, вам не будет большого труда взобраться наверх. Я и то умудряюсь в хорошую погоду.

Я посмотрел на тропинку, которая и в самом деле выглядела крутой и неровной.

— Послушайте меня, сэр, взберитесь туда, а то сами потом пожалеете. Ведь кто его знает, глядишь, через пару годков уже поздно будет.— И он грубовато хихикнул.— Лучше взобраться, пока еще сил достанет.

Теперь-то мне кажется, что мужчина мог просто шутить; то есть он всего лишь надо мной подтрунивал. Но тогда, утром, его слова, не скрою, показались мне очень обидными, и, возможно, одно только желание доказать, сколь беспочвенны эти его намеки, заставило меня подняться по тропинке.

Как бы там ни было, я очень рад, что решился. Подъем, конечно, оказался весьма утомительным, хотя, должен заметить, серьезной трудности для меня не представил. Тропинка длиною примерно в сто ярдов поднималась, петляя, по склону и вывела меня на маленькую поляну, несомненно ту самую, которую имел в виду местный. Здесь путника поджидали скамейка и поистине чудесный вид на много миль вокруг.

Моему взору открылись поля, убегавшие одно за другим до самого горизонта. Пологие всхолмья перемежались долинами, границы между полями были отмечены живыми изгородями и рядами деревьев. На дальних полях виднелись темные точки — насколько я понял, овцы. Справа, почти на линии горизонта, я вроде бы различил квадратную башенку колокольни.

Стоять вот так наверху и вправду было приятно; воздух полнился звуками лета, легкий ветерок овевал лицо. Думаю, именно там и тогда я впервые пришел в расположение духа, соответствующее предстоящему путешествию, ибо именно там ощутил дрожь здорового любопытства и предвкушения тех волнующих переживаний, что наверняка выпадут мне в ближайшие дни. Тогда же я испытал новый прилив решимости бестрепетно выполнить единственную служебную задачу, какую поставил себе на эту поездку,— я имею в виду мисс Кентон и вопрос пополнения штата прислуги.

Но то было утром. А вечер застал меня здесь, в уютном пансионе неподалеку от центра Солсбери. Заведение, как мне представляется, сравнительно скромное, но очень чистенькое и полностью отвечает моим нуждам. Хозяйка, дама лет сорока или около того, видимо, считает меня довольно важной фигурой — из-за «форда» мистера Фаррадея и дорогого костюма. Я прибыл в Солсбери около половины четвертого, и когда указал в регистрационной книге адрес — «Дарлингтон-холл», хозяйка, как я заметил, посмотрела на меня с некоторым беспокойством: наверняка подумала, что я привык останавливаться в таких отелях, как «Ритц» или «Дорчестер», и выскочу поэтому, чертыхаясь, из пансиона, едва взглянув на отведенную мне комнату. Она сообщила, что я могу занять свободный двухместный номер с видом на улицу, заплатив за него как за одноместный.

Меня провели наверх в номер; на солнце цветочный узор на обоях гляделся очень мило. В комнате были два широких окна и две одинаковые кровати. На вопрос, где находится ванная, добрая женщина ответила дрожащим голосом, что прямо напротив, однако горячую воду дадут только после ужина. Я попросил принести в номер чаю и, когда она удалилась, внимательно осмотрел комнату. Постели идеально чистые и аккуратно застелены. Раковина в углу тоже сияет чистотой. Из окна видна противоположная сторона улицы, а на ней пекарня с разным хлебом и печеньем в витрине, аптека и парикмахерская. Дальше улица переходит в горбатый мостик, а за ним приобретает уже сельский вид. Я ополоснул в раковине лицо и руки холодной водой, уселся в стоящее у окна кресло с жесткой спинкой и принялся ждать чай.

Приблизительно в начале пятого я вышел из пансиона погулять по Солсбери. Ширина и открытость здешних улиц сообщают городу ощущение удивительного простора, так что я и не заметил, как прогулял несколько часов под ласковым теплым солнышком. Более того, я обнаружил в городе много дивных мест; не раз и не два проходил я очаровательными кварталами, где стоят старые дома с деревянными фасадами, и пересекал каменные пешеходные мостики, переброшенные через многочисленные речушки, каковыми изобилует этот город. Не преминул я, разумеется, осмотреть и прекрасный собор, который миссис Симонс так превозносит в своей книге. Найти это царственное строение было совсем нетрудно, благо его вознесшийся шпиль виден в Солсбери отовсюду. И верно, когда вечером на обратном пути в пансион я несколько раз по разным причинам оглядывался, знаменитый шпиль неизменно представал взору на фоне заходящего солнца.

И все же, сидя сейчас в этой тихой комнате, я нахожу, что самым сильным моим впечатлением от первого дня путешествия останется не Солсберийский собор и не какая-нибудь иная достопримечательность этого города, но, пожалуй, чудесная панорама всхолмленной английской земли, открывшаяся мне нынче утром. Нет, я охотно допускаю, что в других странах найдутся ландшафты много эффектнее. Я сам встречал в энциклопедиях и «Национальном географическом журнале» потрясающие снимки разных уголков земного шара — великолепные каньоны и водопады, восхитительные зубчатые утесы. Мне, конечно, не привелось воочию полюбоваться на эти дива, но тем не менее я не без основания рискну утверждать: английский ландшафт в своем совершенстве — каким я видел его нынче утром — обладает качеством, которым никоим образом не могут похвалиться ландшафты других краев, сколь бы захватывающими ни казались они на поверхностный взгляд. По глубокому моему убеждению, это качество бросится в глаза любому непредвзятому наблюдателю, поскольку оно отличает английский ландшафт от всех прочих на свете как дарующий самое полное душевное удовлетворение. Вероятно, точнее всего это качество можно определить словом «величие». Поистине, когда я утром стоял на том высоком уступе и обозревал раскинувшиеся передо мной земли, я отчетливо испытал редкое чувство, которое не спутаешь ни с каким другим,— чувство человека перед лицом величия. Свою родину мы называем *Велико*британией, и кое-кто может посчитать это нескромным. Однако я осмелюсь утверждать, что один наш ландшафт уже оправдывает это высокое определение.

Но что именно представляет собой это «величие»? Где или в чем оно обретается? Я прекрасно понимаю, что за ответом на подобный вопрос следует обращаться к человеку помудрее, но если б меня заставили предложить мои собственные соображения, я бы сказал: как раз очевидное *отсутствие* эффектности и театральности и отличает красу нашей земли перед всеми другими. Существенна тут безмятежность этой красы, ее сдержанность. Словно сама земля знает о своей красе, о своем величии и не считает нужным громко о них заявлять. Напротив, виды, которыми может похвастаться Африка или, скажем, Америка, хотя, вне сомнения, впечатляют, однако, уверен, в глазах непредубежденного наблюдателя уступят нашим по причине своей откровенной картинности.

Вся эта проблема сродни одному вопросу, который люди моей профессии с жаром обсуждают вот уже долгие годы: что такое «великий» дворецкий? Вспоминаю увлекательные споры на эту тему, которые часами велись в лакейской у огня в конце трудового дня. Прошу обратить внимание — я говорю «что», а не «кто» есть великий дворецкий, поскольку не наблюдалось серьезного расхождения во мнениях о том, кто именно олицетворяет собой профессиональный эталон среди представителей нашего поколения. То есть я имею в виду такие фигуры, как мистер Маршалл из Чарлевилл-хауса или мистер Лейн из Брайдвуда. Если вам выпала честь водить знакомство с такими людьми, вы, конечно, понимаете, о каком присущем им качестве я говорю. Но вы, разумеется, понимаете и другое — что́ я имею в виду, замечая, что совсем нелегко определить, в чем именно заключается это качество.

Если подумать как следует, то утверждение, будто о том, *кто* суть великие дворецкие, совсем не было споров, не вполне соответствует истине. Следовало бы сказать, что серьезных споров не велось между достойнейшими представителями нашей профессии, теми, кто разбирался в подобных вещах. В лакейской Дарлингтон-холла, как и во всякой лакейской, естественно, случалось принимать слуг разного интеллектуального уровня и проницательности, и, помнится, мне не раз приходилось сдерживаться, когда кто-нибудь из гостей, а то, к сожалению, и из моих подчиненных рассыпался в славословиях по адресу, скажем, мистера Джека Нейборса и ему подобных.

Я ничего не имею против мистера Джека Нейборса, который, насколько мне известно, был убит на войне, что весьма прискорбно. И упомянул я о нем лишь как о типичном примере. В середине тридцатых годов чуть ли не в каждой лакейской по всей стране на протяжении двух или трех лет, кажется, только о нем и говорили. Как я сказал, Дарлингтон-холл не был тут исключением — многие приезжие слуги привозили рассказы о новейших свершениях мистера Нейборса, так что мне и таким, как мистер Грэм, постоянно приходилось с горечью выслушивать о нем бесконечные истории. Но горше всего было видеть, как после каждой такой истории слуги, во всех прочих отношениях весьма достойные, изумленно качали головой и произносили что-нибудь вроде: «Ох уж этот мистер Нейборс, второго такого и впрямь не сыщешь».

Учтите, я не ставлю под сомнение способности мистера Нейборса; насколько я понимаю, он блестяще справился с немалым числом грандиозных приемов и тому подобных мероприятий. Но ни на единой ступени своей профессиональной карьеры он так и не стал великим дворецким. Я утверждал это, когда его карьера была в зените, и уже тогда предсказывал, что после нескольких лет популярности для него все кончится крахом.

Вам ведь доводилось слышать о дворецком, которого сегодня прославляют как самого великого во всем его поколении, а через несколько лет — извольте — наглядно доказывают, что никогда он им не был? И те самые слуги, что когда-то превозносили его до небес, теперь бросаются восхвалять какую-нибудь новую фигуру, да еще с таким рвением, что им просто недосуг остановиться и здраво оценить собственные суждения. Героем подобных разговоров в лакейской неизменно становится дворецкий, внезапно оказавшийся на виду, благо его взяли в какой-нибудь известнейший дом и он, быть может, сумел не без успеха провести два-три крупных мероприятия. Тут-то по лакейским от Шотландии до Корнуолла начинают ползти разного рода слухи — что-де им заинтересовалось то или иное значительное лицо или что несколько лучших домов пытаются его переманить, суля неслыханное жалованье. Но проходит несколько лет — и что? Сей неуязвимый герой оказывается повинным в грубой ошибке или по другой причине впадает в немилость у хозяев, уходит из дома, на службе в котором прославился, и все о нем забывают. А те же самые досужие языки находят себе новую фигуру для восхваления. Приезжающие с хозяевами камердинеры, установил я, зачастую ведут себя хуже всех, ибо, как правило, спят и видят себя на месте дворецкого. Они-то обычно и склонны выдавать то или иное лицо за образец для подражания или слепо повторять известные им с чужих слов высказывания своего кумира по профессиональным вопросам.

Впрочем, спешу добавить, существует, разумеется, множество камердинеров, кому и в голову не придет заниматься подобными глупостями и кто действительно является профессионалом самой высокой пробы. Когда у нас в лакейской собирались два-три таких человека — то есть масштаба, допустим, мистера Грэма, с которым я ныне, к сожалению, скорее всего утратил связь,— мы весьма увлеченно, компетентно и всесторонне обсуждали нашу профессию. Эти вечера и теперь остаются в числе самых дорогих моих воспоминаний о тех днях.

Но позвольте вернуться к вопросу, представляющему подлинный интерес; к вопросу, который мы с таким удовольствием обсуждали, когда наши вечера не омрачала болтовня тех, кому отказано в глубоком понимании нашей профессии,— а именно к вопросу о том, *что* такое великий дворецкий?»

Если не ошибаюсь, во всех спорах, которые на протяжении ряда лет порождал этот вопрос, со стороны моих коллег было сделано всего несколько попыток дать на него профессиональный ответ. Единственное, что приходит на память,— попытка Общества Хейса разработать требования к вступающим в его ряды. Вы, возможно, не слышали о таком Обществе — в наши дни о нем помнят немногие. Но в двадцатые годы и в начале тридцатых оно пользовалось значительным влиянием в большинстве районов Лондона и в шести окрестных графствах. Больше того, многие считали это влияние чрезмерным и приветствовали вынужденное закрытие Общества году, по-моему, в 1932-м или 1933-м.

Общество Хейса заявляло, что допускает в свои ряды дворецких «исключительно высшего класса». Власть и престиж, которых оно в дальнейшем добилось, во многом объясняются тем, что, в отличие от других подобных организаций со свободным членством, оно ухитрялось оставаться крайне малочисленным и тем самым как бы подтверждало упомянутое притязание. В нем, по слухам, ни разу не состояло свыше трех десятков членов, большей же частью их насчитывалось человек девять-десять. Это, а также тот факт, что Общество Хейса предпочитало окружать свою деятельность завесой тайны, превращало его по тем временам в нечто загадочное и придавало изредка исходившим из его недр заявлениям по профессиональным вопросам непреложность десяти заповедей.

Но по одному вопросу Общество долгое время воздерживалось от заявлений — о собственных требованиях к вступающим в его ряды. Призывы к Обществу выступить с таким заявлением становились все настоятельней, и в ответ на подборку писем, помещенную в «Ежеквартальнике для джентльменов при джентльменах», Общество признало, что необходимым условием членства является «служба соискателя в выдающемся доме». «Хотя, понятно,— уточняло Общество,— самого по себе этого факта еще недостаточно, чтобы удовлетворять всем требованиям». Более того, далее разъяснялось, что дома дельцов, или «нуворишей», Общество не рассматривает как «выдающиеся»; убежден, что именно этот устарелый подход в корне подорвал саму возможность завоевания Обществом должного авторитета, который позволил бы ему выступать третейским судьей в спорах о критериях нашей профессии. Отвечая на возражения, «Ежеквартальник» опубликовал новые письма; Обществу пришлось на них ответить. Оно оправдывало свою установку, утверждая, что, хотя и разделяет высказанную авторами некоторых писем мысль о том, что в домах отдельных дельцов можно встретить образцового дворецкого, «надлежит все же исходить из того, что *истинные* леди и джентльмены не преминули бы в таком случае пригласить этих лиц к себе на службу». Следует руководствоваться концепцией «истинных леди и джентльменов», доказывало Общество, в противном случае «нам грозит скатывание до уровня большевистской России». Это выступление усугубило полемику, посыпались новые письма, понуждающие Общество более полно сформулировать требования к своим членам. В конце концов в коротком письме, опубликованном на страницах «Ежеквартальника», Общество заявило, что с его точки зрения — попытаюсь привести дословно по памяти — «основополагающее требование — соискатель должен отличаться достоинством, отвечающим занимаемому им положению. Каковы бы ни были все прочие совершенства соискателя, он будет сочтен не удовлетворяющим требованиям, если обнаружит частичное несоответствие в этом отношении».

При всем моем критическом отношении к Обществу Хейса я убежден, что это их суждение, по крайней мере, опирается на важную истину. Возьмем тех, кого все считают «великими» дворецкими, возьмем, к примеру, мистера Маршалла или мистера Лейна; так вот, я и вправду считаю, что свойство, отличающее их от других дворецких, не более чем прекрасных знатоков своего дела, точнее всего можно выразить словом «достоинство».

Тут, естественно, возникает новый вопрос: что включает в себя понятие «достоинство»? На эту тему мы с мистером Грэмом и другими такими, как он, вели увлекательнейшие споры. Мистер Грэм неизменно исходил из посылки, что «достоинство» в дворецком — то же, что в женщине красота, и поэтому бессмысленно пытаться в нем разобраться. Я, со своей стороны, держался мнения, что подобные параллели принижают «достоинство» коллег типа мистера Маршалла, и не только. Главное мое возражение против сравнения, предложенного мистером Грэмом, заключалось в том, что оно как бы предполагает: «достоинство» — качество, каковым человек либо наделен, либо не наделен от природы, а стало быть, если оно не проявилось в человеке со всей очевидностью, стремиться к нему так же тщетно, как дурнушке пытаться выбиться в красавицы. Я готов согласиться с тем, что для большинства дворецких «достоинство» в конечном счете оказывается недостижимым, однако же твердо верю: к «достоинству» можно осознанно стремиться на протяжении всей карьеры. Те «великие» дворецкие вроде мистера Маршалла, у кого оно есть, обрели его, не сомневаюсь, путем многолетнего самовоспитания и глубокого осмысления профессионального опыта. Вот почему, на мой взгляд, от установок вроде той, которую отстаивал мистер Грэм, в чисто профессиональном плане отдает пораженчеством.

Во всяком случае, я помню, как мы с мистером Грэмом, невзирая на весь его скептицизм, не один вечер убили на то, чтобы ухватить за хвост самое существо «достоинства». К согласию мы так и не пришли, но, со своей стороны, могу сказать, что в этих спорах я развил свои собственные довольно твердые представления, каковых в общем придерживаюсь и по сей день. С вашего позволения, мне бы хотелось попытаться здесь изложить, как я понимаю это «достоинство».

Полагаю, вы не станете оспаривать, что мистер Маршалл из Чарлевилл-хауса и мистер Лейн из Брайдвуда в недавние времена являли собой двух великих дворецких. Может быть, вас удастся убедить, что к этим немногим относится и мистер Гендерсон из Брэнбери-касла. Но вы просто-напросто сочтете меня лицом заинтересованным, если я скажу, что по многим причинам в один ряд с ними можно поставить моего родного отца и что я неизменно изучал его послужной список в поисках определения «достоинства». Однако же я твердо верю, что на вершине своей карьеры в Лафборо-хаусе отец доподлинно выступал олицетворением «достоинства».

Понимаю, если подойти со всей объективностью, то придется признать: отец был лишен некоторых отличительных качеств, которые принято находить в великом дворецком. Но каждое из этих недостающих качеств, посмею я возразить, носит поверхностный и прикладной характер; качества, несомненно, привлекательные, как глазурь на торте, но не относящиеся к числу существенно важных. Я имею в виду хорошее произношение и безукоризненное словоупотребление или общее представление о широком круге явлений, скажем, о соколиной охоте или разведении тритонов; нет, ни одним из таких качеств отец не мог бы похвастаться. Больше того, не следует упускать из виду, что отец был дворецким старой школы и начинал карьеру в те времена, когда подобные качества не считались приличествующими, тем паче желательными для человека в его должности. Увлечение красноречием и нахватанностью пришло, по всей видимости, уже с нашим поколением, вероятно, по пятам за мистером Маршаллом, когда дворецкие рангом помельче, пытаясь подражать его величию, перепутали главное с второстепенным. Я считаю, что наше поколение слишком много значения начало придавать «отделке»; одному Господу ведомо, сколько времени и сил ушло у него на постановку произношения и языковую практику, сколько часов потеряно за изучением энциклопедий и справочника «Проверьте ваши знания», тогда как время следовало тратить на овладение первоосновами.

Отнюдь не стремясь перекладывать на других ответственность, которая в конечном счете ложится на нас самих, нужно, однако, заметить, что отдельные хозяева немало споспешествовали распространению этих влияний. Как ни горько об этом говорить, но в последнее время, похоже, появилось много домов, в том числе и высокородных, которые, вступив друг с другом в своего рода соревнование, дошли до того, что «похваляются» перед гостями наличием у своих дворецких этих пустых совершенств. Я могу привести ряд примеров, когда во время приемов дворецкого заставляли выступать в роли дрессированной мартышки, что крайне прискорбно. В одном таком случае — я сам был тому свидетель — у гостей дома вошло в обычай вызывать дворецкого и забрасывать беспорядочными вопросами типа «Кто победил на скачках в Эпсоме в таком-то и таком-то году? — словно он не дворецкий, а Человек-Всезнайка из мюзик-холла.

Отцовское поколение, как я говорил, по счастью, не ведало подобного искажения наших профессиональных ценностей. Я буду настаивать на том, что отец, при всей ограниченности его словаря и отсутствии широкой эрудиции, не только знал все, что можно и нужно, о содержании дома в образцовом порядке, но и приобрел в расцвете лет «достоинство, отвечающее занимаемому им положению», как то сформулировало Общество Хейса. Так вот, если я попробую вам объяснить, что именно делало отца в моих глазах столь выдающейся личностью, я, возможно, сумею раскрыть и свое представление о «достоинстве».

Есть одна история, которую отец из года в год не уставал пересказывать. Помнится, я еще мальчиком слышал, как он рассказывал ее приезжим коллегам; слышал и позже, когда под его наблюдением начал службу лакеем. Ее же, вспоминается мне, он повторял и в тот раз, как я впервые приехал его проведать, уже заступив на должность дворецкого у неких мистера и миссис Маггеридж, имевших сравнительно скромный дом в Олшоте, графство Оксфордшир. Ясно, что для отца эта история многое значила. Люди его поколения, в отличие от нашего, не имели привычки все обсуждать и анализировать; так что, рассказывая и повторяя эту историю, отец тем самым как бы критически оценивал для себя избранную профессию, и с этой точки зрения история дает важный «ключ» к его образу мыслей.

История, судя по всему, взята из жизни и повествует о некоем дворецком, который отправился со своим хозяином в Индию и много лет прослужил там, предъявляя к местной прислуге те же высокие требования, которые предъявлял в Англии. Как-то раз этот дворец-

кий зашел в столовую, вероятно, проверить, все ли на-
крыто к обеду, и увидел тигра, который вальяжно раз-
легся под столом. Дворецкий на цыпочках вышел из
комнаты, не забыв закрыть дверь, и невозмутимо проследовал в гостиную, где хозяин и гости пили чай. Вежливо кашлянув, он привлек к себе внимание хозяина
и прошептал тому на ухо:

— Весьма сожалею, сэр, но в столовой, кажется, появился тигр. Разрешите применить двенадцатимилли-
метровое?

Как гласит легенда, через несколько минут хозяин
и гости услышали три ружейных выстрела. Когда по
прошествии некоторого времени дворецкий снова появился в гостиной — обновить в чайниках заварку,—
хозяин осведомился, все ли в порядке.

— В полнейшем, благодарю вас, сэр,— последовал
ответ.— Обед будет подан в обычный час, и я рад сообщить, что к этому времени от недавнего происшествия не останется никаких заметных следов.

Последнюю фразу — «к этому времени от недавнего
происшествия не останется никаких заметных следов» —
отец обычно повторял со смехом и восхищенно тряс
головой. Он никогда не говорил, будто знает имя того
дворецкого либо кого-нибудь из его знакомых, но неизменно утверждал, что все происходило именно так,
как он рассказывает. Во всяком случае, правда это или
нет — существенного значения не имеет; важно, конечно, другое — свет, который эта история проливает на
идеалы отца. Ибо, мысленно обозревая его жизненный
путь, я задним числом понимаю, что на протяжении
отпущенных ему лет он стремился непостижимым образом *воплотиться* в дворецкого из этой истории, и в зе-

ните своей карьеры, считаю я, отец реализовал эту честолюбивую мечту. Хотя ему, понятно, не выпало случая заметить под обеденным столом тигра, но, припоминая все, что сам о нем знаю и слышал от других, я могу привести по меньшей мере десяток примеров, когда он с избытком выказывал то самое качество, каким так восхищался в дворецком из своей любимой истории.

Об одном эпизоде такого рода мне рассказал мистер Дэвид Чарльз («Компания Чарльза и Реддинга»), который при лорде Дарлингтоне время от времени наведывался в Дарлингтон-холл. Как-то вечером мне довелось прислуживать мистеру Чарльзу, и тот сообщил, что несколько лет назад видел отца, когда гостил в Лафборо-хаусе, поместье промышленного магната мистера Джона Сильверса, где отец провел в услужении пятнадцать самых плодотворных лет жизни. С тех пор, сказал мистер Чарльз, он так и не смог забыть отца благодаря одному происшествию, случившемуся в ту пору.

Как-то раз мистер Чарльз, к своему стыду и сожалению, позволил себе выпить лишнего в компании с двумя другими гостями — назову этих джентльменов мистером Смитом и мистером Джонсом, поскольку в определенных кругах о них еще могут помнить. Посидев за бутылкой с час или около того, они решили, что желают проехаться по окрестным деревушкам — в те годы автомобиль все еще был в новинку. Они уговорили мистера Чарльза присоединиться, а поскольку шофер был в отпуске, посадили за руль отца.

Не успели они тронуться, как мистер Смит и мистер Джонс, даром что каждому было уже за сорок, начали вести себя как мальчишки — распевать грубые песни и отпускать еще более грубые замечания обо всем, что видели из окон машины. Больше того, эти джентльмены углядели на местной карте три деревни с названиями Морфи, Солташ и Бригун. Не ручаюсь за точность, но важно другое — мистеру Смиту и мистеру Джонсу эти названия напомнили о мюзик-холльном номере «Мэрфи, Солтман и Бригид, Женщина-Кошка», про который вы, может быть, слышали. Отметив это курьезное совпадение, джентльмены вознамерились посетить три указанные деревеньки, чтобы почтить тем самым артистов эстрады. По словам мистера Чарльза, отец исправно довез их до одной деревни и почти доехал до следующей, когда то ли мистер Смит, то ли мистер Джонс обратил внимание, что это Бригун, то есть третья по счету, а не вторая, если идти по фамилиям. Они осерчали и потребовали от отца немедленно развернуться, чтобы объехать деревни «в должной последовательности». Вышло так, что пришлось возвращаться чуть не до Морфи, но, как заверил меня мистер Чарльз, отец исполнил их требование, словно оно и впрямь было разумным, и вообще продолжал держаться с безукоризненной вежливостью.

Но теперь внимание мистера Смита и мистера Джонса сосредоточилось на отце. Им, вероятно, надоело созерцать окрестные виды, и они принялись развлекаться, во весь голос отпуская нелестные замечания по поводу отцовской «ошибки». Как вспоминал мистер Чарльз, его привело в восхищение, что отец ни малейшим намеком не дал почувствовать, что обижен или сердит, но продолжал вести машину, сохраняя на лице выражение, в котором личное достоинство гармонично сочеталось с готовностью услужить. Однако невозмутимости отца скоро был положен конец. Устав поливать отца оскорблениями с заднего сиденья, два джентльмена начали перемывать кости тому, кто их пригласил, то есть отцовскому хозяину, мистеру Джону Сильверсу. Выпады делались все грязнее и оскорбительней, так что мистер Чарльз — по крайней мере, он так утверждал — вынужден был вмешаться и указать, что от подобных разговоров отдает дурным тоном. Его слова были встречены столь решительным несогласием, что мистер Чарльз не только испугался, как бы джентльмены не избрали очередной мишенью его самого, но начал подумывать, уж не грозит ли ему прямая физическая расправа. Но тут, вслед за особенно гнусным оскорблением по адресу хозяина, отец рывком остановил машину. А дальше случилось то самое, что произвело на мистера Чарльза совершенно неизгладимое впечатление.

Задняя дверца салона распахнулась, и перед ними предстал отец. Он стоял, немного отступив от машины и сверля взглядом сидящих. Как описывал мистер Чарльз, до трех пассажиров словно разом дошло, какой недюжинной физической силой наделен отец. В нем и вправду было целых шесть футов три дюйма, а лицо, вселяющее уверенность, если знаешь, что он стремится вам услужить, при иных обстоятельствах могло выглядеть в высшей степени грозно. По словам мистера Чарльза, отец не выказывал внешних признаков гнева. Он, похоже, всего лишь открыл дверцу. Однако от нависшей над ними фигуры исходило столь мощное осуждение и в то же время ощущение такой неприступности, что пьяные спутники мистера Чарльза съежились на глазах, как мальчишки, пойманные на краже яблок.

Отец простоял несколько секунд — в полном молчании, только придерживая рукой открытую дверцу. Наконец то ли мистер Смит, то ли мистер Джонс робко спросил:

— Мы что, дальше не поедем?

Отец не ответил, он продолжал молча стоять, не требуя, чтобы те вышли, но и не выказывая каких-либо иных желаний или намерений. Представляю, как он тогда выглядел: заполняя собой проем дверцы, его суровая, мрачная фигура заставляла напрочь забыть о мягком хертфордширском ландшафте, что был у него за спиной. В эту минуту, как вспоминал мистер Чарльз, все непонятно чего испугались, и даже его, не принимавшего участия в безобразии, охватило чувство вины. Молчание, казалось, затягивалось до бесконечности, и наконец не то мистер Смит, не то мистер Джонс набрался мужества и выдавил:

— Похоже, мы тут лишнего наболтали. Больше не повторится.

Отец подумал, осторожно закрыл дверцу, сел за руль, и поездка по трем деревням была продолжена — и завершена, как уверял мистер Чарльз, при почти полном молчании.

Рассказав об этом эпизоде, я вспоминаю о другом событии — оно случилось примерно в ту же пору и, возможно, еще наглядней и ярче раскрывает особое качество, которое отец в себе выработал. Тут следует пояснить, что нас в семье было два брата и старшего, Леонарда, убили в бурскую войну, когда я был еще мальчишкой. Отец, естественно, страшно переживал потерю, тяжесть которой усугублялась еще и тем, что обычное утешение родителей в таких случаях — уверенность, что сын с честью отдал жизнь за короля и отечество, было испорчено: брат погиб в особо бесславной операции. Стало известно, что это было нападение на мирный бурский поселок — дело, в высшей степени недостойное истинного британца. Хуже того, со всей очевидностью было доказано, что операцию провели безответственно, с несоблюдением ряда элементарных мер военной безопасности, так что павшие солдаты, и брат в том числе, погибли, как выяснилось, бессмысленно. В свете того, о чем мне предстоит рассказать, с моей стороны было бы неполобающим уточнять, о какой операции пойдет речь, хотя вы легко об этом догадаетесь, когда я скажу, что в свое время она вызвала волну негодования и тем самым изрядно приумножила споры, которые шли по поводу военного конфликта в целом. Раздавались призывы отправить в отставку, а то и предать суду руководившего операцией генерала, но армия взяла его под защиту, и ему позволили завершить кампанию. Менее известно другое — к концу конфликта в Южной Африке этого самого генерала без лишнего шума проводили в отставку, после чего он поступил в фирму, занимавшуюся торговыми перевозками из Южной Африки. Я потому обо всем этом рассказываю, что лет через десять после бурской войны, то есть когда рана утраты только-только успела затянуться, мистер Джон Сильверс вызвал отца к себе в кабинет и сообщил, что то самое лицо — я буду называть его просто Генералом — должно прибыть в гости на несколько дней и участвовать в большом приеме, на котором отцовский хозяин рассчитывал договориться об одной выгодной коммерческой сделке. Мистер Сильверс, однако, подумал о том, каково отцу будет встретиться с Генералом, поэтому специально вызвал его, чтобы предложить пойти в отпуск на те несколько дней, что Генерал пробудет в доме.

Генерала отец, естественно, ненавидел всеми фибрами души; но понимал он и то, что хозяин мог рассчитывать на успех в своих тогдашних деловых начинаниях, только если прием пройдет без сучка без задоринки, а это было не так-то просто, учитывая, что гостей ожидалось человек восемнадцать. Поэтому отец поблагодарил за то, что с его чувствами посчитались, однако заверил мистера Сильверса: обслуживание, как всегда, будет обеспечено на самом высоком уровне.

Как показало дальнейшее, отец подвергся еще большему испытанию, чем можно было предполагать. Прежде всего, надежды на то, что, встретив Генерала во плоти, он почувствует к нему уважение и симпатию, каковые могли бы смягчить предубеждение против этого человека, оказались беспочвенными. Генерал был тучный, уродливый мужчина; манеры его не отличались утонченностью, а разговаривая, он все стремился перевести на военный язык. Хуже того, этот господин, как выяснилось, прибыл без камердинера, поскольку тот заболел. А так как еще один гость тоже явился без слуги, возник щекотливый вопрос: кому из гостей предложить в качестве камердинера дворецкого, а кому — простого лакея? Оценив положение, в каком очутился хозяин, отец сразу же вызвался обслуживать Генерала; таким образом, отцу целых четыре дня пришлось состоять при ненавистном ему человеке. Генерал же, отнюдь не догадываясь о чувствах отца, воспользовался случаем и при всякой возможности пускался в рассказы о своих воинских подвигах — занятие, которому, как известно, склонны предаваться многие джентльмены из военных, оставаясь в своих спальнях наедине с камердинером. И тем не менее отец так умело скрывал свои чувства, с таким профессиональным блеском исполнял положенные обязанности, что Генерал, отбывая, поздравил мистера Джона Сильверса с завидным дворецким и в благодарность оставил необычно крупные чаевые. Отец не задумываясь попросил хозяина передать их на благотворительные цели.

Вы, полагаю, согласитесь, что в каждом из этих двух эпизодов — я оба проверил и подтверждаю их соответствие истине — отец не только демонстрирует, но, можно сказать, воплощает собой то, что Общество Хейса именует «достоинством, отвечающим занимаемому положению». Если подумать, каков был отец в описанных обстоятельствах, и сравнить его, допустим, с мистером Джеком Нейборсом, когда тот выступал во всеоружии профессионального мастерства, то, полагаю, можно приблизиться к пониманию, чем именно «великий» дворецкий отличается от всего лишь компетентного. Теперь мы лучше поймем и то, почему отец так любил историю про дворецкого, который не испугался, обнаружив в столовой под столом тигра: интуиция подсказывала отцу, что где-то в этой истории скрыт ответ на вопрос, что такое истинное «достоинство». А теперь разрешите выдвинуть такой постулат: решающим компонентом «достоинства» является способность дворецкого никогда не расставаться со своим профессиональным лицом. Дворецкие меньшего калибра по самому ничтожному поводу сменяют свой профессиональный облик на индивидуальный. Для них быть дворецким все равно что выступать в пантомиме: легкий толчок, ничтожная зацепка — и маска спадает, обнажая подлинное лицо актера. Великие дворецкие тем и велики, что способны сживаться со своим профессиональным лицом, срастаться с ним намертво; их не могут потрясти никакие внешние обстоятельства, сколь бы внезапными, тревожными и досадными ни были эти последние. Для великих дворецких профессиональный облик — то же, что для порядочного джентльмена костюм: он не даст ни бандитам, ни стихиям сорвать его с себя на людях, а разоблачится тогда, и только тогда, когда сам того пожелает, и непременно без свидетелей. В этом, как я говорю, и состоит «достоинство».

Порой высказывается мнение, что настоящие дворецкие встречаются только в Англии. В других странах существует лишь мужская прислуга, каким именем ее там ни называй. Европейцы не могут быть дворецкими, ибо, в отличие от англичан, по самому своему складу не способны обуздывать душевные переживания. Европейцы, а в большинстве своем и кельты, с чем вы, конечно, не станете спорить, как правило, не способны к самоконтролю в минуты сильного возбуждения и поэтому сохраняют профессиональную невозмутимость лишь в самых спокойных ситуациях. Если вернуться к ранее предложенной метафоре — она грубовата, прошу уж меня извинить,— то я уподоблю их человеку, который по ничтожному поводу готов сорвать с себя костюм и рубашку и носиться, вопя во все горло. Одним словом, «достоинство» таким людям недоступно. В этом отношении у нас, англичан, большое преимущество перед иностранцами, вот почему великий дворецкий, как мы его представляем, чуть ли не по определению обязан быть англичанином.

Вы, разумеется, можете возразить, как возражал мистер Грэм всякий раз, стоило мне во время наших приятных споров у камина развить эту точку зрения: если я прав в своих утверждениях, великого дворецкого можно признать таковым, лишь понаблюдав его в каких-нибудь чрезвычайных обстоятельствах. В действительности же такие люди, как мистер Маршалл или мистер Лейн, хотя мы в большинстве своем никогда не видели их в указанных обстоятельствах, все равно становятся великими в наших глазах. Тут я вынужден согласиться с мистером Грэмом, однако замечу — прослужив в дворецких с мое, обретаешь способность интуитивно судить о профессиональных достоинствах другого дворецкого, даже не видя того в экстремальных условиях. Больше того, если выпадает счастье встретиться с великим дворецким, тут не только не испытываешь маловерного позыва потребовать для него «испытания», но, напротив, не можешь даже вообразить обстоятельства, способные поколебать профессиональное достоинство, столь властно заявленное. Я и в самом деле уверен, что именно такого рода прозрение, пробившись сквозь густой туман опьянения, заставило в тот давний воскресный день джентльменов в машине пристыженно замолчать. С такими дворецкими — то же самое, что с английским ландшафтом, если поглядеть на него с лучшей точки, как мне довелось нынче утром: раз увидел — становится ясно, что находишься пред лицом великого.

Я понимаю, всегда найдутся желающие возразить, будто любая попытка разобраться в величии, в том числе и моя, обречена на неудачу.

— Сразу ясно, у кого оно есть, а у кого нет,— таков неизменный довод мистера Грэма.— Так-то вот, и нечего ломать голову.

Я, однако, считаю, что здесь наш долг — не соглашаться заранее с поражением. Сама профессия, конечно же, требует от всех нас глубоких размышлений по этому поводу, с тем чтобы каждый мог успешней стремиться к обретению «достоинства».

День второй — утро

■

Солсбери

На новом месте мне почти всегда плохо спится, и с час назад я проснулся после непродолжительной и довольно беспокойной дремоты. Было еще темно, я знал, что мне целый день сидеть за рулем, и попытался снова заснуть. Ничего не вышло, я наконец решил встать; все еще не развиднелось, и мне пришлось включить электричество, чтобы побриться над раковиной в углу. Когда же после бритья я его выключил, из-под краев занавесок просочился серый рассвет.

Я только что их раздвинул — на улице по-прежнему сумеречно, туман застит вид на пекарню и аптеку. Да и пробежав взглядом вдоль улицы до горбатого мостика, я увидел, как от реки поднимается дымка, почти полностью окутавшая одну из свай. На улице ни души, повсюду полная тишина, если не считать долетающего откуда-то издали эха тяжелых ударов да кашля, что изредка раздается в одной из задних комнат. Хозяйка еще явно не вставала и не бралась за дело, поэтому мало надежды на то, что завтрак подадут раньше обещанной половины восьмого.

В этот тихий рассветный час, когда мир еще не проснулся, перед моим мысленным взором возникают строки из письма мисс Кентон. Кстати, давно следовало объяснить, почему я именую ее «мисс Кентон». Строго говоря, «мисс Кентон» вот уже двадцать лет как миссис Бенн. Поскольку, однако, мы с нею работали бок о бок лишь до ее замужества и не виделись с тех пор, как она перебралась в западные графства, чтобы превратиться в «миссис Бенн», вы, надеюсь, разрешите мне называть ее по-старому, как я называл ее про себя все эти годы. Да и письмо дает лишние основания думать о ней как о «мисс Кентон», ибо из него явствует, что на своей семейной жизни она, увы, поставила крест. В письме она не приводит подробностей, да такое было бы на нее не похоже, однако недвусмысленно заявляет, что окончательно выехала из дома мистера Бенна в Хелстоне и в настоящее время проживает у знакомой в близлежащей деревне Литтл-Комптон.

Разумеется, очень грустно, что ее брак завершается разрывом. Не сомневаюсь, что в эту самую минуту она с горечью размышляет о принятом в ту далекую пору решении, из-за которого теперь, отнюдь не в молодые годы, обречена на одиночество и тоску. Легко представить, что в подобном состоянии духа мысль о возвращении в Дарлингтон-холл дарует ей утешение. Правда, мисс Кентон ни разу не пишет открыто о желании вернуться, но оно, это желание, определенно сквозит в общей интонации многих строк, исполненных глубокой ностальгии по дням, проведенным в Дарлингтон-холле. Разумеется, мисс Кентон не приходится рассчитывать, что запоздалое возвращение вернет ей потерянные годы, и при встрече я первым долгом обязан ей это внушить. Придется ей объяснять, как все переменилось и что времена, когда под началом у нас была многочисленная прислуга, вероятно, навсегда отошли в прошлое. Но мисс Кентон — женщина умная и должна бы уже все это понять. В общем и целом, я и вправду не вижу, почему бы ей не вернуться в Дарлингтон-холл и не прослужить там до старости, такое решение дарует душе, изнемогающей под бременем впустую прожитых лет, самое драгоценное утешение.

Ну и, разумеется, с чисто профессиональной точки зрения появление в Дарлингтон-холле мисс Кентон даже после столь долгого перерыва, несомненно, станет идеальным решением проблемы, беспокоящей нас в настоящее время. Вообще говоря, я, пожалуй, преувеличиваю, называя это «проблемой». В конце-то концов, речь идет о цепочке допущенных мной небольших погрешностей, и нынешние мои действия — всего-навсего способ упредить любые «проблемы» до того, как они успели возникнуть. Правда, эти небольшие погрешности поначалу меня тревожили, но потом я на досуге подумал и правильно их оценил — как проявления элементарной нехватки обслуживающего персонала. С тех пор я перестал из-за них беспокоиться. Как я сказал, с прибытием мисс Кентон им придет конец раз и навсегда.

Но вернемся к письму. Местами в нем и впрямь проступает отчаяние по поводу ее нынешнего положения, что вызывает у меня известную озабоченность. Вот начало одной фразы: «Хотя я не представляю, как с пользой употребить остаток жизни...» В другом месте она опять же пишет: «Оставшиеся годы лежат передо мной как пустыня...» Однако большей частью в письме преобладают ностальгические тона, о чем я уже говорил. Например, в одном месте она пишет:

«Этот случай привел мне на память Алису Уайт. Вы ее помните? Конечно помните, вы едва ли могли ее позабыть. У меня до сих пор стоят в ушах чудовищно растянутые гласные и невероятно корявые фразы, придумать которые могла лишь она одна! Вы не знаете, что с нею стало?»

Сказать по правде, не знаю, хотя, готов признаться, было забавно вспомнить об этой невозможной горничной, которая в конечном счете оказалась у нас одной из самых работящих.

В другом месте мисс Кентон замечает:

«Я так любила вид из окон спален третьего этажа — на лужайку и дальнюю гряду известняковых холмов. Он не изменился? Летними вечерами в нем было какое-то волшебное очарование, и я, так и быть, признаюсь, что отрывала от работы много драгоценных минут, чтобы как завороженная постоять у какого-нибудь из окон».

И добавляет:

«Простите, если это воспоминание окажется для вас неприятным, но я никогда не забуду, как мы вдвоем наблюдали за вашим батюшкой, который прохаживался взад-вперед у беседки, уставясь себе под ноги, словно обронил драгоценный камень и теперь надеется его отыскать».

Для меня стало откровением, что мисс Кентон тридцать с лишним лет не забывала об этом, как не забыл я сам. Должно быть, это случилось как раз в один из летних вечеров, о каких она пишет, ибо я отчетливо помню, что поднялся на площадку третьего этажа и увидел, что двери всех спален стоят нараспашку, а из них, рассекая сумрак коридора, рвутся полосы оранжевого закатного света. Проходя коридором, я заметил в одной из спален четкий силуэт мисс Кентон на фоне окна. Она обернулась и вполголоса позвала:

— Мистер Стивенс, можно вас на минутку?

Я вошел, а мисс Кентон снова повернулась к окну Внизу под нами длинные тени тополей легли на газон.

Немного правее газон поднимался к невысокой насыпи, где стояла беседка; перед ней и маячила фигура отца, который медленно расхаживал с озабоченным видом,— словно, как прекрасно описала мисс Кентон, «обронил драгоценный камень и теперь надеется его отыскать».

Тому, что этот эпизод не выветрился у меня из памяти, есть немаловажные причины, которые я бы хотел объяснить. Больше того, сейчас, задним числом, мне представляется не столь уж и удивительным, что этот случай произвел глубокое впечатление также и на мисс Кентон, принимая во внимание некоторые аспекты ее взаимоотношений с моим родителем, когда она только начала служить в Дарлингтон-холле.

Мисс Кентон и отец поступили к нам на службу почти одновременно — а было это весной 1922 года,— когда мы разом лишились и экономки, и помощника дворецкого. Дело в том, что двое последних надумали вступить в брак и оставить службу. Я всегда видел в таких вот любовных связях большую угрозу для заведенного в доме порядка. С того времени я в аналогичных обстоятельствах лишился еще многих слуг. Конечно, этого следует ожидать от лакеев и горничных, и хороший дворецкий обязан предусмотреть такие случаи в своих расчетах; но браки подобного рода между слугами более высокого ранга способны повлечь за собой крайне нежелательные для службы последствия. Разумеется, двое штатных слуг могут влюбиться друг в друга и решить вступить в брак, и выяснять, кто из них виноват в большей степени, а кто в меньшей,— занятие неблагодарное; меня, однако, безмерно раздражают лица — и чаще всего это экономки,— не преданные службе всей душой и, по существу, кочующие с места на место в погоне за любовными приключениями. Такие люди порочат доброе имя профессионалов своего дела.

Позвольте сразу оговориться, что все сказанное отнюдь не распространяется на мисс Кентон. Правда, в конце концов и она ушла от нас, чтобы выйти замуж, но я могу подтвердить, что за время службы экономкой в моем подчинении она всю себя отдавала служебным обязанностям, от исполнения коих ее ничто не было в силах отвлечь.

Впрочем, я уклоняюсь от темы. Я остановился на том, что нам одновременно понадобились экономка и помощник дворецкого, и мисс Кентон, прибывшая, как помнится, с исключительно хорошими рекомендациями, поступила на вакантное место. По стечению обстоятельств примерно в эту же пору из-за кончины хозяина, мистера Джона Сильверса, отец завершил свою безупречную службу в Лафборо-хаусе и не совсем ясно представлял, где искать работу и крышу над головой. Хотя он, понятно, оставался слугой наивысшего класса, ему тогда было уже за семьдесят, и его здоровье было основательно подорвано артритом и прочими недугами. Поэтому возникали опасения, что он не выстоит в борьбе за место против представителей более молодого поколения отлично подготовленных дворецких. В свете всего этого самым разумным выходом представлялось пригласить отца в Дарлингтон-холл, где бы его огромный опыт и авторитет весьма пригодились.

Если не ошибаюсь, как-то утром вскоре после того, как отец и мисс Кентон пополнили собой штат нашего персонала, я сидел за столом у себя в буфетной, просматривая бумаги. Раздался стук. Помнится, меня тогда немного шокировало, что мисс Кентон открыла дверь и вошла, не дожидаясь приглашения. Она внесла огромную вазу с цветами и с улыбкой сказала:

— Мистер Стивенс, я подумала, что цветы оживят ваши покои.

— Простите, мисс Кентон, не понял.

— Ну как же, мистер Стивенс, у вас в комнате темно и уныло, а на улице такое яркое солнышко. Вот я и подумала, что с цветами будет повеселее.

— Очень любезно с вашей стороны, мисс Кентон.

— Так обидно, что солнце сюда почти не заглядывает. Даже стены чуточку отсырели, правда, мистер Стивенс?

Я вернулся к счетам, заметив:

— Я бы сказал, элементарная конденсация влаги, мисс Кентон.

Она поставила вазу передо мною на стол, снова обвела взглядом буфетную и предложила:

— Хотите, мистер Стивенс, я принесу еще?

— Благодарю за любезность, мисс Кентон, но эта комната — служебное помещение, и меня вполне устраивает, что тут мне ничто не мешает.

— Но, мистер Стивенс, разве из-за этого комната обязательно должна быть голой и унылой?

— До сих пор она прекрасно служила мне и такой, но все равно спасибо за внимание, мисс Кентон. И раз уж вы здесь, я хотел бы обсудить с вами один вопрос.

— Слушаю, мистер Стивенс.

— Да, мисс Кентон, один маленький вопрос. Вчера мне случилось проходить мимо кухни, и я услышал, как вы обратились к кому-то, назвав его Уильямом.

— Неужто, мистер Стивенс?

— Вот именно, мисс Кентон. Я слышал, как вы несколько раз позвали «Уильям». Могу я поинтересоваться, к кому именно вы обращались таким образом?

— Господи, мистер Стивенс, да к кому же еще, как не к вашему батюшке! По-моему, у нас других Уильямов нет.

— Тут легко было ошибиться,— сказал я, слегка улыбнувшись.— Мисс Кентон, могу я просить вас впредь обращаться к отцу как к «мистеру Стивенсу»? Если же вы заговорите о нем с третьим лицом, будьте добры называть его «мистером Стивенсом-старшим», чтобы не путали со мною. Буду вам крайне обязан, мисс Кентон.

С этими словами я снова взялся за бумаги. Но, к моему удивлению, мисс Кентон и не подумала удалиться.

— Прошу прощения, мистер Стивенс,— произнесла она, чуть замявшись.

— Да, мисс Кентон?

— Боюсь, я не совсем поняла, что вы имели в виду. Я давно привыкла обращаться к младшему персоналу по имени и не вижу причин отступать от этого правила.

— Весьма понятное заблуждение, мисс Кентон. Стоит вам, однако, трезво оценить положение, и вы увидите всю неуместность снисходительного обращения со стороны вам подобных к таким, как мой отец.

— Я по-прежнему не понимаю, что вы хотите сказать, мистер Стивенс. Вы говорите о «мне подобных», но я, по-моему, служу здесь экономкой, тогда как ваш отец всего лишь помощник дворецкого.

— Разумеется, по штату он помощник дворецкого, как вы изволили выразиться. Но меня удивляет, как вы, при всей вашей наблюдательности, до сих пор не осознали, что на самом деле он представляет собой нечто большее. И в значительной степени.

— Вероятно, мистер Стивенс, наблюдательность мне и впрямь изменила. Я всего лишь заметила, что ваш отец — умелый помощник дворецкого, и соответственно к нему обращалась. Ему, верно, и вправду неприятно было выслушивать подобное обращение от такой, как я.

— Мисс Кентон, по вашему тону ясно, что вы просто не пригляделись к моему отцу. В противном случае неуместность обращения к нему по имени со стороны лица ваших лет и вашего положения была бы для вас самоочевидной.

— Мистер Стивенс, я, может, и недолго хожу в экономках, но за это время, смею сказать, мои способности удостоились весьма лестных отзывов.

— Я нимало не сомневаюсь в вашей компетентности, мисс Кентон. Но добрая сотня мелочей должна была бы вам подсказать, что мой отец — человек особо выдающийся, у которого вы могли бы многому научиться, когда б были готовы приглядеться внимательнее.

— Премного обязана за совет, мистер Стивенс. Вы уж будьте добры, растолкуйте, каким таким чудесам я могла научиться, приглядываясь к вашему батюшке.

— По-моему, не увидеть этого может только слепой, мисс Кентон.

— Но мы ведь выяснили, что как раз наблюдательности мне и не хватает.

— Мисс Кентон, если у вас создалось впечатление, будто в свои годы вы уже добились совершенства, вам никогда не подняться на ту высоту, которой вы, несомненно, способны достигнуть. Я мог бы, к примеру, указать на то, что вы не всегда еще точно знаете, где какой вещи место и что есть что.

Это, похоже, слегка охладило пыл мисс Кентон. Во всяком случае, на какое-то мгновение она, судя по всему, несколько растерялась, но затем сказала:

— У меня были кое-какие трудности, когда я только приступила к работе, но ведь это же в порядке вещей.

— Ага, вот видите, мисс Кентон. Если б вы присмотрелись к моему отцу, а он появился здесь неделей позже вашего, то могли бы заметить: про Дарлингтон-холл он знает решительно все — и знал чуть ли не с первой минуты, как переступил порог этого дома.

Мисс Кентон задумалась, а потом, чуть надувшись, произнесла:

— Не сомневаюсь, что мистер Стивенс-старший прекрасно знает свое дело, но уверяю вас, мистер Стивенс, я тоже прекрасно знаю мое. Впредь же постараюсь следить за собой и обращаться к вашему отцу по фамилии. А сейчас, с вашего позволения, мне нужно идти.

После этой стычки мисс Кентон больше не приносила цветов в буфетную и в целом, как я с удовольствием отметил, весьма успешно обживалась на новом месте. Больше того, стало ясно, что она из тех экономок, кто очень ответственно подходит к своим обязанностям; несмотря на молодость, она, видимо, без труда завоевала уважение у подчиненных ей слуг.

Я также заметил, что она и вправду стала называть отца мистером Стивенсом. Но однажды, недели через две после разговора в буфетной, когда я был чем-то занят в библиотеке, туда вошла мисс Кентон со словами:

— Прошу прощения, мистер Стивенс, но если вы ищете совок для мусора, то он в холле.

— Не понял, мисс Кентон?

— Совок для мусора, мистер Стивенс. Вы его там оставили. Сходить принести?

— Мисс Кентон, я сегодня не пользовался совком.

— Тогда прошу прощения, мистер Стивенс. Я, конечно, подумала, что вы работали с совком и его там оставили. Напрасно я вас потревожила.

Она направилась к двери, но на пороге обернулась и сказала:

— Ох, мистер Стивенс, я бы сама отнесла его на место, только мне срочно нужно наверх. Может, вы позаботитесь?

— Разумеется, мисс Кентон. Спасибо, что обратили мое внимание на этот непорядок.

— Ну что вы, мистер Стивенс.

Я прислушался, как она пересекла холл и стала подниматься по парадной лестнице, а потом и сам вышел. Из дверей библиотеки великолепно просматриваются до блеска натертый пол и парадные двери дома. На самом видном месте, можно сказать, в самой серелке пустого холла лежал совок, о котором говорила мисс Кентон.

В этом я усмотрел хоть и мелкое, однако досадное упущение. Совок нельзя было не заметить не только из выходящих в холл всех пяти дверей первого этажа, но и с лестницы, а также с галереи второго этажа. Я подошел и нагнулся за этим неуместным в холле предметом, и тут до меня дошел истинный смысл случившегося: отец, вспомнил я, с полчаса назад убирался в холле со шваброй. Поначалу я даже не поверил, чтобы отец мог так оплошать, но напомнил себе, что мелкие упущения вроде этого время от времени случаются с каждым, и раздражение мое быстро обратилось на мисс Кентон — незачем было поднимать шум из-за такой мелочи.

С того случая прошло не больше недели, и вот, когда я возвращался из кухни коридором для слуг, мисс Кентон появилась из своей гостиной и обрушилась на меня с наизусть затверженной речью. Ей крайне неудобно указывать на упущения подначальных мне слуг, сказала она, но нам с ней вместе работать, и она надеется, что я не премину поступить точно так же, обнаружив упущения со стороны женского персонала. После этого вступления она сообщила, что на нескольких выложенных к обеду серебряных приборах оказались явные следы порошка для чистки. У одной вилки зубья были так просто черные. Я поблагодарил, и мисс Кентон ретировалась в гостиную. Ей, разумеется, не нужно было напоминать мне о том, что чистка столового серебра — одна из главных обязанностей отца и тот этим очень гордится.

Весьма вероятно, что были и другие подобные случаи, о которых я просто забыл. Вспоминаю, однако, как все это дошло до своего рода кульминации. День был серый, моросило. Я в бильярдной приводил в порядок спортивные призы лорда Дарлингтона, когда вошла мисс Кентон и с порога заявила:

— Мистер Стивенс, я только что заметила перед этой дверью нечто непонятное.

— Что именно, мисс Кентон?

— Это его светлость распорядился, чтобы фарфорового китайца с верхней площадки поменяли местами с тем, что стоял перед бильярдной?

— Фарфорового китайца, мисс Кентон?

— Да, мистер Стивенс. Того, который стоял на верхней площадке, вы найдете теперь перед этой дверью.

— Боюсь, мисс Кентон, вы несколько заблуждаетесь.

— А я, мистер Стивенс, уверена, что нисколько не заблуждаюсь. Моя обязанность — знать, какое место в этом доме положено каждой вещи. Китайцев, осмелюсь предположить, взяли, протерли, а затем неверно расставили. Если сомневаетесь, мистер Стивенс, благоволите выйти в коридор и самолично убедиться.

— Мисс Кентон, я сейчас занят.

— Но вы, мистер Стивенс, мне, кажется, не верите. Поэтому я прошу вас выйти за дверь и самому посмотреть.

— Мисс Кентон, в настоящий момент я занят и займусь этим позже. Не вижу тут никакой срочности.

— Стало быть, мистер Стивенс, вы признаете, что я не ошиблась?

— Я не признаю ничего подобного, мисс Кентон, пока сам в это не вникну. Однако сейчас я занят.

Я вернулся к тому, чем занимался, но мисс Кентон продолжала стоять в дверях, не сводя с меня взгляда. Наконец она сказала:

— Я вижу, вы скоро освободитесь, мистер Стивенс. Я подожду вас в коридоре, вы выйдете, и мы наконец разберемся с этим делом.

— Мисс Кентон, по-моему, вы придаете этому вопросу такое значение, которого он едва ли заслуживает.

Но мисс Кентон уже ушла, и, разумеется, когда я вернулся к призам, скрип половицы у нее под ногой или другие звуки то и дело напоминали мне, что она все еще там, в коридоре. Поэтому я надумал заняться в бильярдной кое-какими другими делами, рассудив, что по прошествии известного времени она поймет всю нелепость своего поведения и удалится. Однако время прошло, я завершил все дела, с какими мог управиться при помощи подручных средств, а мисс Кентон, как я понимал, еще стояла под дверями. Решив больше не ждать из-за ее детских капризов, я уже было собрался выйти через одно из доходящих до пола двустворчатых окон. Осуществлению этого плана помешала погода, то есть имевшиеся в наличии несколько больших луж и участков грязи, а также и то, что потом все равно пришлось бы возвращаться в бильярдную — запереть окно. Итак, в конце концов я решил, что лучше всего внезапно выйти из бильярдной и удалиться быстрым шагом. Поэтому я по возможности тихо занял исходную позицию для броска и, прижав к груди бархатку, коробку с порошком и метелочку, благополучно проскочил в дверь и удалился от нее на несколько ярдов, прежде чем ошарашенная мисс Кентон успела сообразить, что к чему. Однако же сообразила она довольно быстро, мгновенно меня нагнала и выросла у меня на пути, загородив дорогу.

— Мистер Стивенс, вы согласны, что это не тот китаец?

— Мисс Кентон, я очень занят. Удивляюсь, что вы не нашли ничего лучшего, как весь день торчать в коридоре.

— Мистер Стивенс, тот китаец или не тот?

— Мисс Кентон, я просил бы вас не повышать голоса.

— А я бы просила вас, мистер Стивенс, обернуться и взглянуть на китайца.

— Мисс Кентон, будьте любезны не повышать голоса. Что подумают слуги внизу, услыхав, как мы во всю глотку спорим, тот это китаец или не тот?

— Дело в том, мистер Стивенс, что в этом доме все китайцы давно стоят непротертые. А теперь еще и не на своих местах!

— Мисс Кентон, не делайте из себя посмешище. А теперь, будьте добры, разрешите пройти.

— Мистер Стивенс, окажите любезность — взгляните на китайца у себя за спиной.

— Если вам, мисс Кентон, это так важно, я готов допустить, что китаец у меня за спиной может оказаться не на своем месте. Но должен сказать, мне не совсем ясно, почему вас так волнует это ничтожнейшее из упущений.

— Сами по себе эти упущения, может быть, и ничтожны, но говорят о многом, и кому, как не вам, мистер Стивенс, об этом задуматься.

— Мисс Кентон, я вас не понимаю. А теперь будьте любезны, позвольте пройти.

— Дело в том, мистер Стивенс, что вашему отцу поручают куда больше того, с чем человек в его годы способен управиться.

— Мисс Кентон, вы явно не отдаете себе отчета в собственных словах.

— Кем бы ни был ваш отец в свое время, мистер Стивенс, силы и возможности у него теперь совсем не те. Вот что стоит за этими, как вы их называете, «ничтожными упущениями», и если вы будете закрывать на это глаза, недолго ждать, чтобы ваш отец допустил упущение покрупнее.

— Такими разговорами, мисс Кентон, вы только выставляете себя в глупом свете.

— Простите, мистер Стивенс, но я должна закончить. Я считаю, что вашего отца следует освободить от исполнения многих обязанностей. Прежде всего, нельзя поручать ему носить тяжелые подносы. Поглядеть, как у него руки трясутся, когда он входит с подносом в столовую, так прямо ужас берет. Не сегодня завтра опрокинет он, опрокинет поднос на колени какой-нибудь даме или джентльмену. Я вам больше скажу, мистер Стивенс, хоть и не хочется,— я обратила внимание на нос вашего батюшки.

— Вот как, мисс Кентон?

— К сожалению, да, мистер Стивенс. Позавчера вечером я проследила, как ваш отец медленно-медленно движется с подносом в столовую, и ясно увидела, что с самого кончика носа у него свисает огромная капля, да прямо над супницей. Не сказала бы, что такое зрелище благоприятствует хорошему аппетиту.

Размышляя об этом сегодня, я не рискну утверждать, что мисс Кентон в тот день говорила со мной так смело. Разумеется, за долгие годы работы бок о бок нам случалось вступать в весьма резкие перепалки, но разговор, который я тут привел, имел место все же на раннем этапе нашего знакомства, и мне представляется маловероятным, чтобы даже мисс Кентон могла тогда столь далеко зайти. Да, я не рискну утверждать, что она и вправду могла позволить себе высказывания типа: «Сами по себе эти упущения, может быть, и ничтожны, но говорят о многом, и кому, как не вам, об этом задуматься». Больше того, теперь, по здравом размышлении, у меня возникает чувство, что эти слова, возможно, произнес сам лорд Дарлингтон, когда вызвал меня к себе в кабинет месяца через два после пикировки с мисс Кентон у дверей бильярдной. К тому времени дела с отцом значительно осложнились: произошло его падение у беседки.

Двери кабинета расположены прямо напротив парадной лестницы. Сейчас у кабинета стоит стеклянная горка с различными наградами и значками мистера Фаррадея, но при лорде Дарлингтоне на этом месте находился стеллаж с многотомными энциклопедиями, включая полный комплект «Британники». Лорд Дарлингтон обычно прибегал к маленькой хитрости. Когда я спускался по лестнице, он поджидал, стоя у стеллажа и разглядывая корешки; иной раз, чтобы встреча выглядела совсем уж случайной, вытягивал какой-нибудь том и притворялся, будто с головой погрузился в чтение. Тем временем я оказывался внизу и должен был так или иначе пройти мимо; тут он и произносил:

— А, Стивенс, весьма кстати, я как раз собирался с вами поговорить.

С этими словами он входил в кабинет, для вида по-прежнему погруженный в изучение тома, который держал открытым в руках. Лорд Дарлингтон неизменно прибегал к этой уловке, когда предстоящий разговор вызывал у него чувство неловкости, и даже после того, как двери кабинета закрывались за нами, он часто подходил к окну и, беседуя, делал вид, будто о чем-то справляется в энциклопедии.

Между прочим, этот пример — лишь один из многих, какие я мог бы вам привести, дабы подчеркнуть, сколь стеснителен и скромен был по натуре лорд Дарлингтон. За последние годы наболтали и напечатали много глупостей касательно его светлости и выдающейся роли, которую ему довелось сыграть в великих делах, а отдельные совершенно неосведомленные лица распускают слухи, будто его побуждало к этому самомнение, если не самонадеянность. Позволю себе в связи с этим заметить, что во всех подобных утверждениях нет и крупицы истины. Шаги, которые лорд Дарлингтон предпринял на общественном поприще, претили самому его естеству, и если он все-таки их предпринял, то — свидетельствую со всей убежденностью — переступить через собственную застенчивость его светлость побудило исключительно глубокое чувство морального долга. Что бы ни говорилось сегодня о его светлости — а в подавляющем большинстве случаев, как я сказал, о нем несут несусветную чушь,— я могу заявить, что в глубине души он был истинно добрым человеком и джентльменом до кончиков ногтей, и сегодня я горд, что прослужил у него лучшие годы жизни.

В тот день, о котором я повествую, его светлости было никак не более пятидесяти пяти, но, помнится, он уже совсем поседел, а в его высокой худой фигуре наметились первые признаки сутулости, которая резко обозначилась в последние годы жизни. Не отрывая глаз от энциклопедии, он спросил:

— Отцу лучше, Стивенс?

— Счастлив сообщить, что он полностью выздоровел, сэр.

— Весьма этому рад. Весьма рад.

— Благодарствую, сэр.

— Да, послушайте, Стивенс, а нет ли каких-то... гм... признаков? То есть признаков того, что ваш отец не против расстаться с частью обременительных для него обязанностей? Помимо этого его падения, хочу я сказать.

— Осмелюсь повторить, сэр, что отец, по всей видимости, полностью выздоровел и, как мне кажется, на него все еще можно в немалой степени полагаться. Правда, за последнее время в отправлении им своих обязанностей было отмечено одно-два упущения, но во всех случаях речь идет о вещах, по существу, ничтожных.

— Но никому из нас не хочется, чтобы подобное повторилось, верно? Я имею в виду, чтобы ваш отец еще раз свалился и все прочее.

— Ни в коем случае, сэр.

— И конечно, раз это случилось с ним на лужайке, то могло бы случиться где угодно. И в любое время.

— Да, сэр.

— Скажем, во время обеда, когда ваш отец прислуживал за столом.

— Не исключено, сэр.

— Послушайте, Стивенс, до приезда первых представителей остается меньше двух недель.

— Все подготовлено, сэр.

— То, что произойдет в стенах этого дома, когда все соберутся, может иметь весьма серьезные последствия.

— Да, сэр.

— Я хочу сказать — *весьма* серьезные. Для всего будущего политического курса Европы. С учетом того, кто будет присутствовать, не думаю, чтобы я сильно преувеличивал.

— Ни в коем случае, сэр.

— Не самое подходящее время идти на риск, которого легко избежать.

— Полностью с вами согласен, сэр.

— Послушайте, Стивенс, нет и речи о том, чтобы расстаться с вашим отцом. Однако же вам придется пересмотреть круг его обязанностей.

Вот тогда-то, мне кажется, его светлость и произнес, снова заглянув при этом в энциклопедию и неловко ткнув пальцем в какую-то статью:

— Сами по себе эти упущения, Стивенс, может быть, и ничтожны, но говорят о многом, и кому, как не вам, об этом задуматься. Прошло время, когда на вашего отца можно было во всем полагаться. Не нужно направлять его туда, где ошибка может подпортить успех нашей предстоящей конференции.

— Разумеется, сэр. Полностью с вами согласен.

— Вот и прекрасно. Стало быть, Стивенс, вы об этом подумаете.

Следует заметить, что отец упал — случилось это примерно неделей раньше — прямо на глазах у лорда Дарлингтона. Его светлость принимал в летней беседке двух гостей — молодую даму и джентльмена — и видел, как отец идет к ним по лужайке с подносом долгожданных закусок. Перед беседкой лужайка поднимается в гору, и в те дни, как, впрочем, и ныне, топленные в земле плиты, числом четыре, помогали одолеть подъем. Между этими плитами отец и упал, опрокинув поднос со всем, что было на нем — чайником, чашками, блюдцами, сандвичами и кексами,— на траву у верхней плиты. К тому времени, как до меня дошла страшная весть и я выбежал из дому, его светлость и гости уложили отца на бок, подсунув под голову подушечку из беседки и накрыв пледом. Отец был без сознания, лицо у него стало непонятного серого цвета. За доктором Мередитом уже было послано, но его светлость посчитал, что отца следует перенести в тень, не дожидаясь доктора.

Распорядились доставить и кресло на колесах, и отца с немалым трудом перевезли в дом. К приезду доктора Мередита отцу значительно полегчало, и доктор вскоре уехал, неопределенно высказавшись в том смысле, что отец, вероятно, «перенапрягался».

Этот случай, понятно, основательно выбил отца из колеи, но ко времени описанного разговора с его светлостью отец давно уже встал на ноги и вернулся к исполнению своих обычных обязанностей. Каким образом объявить ему о сокращении круга обязанностей? — этот вопрос оказался теперь довольно сложным. Мне было вдвойне трудно начинать такой разговор, потому что за последние годы мы с отцом постепенно отвыкли — по какой причине, не пойму до сих пор — друг с другом беседовать. То есть так отвыкли, что после его переезда в Дарлингтон-холл необходимость обратиться к нему с несколькими словами по работе и то повергала нас в обоюдное смущение.

В конце концов я решил, что лучше всего поговорить с ним с глазу на глаз у него в комнате, чтобы после моего ухода он смог в одиночестве обдумать свое новое положение. Застать отца у себя можно было два раза в сутки — рано утром либо поздно вечером. Выбрав первое, я однажды ни свет ни заря поднялся в его комнатенку на чердаке служебной половины дома и тихо постучался.

Раньше у меня редко возникала необходимость входить к отцу в комнату, и меня снова поразило, до чего она маленькая и голая. В тот раз, помнится, мне даже показалось, что я попал в тюремную камеру; впрочем, такое впечатление могло в равной степени быть вызвано как серыми утренними сумерками, так и размерами комнаты и голыми стенами. Отец успел раздвинуть занавески и сидел, чисто выбритый и в полной служебной форме, на краю койки, глядя, судя по всему, на предрассветное небо. По крайней мере, легко было предположить, что он смотрит именно на небо, поскольку из подслеповатого окошка были видны только небо, черепичная кровля да водосточные желоба. Керосиновая лампа на столике у кровати была задута; заметив, что отец неодобрительно покосился на лампу, которой я освещал дорогу на шаткой лестнице, я тоже поспешил прикрутить фитиль. В наступившем полумраке серый свет, сочившийся из окна, делал комнату еще более унылой; я видел, как в этом призрачном свете проступают контуры отцовского лица — бугристого, изрезанного морщинами и все еще внушающего почтение.

— Ну вот,— произнес я с коротким смешком,— я так и знал, что папенька уже встал и готов начать новый день.

— Я уже три часа, как встал,— сказал он, смерив меня довольно прохладным взглядом.

— Надеюсь, артрит не перебивает папеньке сон?

— Сколько нужно, столько и сплю.

Отец потянулся к единственному в комнате маленькому деревянному стулу и, опершись руками на спинку, тяжело поднялся. Когда он выпрямился, я подумал: почему он так горбится — от слабости или привык ходить у себя согнувшись из-за крутых потолочных скатов?

— Я пришел, папенька, кое-что сообщить.

— Ну так сообщай поскорее и покороче, некогда мне все утро выслушивать твою болтовню.

— В таком случае, папенька, перейду к делу.

— Вот и переходи, да поживее, а то меня ждет работа.

— Хорошо. Раз уж просили покороче, постараюсь исполнить. Дело в том, что папенька с каждым днем слабеет, и это зашло так далеко, что теперь даже обязанности помощника дворецкого ему не по силам. Его светлость считает, да и сам я того же мнения, что исполнение папенькой и впредь нынешнего круга обязанностей станет постоянной угрозой для образцового порядка, в каковом содержится этот дом, и прежде всего — для намеченной на следующую неделю важной международной встречи.

В полумраке лицо отца оставалось совершенно бесстрастным.

— В принципе,— продолжал я,— было сочтено, что папеньке не следует более прислуживать за столом как при гостях, так и без оных.

— За последние пятьдесят четыре года не было дня, чтобы я не прислуживал за столом,— заметил отец недрогнувшим голосом.

— Больше того, решено, что папеньке не следует разносить нагруженные подносы — неважно с чем и даже из комнаты в комнату. Принимая во внимание указанные ограничения и зная о любви папеньки к краткости, я письменно изложил пересмотренный круг обязанностей, исполнение каковых отныне на него возлагается.

Я держал листок наготове, но мне как-то не хотелось передавать его отцу из рук в руки, поэтому я положил листок в изножье постели. Отец бросил взгляд на бумажку, потом посмотрел на меня. На лице его по-прежнему не было ни малейшего проблеска чувств, руки все так же неподвижно покоились на спинке стула. Даже сгорбленный, он давил на окружающих уже одним своим телесным присутствием, и это давление — то самое, от которого однажды протрезвели на заднем сиденье два пьяных джентльмена,— ощущалось все время. Наконец он сказал:

— В тот раз я упал только из-за плит. Их перекосило. Нужно сказать Шеймасу, пусть их выровняет, а то еще кто-нибудь грохнется.

— Несомненно. Во всяком случае, я могу быть уверен, что папенька внимательно прочитает этот листок?

— Нужно сказать Шеймасу, пусть выровняет плиты. И уж конечно, до того, как господа начнут прибывать из Европы.

— Несомненно. Итак, папенька, всего хорошего.

Летний вечер, о котором мисс Кентон вспоминает в письме, случился вскоре после этого разговора — да что там, может быть, в тот самый день. Не помню, что привело меня тогда на верхний этаж, где вдоль коридора рядком идут спальни для гостей. Но, кажется, я уже говорил, что отчетливо запомнил, как лучи заходящего солнца вырывались из открытых дверей и рассекали полумрак коридора полосами оранжевого света. Я проходил вдоль пустующих комнат, и тут меня окликнула мисс Кентон, чей силуэт четко вырисовывался на фоне окна одной из спален.

Когда думаешь об этом, когда вспоминаешь, с каким рвением мисс Кентон жаловалась мне на отца в первые месяцы своей службы в Дарлингтон-холле, то понимаешь, почему она пронесла через все эти годы память о том вечере. Конечно же, ее глодала совесть, когда мы стояли там у окна и наблюдали за отцом. На траву легли длинные тени от тополей, но солнце еще высвечивало далекий уголок, где лужайка поднималась к беседке. Мы видели, что отец застыл у тех самых четырех плит, погруженный в свои мысли. Ветерок слегка трепал ему волосы. Потом отец медленно взошел по плитам — а мы всё стояли у окна. На последней он повернулся и чуть быстрее спустился вниз. Опять повернулся, помедлил, внимательно посмотрел на плиты и наконец решительно поднялся во второй раз. Теперь он прошел чуть не до самой беседки, повернулся и медленно побрел назад, упершись взглядом в землю. Нет, мне решительно не описать его вида в ту минуту лучше, чем это сделала в своем письме мисс Кентон; действительно — «словно обронил драгоценный камень и теперь надеется его отыскать».

Однако, смотрю, я слишком увлекся воспоминаниями, что, вероятно, не совсем разумно с моей стороны. В конце-то концов, эта поездка дает мне возможность сполна насладиться многими красотами сельской Англии; знаю — сам буду потом горько жалеть, если позволю неподобающим мыслям отвлечь себя от этих красот. Действительно, я ведь еще не описал, как доехал до Солсбери, если не считать беглого упоминания об остановке на горной дороге в самом начале моего путешествия. Это серьезное упущение, а ведь вчерашний день доставил мне столько радости.

Я тщательно продумал маршрут до Солсбери, с тем чтобы по возможности избегать главных магистралей; кому-то маршрут может показаться излишне окольным, зато мне он позволил охватить значительное число ландшафтов, рекомендованных миссис Дж. Симонс в ее замечательном труде, и, должен сказать, я получил от этого немалое удовольствие. Большей частью я ехал среди лугов и пашен, где воздух напоен нежным запахом полевых цветов, и нередко снижал скорость «форда» до черепашьей, чтобы по достоинству оценить прелесть какой-нибудь речки или долины. Однако, насколько мне помнится, второй раз я вышел из машины только у самого Солсбери.

Я проезжал тогда по длинной прямой дороге, справа и слева расстилались широкие луга. Местность и вправду пошла ровная и плоская, так что во всех направлениях открывался далекий обзор, а впереди уже маячил на горизонте шпиль Солсберийского собора. На меня снизошла какая-то умиротворенность, и по этой причине, как мне кажется, я снова сбавил скорость миль, вероятно, до пятнадцати в час. Оно оказалось и к лучшему — в самый последний момент я успел заметить курицу, которая неспешно переходила дорогу прямо перед машиной. Я затормозил, и «форд» остановился всего в каком-то футе или двух от птицы; та, в свою очередь, тоже остановилась и замерла посреди дороги. Когда по прошествии минуты она так и не двинулась, я нажал на клаксон, но в ответ упрямая тварь принялась долбить клювом землю. Теряя терпение, я начал выбираться из автомобиля и уже ступил одной ногой на дорогу, когда услыхал женский голос:

— Ох, сэр, простите, как можете.

Оглянувшись, я увидел придорожную ферму, которую только что миновал; оттуда выскочила молодая женщина в фартуке — несомненно, на звук клаксона. Она пробежала мимо меня, подхватила курицу на руки и стала ее оглаживать, продолжая сыпать извинениями. Когда я заверил ее, что курица не пострадала, она сказала:

— Огромное вам спасибо, что остановились и не задавили бедняжку Нелли. Она у нас умница, несет такие яйца, каких вы не видывали. Какой вы хороший, что остановились. А ведь вы, верно, тоже спешите.

— Нет, отнюдь не спешу,— возразил я с улыбкой.— Впервые за многие годы я располагаю временем, и, должен признаться, мне это очень нравится. Я, видите ли, разъезжаю просто для удовольствия.

— Как это мило, сэр. А сейчас, я так думаю, вы держите путь в Солсбери?

— Именно. Кстати, это там не собор вдалеке? Прекрасное, я слышал, здание.

— Еще бы, сэр, очень красивое. Сама-то я, чтоб не соврать, в Солсбери, почитай, не бываю, так что какой он там вблизи — сказать не скажу. А скажу я вам, сэр, что шпиц отсюда каждый божий день видно. В иной день наползает туману, и он вроде как совсем пропадает, но в ясный день, как сегодня, он глядится красиво, правда?

— Очаровательно.

— Уж как я вам благодарна, сэр, что вы не переехали нашу Нелли. Три года назад нашу черепаху вот так же задавило и на этом же самом месте. Мы так все переживали.

— Какая трагедия,— посочувствовал я.

— Еще бы, сэр. Другие вот говорят, что мы, фермерские, привычные, когда животных калечат или убивают, так это неправда. Мой малыш много дней плакал. Как вы добры, сэр, что не переехали Нелли. Может, выпьете чашечку чая, раз вы все равно вышли, мы будем рады. После чая и в дороге полегче.

— Вы очень любезны, но, честное слово, я, пожалуй, не смогу. Хочу добраться до Солсбери пораньше, чтобы до темноты осмотреть достопримечательности.

— И то верно, сэр. Что ж, еще раз большое спасибо.

Я снова пустился в путь, однако почему-то — вероятно, из опасения, как бы другие домашние животные не забрели на дорогу,— ехал с той же малой скоростью. Должен признаться, что-то в этой мимолетной встрече привело меня в прекрасное расположение духа; простая любезность, за которую мне сказали спасибо, и простая любезность, предложенная в ответ, непонятным образом вселили в меня большие надежды на успех всего, что мне предстояло в ближайшие дни. С таким настроением я и въехал в Солсбери.

Но сперва мне хочется еще на минутку вернуться к отцу, ибо, как мне показалось, из сказанного может сложиться впечатление, будто я несколько в лоб повел разговор о том, что силы его убывают. Но так уж вышло, что выбора у меня тогда, можно сказать, не было, и вы наверняка согласитесь с моим подходом, когда я открою вам всю подоплеку событий тех дней. А именно: важная международная конференция, имевшая вот-вот состояться в Дарлингтон-холле, не давала нам возможности смотреть на происходящее сквозь пальцы или «ходить вокруг да около». Кроме того, не следует упускать из виду, что хотя в последующие пятнадцать с лишним лет стены Дарлингтон-холла были свидетелями многих других столь же значительных событий, однако первым в их чреде явилась именно конференция в марте 1923 года; можно, таким образом, заключить, что отсутствие солидного опыта по этой части не позволяло полагаться на волю случая. Я и в самом деле часто вспоминаю эту конференцию и по целому ряду причин рассматриваю ее как поворотный пункт в моей жизни. Во-первых, я, пожалуй, считаю, что именно тогда я по-настоящему состоялся как дворецкий. Это не следует понимать в том смысле, будто я утверждаю, что стал непременно «великим» дворецким; во всяком случае, не мне об этом судить. Но если кто-нибудь когда-нибудь захочет сказать, что за долгие годы службы я, по меньшей мере, обрел хотя бы крупицу основополагающего качества, именуемого «достоинством», то этому лицу желательно обратиться к конференции 1923 года, ибо именно тогда я впервые проявил потенциальные способности к обретению такого качества. Это было одно из тех событий, какие происходят на решающем этапе нашего профессионального и духовного роста, бросают нам вызов, требуют предельного напряжения — и перенапряжения — сил, так что после таких событий начинаешь оценивать самого себя уже иначе. Разумеется, конференция памятна мне и по другим, не связанным с упомянутой, причинам, что и хотелось бы здесь пояснить.

Конференция 1923 года увенчала собой период долгой подготовительной работы со стороны лорда Дарлингтона; оглядываясь назад, видишь, как его светлость шел к ней добрых три года. Вспоминаю, что поначалу он не был столь озабочен мирным договором, подписанным в конце Великой войны, и, думаю, справедливо будет сказать, что его светлость побудило к действиям не столько изучение условий договора, сколько дружба с герром Карл-Хайнцем Бреманом.

Когда герр Бреман впервые посетил Дарлингтон-холл вскоре после войны, он еще носил форму немецкого офицера, и всякому, кто видел его вместе с лордом Дарлингтоном, становилось понятно, что между ними возникла тесная дружба. Меня это не удивляло, поскольку с первого взгляда было ясно: герр Бреман —

джентльмен из весьма благородных. Уволившись из армии, он в течение двух лет более или менее регулярно наезжал в Дарлингтон-холл; от приезда к приезду он опускался все больше и больше, что невольно бросалось в глаза и вызывало тревогу. Одевался он с каждым разом все хуже и хуже, заметно похудел, взгляд у него сделался какой-то затравленный, а в последний свой приезд он подолгу сидел, уставившись в пустоту, забывая о том, что находится в компании его светлости, и порой даже не слышал, когда к нему обращаются. Я было подумал, что у герра Бремана тяжелый недуг, но меня разубедили некоторые высказывания его светлости.

Примерно в конце 1920 года лорд Дарлингтон предпринял первую из своих многочисленных поездок в Берлин, которая, помнится, его просто потрясла. Вернувшись из Германии, он на много дней погрузился в тяжелые думы; вспоминаю, как однажды в ответ на мой вопрос, хорошо ли прошла поездка, он заметил:

— Неприятно, Стивенс. Крайне неприятно. Подобное обращение с поверженным противником навлекает на нас позор. Полный разрыв с традициями нашей страны.

В связи с этим мне живо вспоминается еще один случай. Теперь в старой банкетной зале нет уже стола, мистер Фаррадей удачно приспособил это просторное помещение с великолепным потолком под своеобразную галерею. Но во времена его светлости залу регулярно использовали, как и длинный стол, в ней стоявший, за которым умещалось тридцать с лишним персон; банкетная зала вообще настолько просторна, что при необходимости к имевшемуся столу приставляли еще несколько и рассаживали без малого пятьдесят человек. В обычные дни лорд Дарлингтон, разумеется, изволил кушать, как сейчас мистер Фаррадей, в более уютной столовой, где идеально размещается до дюжины обедающих. Но в тот зимний вечер, что так мне запомнился, столовую по какой-то причине было невозможно использовать, и лорд Дарлингтон обедал со своим единственным гостем — если не ошибаюсь, сэром Ричардом Фоксом, коллегой его светлости по работе в Министерстве иностранных дел в прежние времена,— под высокими сводами банкетной залы. Вы, конечно, согласитесь, что нет ничего хуже, чем прислуживать за столом, когда обедают двое. По мне, так лучше уж прислуживать одному человеку, пусть даже его первый раз видишь в глаза. Когда же за столом двое, будь даже один из них ваш хозяин, безумно тяжело добиться равновесия между расторопностью и незаметностью, которое так важно для хорошего обслуживания: все время кажется, что своим присутствием не даешь обедающим свободно поговорить.

В тот раз большая часть залы была погружена в темноту; два джентльмена сидели рядом по длинную сторону стола примерно посередине — ширина столешницы не позволила занять места друг против друга,— в круге света, который отбрасывали стоящие на столе канделябры и пылающий перед ними камин. Чтобы не бросаться в глаза, я решил отступить в тень много дальше от стола, чем обычно. Явный недостаток подобной стратегии заключался, понятно, в том, что всякий раз, как я выходил на свет обслужить джентльменов, долгое глухое эхо моих приближающихся шагов опережало само мое появление, привлекая к нему внимание весьма нарочитым образом; великим же ее преимуществом было то, что меня почти не было видно, когда я оставался на месте. Именно там, стоя в тени на некотором расстоянии от двух джентльменов, сидевших в окружении пустующих стульев, я услышал, как лорд Дарлингтон рассуждает о герре Бремане; он изъяснялся, как всегда, спокойно и тихо, но в этих могучих стенах голос хозяина звучал с какой-то особенной глубиной.

— Он был моим противником,— говорил его светлость,— но всегда поступал как джентльмен. Мы относились друг к другу как приличные люди, хотя шесть месяцев друг друга обстреливали. Он по-джентльменски исполнял свой долг, и я не питал к нему зла. Я ему заявил: «Послушайте, сейчас мы враги, и я буду сражаться с вами всем наличным оружием. Но когда закончится эта мерзкая заваруха, мы больше не будем врагами и вместе посидим за бутылкой». Хуже всего, что сейчас этот договор выставляет меня лжецом. Я хочу сказать, что заверил его, будто мы прекратим враждовать, когда все это кончится. Имею ли я теперь право смотреть ему в глаза и утверждать, что так оно и есть?

В тот вечер, но несколько позже его светлость произнес, озабоченно покачав головой:

— Я сражался в этой войне ради справедливости в нашем мире. Насколько я тогда понимал, речь вовсе не шла о кровной мести германской нации.

И когда слышишь сегодня сплетни о его светлости, слышишь все эти глупые домыслы о побуждениях, какими он руководствовался, а слышать такое приходится слишком часто, я с радостью призываю воспоминание о той минуте, когда он произнес эти прочувствованные слова в почти пустой банкетной зале. Каким бы сложным ни был путь его светлости в последующие годы, я лично никогда не усомнюсь, что в основе всех его действий лежало желание видеть «справедливость в нашем мире».

А немного спустя пришла печальная весть: герр Бреман застрелился в поезде между Гамбургом и Берлином. Его светлость, естественно, был очень расстроен и немедленно принял решение направить фрау Бреман деньги и соболезнования. Однако после многодневных усилий, в которых я тоже принимал посильное участие, его светлость так и не смог установить местожительство никого из родных герра Бремана. Судя по всему, тот в последнее время не имел крыши над головой, а семья его рассеялась.

Я считаю, что и без этой трагедии лорд Дарлингтон все равно избрал бы тот же самый образ действий; желание положить конец несправедливости и страданию пустило в его душе слишком глубокие корни, чтобы он мог вести себя по-другому. Во всяком случае, непосредственно после смерти герра Бремана его светлость уделял все больше и больше времени проблемам германского кризиса. В доме стали регулярно бывать могущественные и знаменитые джентльмены, в их числе, помнится, такие видные фигуры, как лорд Дэниэлс, профессор Мейнард Кейнс и мистер Г. Дж. Уэллс, прославленный литератор, а также ряд других лиц, каковых — поскольку прибывали они «неофициально» — я не хочу называть. Они часто вели с его светлостью бесконечные дебаты при закрытых дверях.

Некоторые гости и вправду прибывали настолько конфиденциально, что я получал указания позаботиться, чтобы никто из слуг не узнал их имен, а порой и не увидел в лицо. Однако лорд Дарлингтон — об этом я говорю с благодарностью и не без гордости — ни разу не пытался ничего скрыть от моих глаз и ушей. Могу привести много случаев, когда кто-нибудь из гостей, оборвав себя на полуслове, бросал на меня настороженный взгляд и в ответ слышал от его светлости неизменное:

— Не беспокойтесь. Уверяю вас, при Стивенсе можно говорить откровенно.

Итак, в течение двух лет, последовавших за смертью герра Бремана, его светлость вместе с сэром Дэвидом Кардиналом, ставшим в то время его самым верным союзником, методично создавали широкое объединение единомышленников, убежденных в том, что нетерпимому положению в Германии должен быть положен конец. В этот союз входили не одни лишь британцы и немцы, но также бельгийцы, французы, итальянцы, швейцарцы; среди них были дипломаты и политические деятели высокого ранга, видные священнослужители, отставные военные, писатели и философы. Одни, как и его светлость, твердо верили, что в Версале была допущена несправедливость и безнравственно продолжать наказывать народ за войну, которая уже кончилась. Другие, видимо, не столько пеклись о Германии и ее населении, сколько опасались, что экономический хаос в этой стране, если его не остановить, может с чудовищной быстротой перекинуться на весь мир.

К началу 1922 года его светлость ясно определил для себя, чего он хочет добиться,— собрать, и не где-нибудь, а в стенах самого Дарлингтон-холла, наиболее влиятельных джентльменов из числа тех, чьей поддержкой он заручился, и устроить «неофициальную» международную конференцию для обсуждения путей и средств пересмотра наиболее суровых положений Версальского договора. Дабы подобные мероприятия не проходили впустую, им следовало быть авторитетными, причем в такой степени, чтобы оказывать решающее воздействие на официальные международные конференции,— несколько последних уже имели место, и, хотя целью их был объявлен пересмотр договора, породили они лишь неразбериху и чувство горечи. Наш тогдашний премьер-министр, мистер Ллойд Джордж, призвал провести в Италии весной 1922 года еще одну большую конференцию, и поначалу его светлость хотел собрать совещание в Дарлингтон-холле как раз для того, чтобы обеспечить принятие на этой конференции решений, которые бы его удовлетворили. Они с сэром Дэвидом сделали все возможное, но сроки оказались слишком жесткие. После того как конференция мистера Джорджа снова не дала результатов, его светлость взял на прицел очередную большую конференцию, которую планировалось на следующий год созвать в Швейцарии.

Вспоминаю, как в это примерно время я принес лорду Дарлингтону в малую столовую утренний кофе и он, складывая «Таймс», брезгливо заметил:

— Французы. Ну в самом деле, Стивенс, что тут скажешь! Французы.

— Да, сэр.

— А ведь мы обнимались с ними на глазах у всего мира. Как вспомнишь — впору в ванну лезть отмываться.

— Да, сэр.

— Когда я последний раз был в Берлине, Стивенс, ко мне подошел старый приятель еще моего отца барон Оверат и сказал: «Почему вы с нами так поступаете? Вы что, не видите, что мы больше не можем?» Так и подмывало заявить ему, что это все мерзавцы французы. То есть я хотел сказать — совершенно не похоже на англичан. Но, вероятно, нельзя такого себе позволить. Негоже ругать наших милых союзничков.

Но уже тот факт, что самую непримиримую позицию в вопросе освобождения Германии от суровостей Версальского договора занимали французы, настоятельно требовал участия в совещании в Дарлингтон-холле хотя бы одного французского джентльмена, обладающего безусловным влиянием на внешнюю политику своей страны. Больше того, я несколько раз слышал, как его светлость высказывал мнение, что без участия такого лица любое обсуждение германской проблемы выльется в пустопорожнюю болтовню. Таким образом, в подготовке этого мероприятия они с сэром Дэвидом перешли к последней, решающей партии. Видеть, какое неколебимое упорство они проявляли перед лицом повторяющихся неудач, значило учиться смирению. Рассылались бесчисленные письма и телеграммы, его светлость за два месяца три раза лично побывал в Париже. Наконец, заручившись согласием одного в высшей степени известного француза — я буду именовать его просто «мсье Дюпон» — участвовать в совещании на сугубо неофициальной основе, согласовали время проведения конференции: тот памятный март 1923 года.

С приближением назначенной даты мои заботы, хотя куда более скромные по сравнению с теми, какие одолевали его светлость, тем не менее соответственно возрастали. Я прекрасно понимал, что, если кто-нибудь из гостей останется не вполне доволен условиями пребывания в Дарлингтон-холле, последствия могут быть самые непредсказуемые. К тому же я не знал точно, сколько народу прибудет, и это осложняло подготовку к предстоящему событию. Поскольку конференция предполагалась на очень высоком уровне, число участников было ограничено всего восемнадцатью весьма видными джентльменами и двумя дамами — одной немецкой графиней и грозной миссис Элеонорой Остин, тогда еще проживавшей в Берлине. Но следовало исходить из того, что все они прибудут с секретарями, слугами и переводчиками, и не было никакой возможности уточнить число этих лиц. Более того, стало ясно, что кое-кто прибудет не накануне открытия конференции, которая должна была продлиться три дня, а заблаговременно, чтобы успеть подготовить почву и прощупать настроение коллег, но и тут даты прибытия опять же оставались неизвестными. Было ясно, что в этих условиях слугам предстоит основательно поработать и проявить не только чудеса проворства, но и выказать необыкновенную гибкость. Говоря по правде, я какое-то время думал, что нам не справиться с этим грандиозным испытанием без дополнительного персонала со стороны. Однако такой вариант мог вызвать у его светлости опасения, как бы не пошли лишние разговоры. К тому же это означало, что мне придется полагаться на неизвестных людей, и тут любая ошибка могла обойтись очень дорого. Поэтому я занялся приготовлениями, как, вероятно, генерал готовится к предстоящему сражению: с исключительной тщательностью разработал специальную схему распределения обязанностей, рассчитанную на всевозможные непредвиденные обстоятельства; определил, где у нас наиболее уязвимые места, и занялся составлением аварийных программ для ликвидации последствий возможных срывов; я даже провел со слугами нечто вроде боевого инструктажа, внушив, что хотя им и предстоит работать на износ, зато потом они будут гордиться тем, что исполняли свои обязанности в эти исторические дни. «В этих стенах,— сказал я им,— могут быть приняты исторические решения». И они, зная меня как человека, не склонного к преувеличениям, прониклись мыслью, что надвигается нечто чрезвычайное.

Теперь, надеюсь, вы получили известное представление об общей атмосфере, царившей в Дарлингтон-холле, когда отец свалился у беседки, а случилось это за две недели до ожидаемого прибытия первых участников конференции. Можете вы понять и то, что я имел в виду, говоря, что у нас не было возможности «ходить вокруг да около». Отец, во всяком случае, быстро нашел способ, как сохранить за собой некоторые из прежних обязанностей, обходя запрет носить нагруженные подносы. Он завел тележку. Принадлежности для уборки, швабры, щетки и прочее непривычно, хотя всегда аккуратно, соседствовали на ней с чайниками, чашками и блюдечками; он ходил, толкая тележку перед собой, как уличный торговец, и в доме привыкли к этому зрелищу. Понятно, что с обязанностями по обслуживанию обедающих ему все же пришлось расстаться, но в остальном тележка позволяла ему делать на удивление много. Да что там, с приближением конференции, этого грандиозного испытания, отец поразительным образом изменился. В него будто вселилась некая сверхъестественная сила, заставив сбросить с плеч лет двадцать; осунувшееся за последнее время лицо выглядело уже не столь изможденным, а в работе он проявлял такое поистине юношеское рвение, что посторонний вполне мог бы подумать — не один, а несколько похожих друг на друга слуг толкают тележки по коридорам Дарлингтон-холла.

Что до мисс Кентон, то, боюсь, возрастающее напряжение тех дней заметно сказалось на ней. Помнится, я как-то столкнулся с ней в служебном коридоре. Служебный коридор, этот в известном смысле спинной хребет той части Дарлингтон-холла, что отдана слугам,— место довольно унылое: дневной свет проникает туда лишь кое-где, при том что сам коридор изрядной длины. Даже при ярком солнце в нем так темно, что кажется, будто идешь по тоннелю. В тот день я узнал мисс Кентон по звуку шагов — она спешила навстречу,— а то бы пришлось вглядываться в силуэт, чтобы понять, что это она. Я остановился в одном из немногих мест, где на дощатый пол падал яркий луч света, и, когда она приблизилась, произнес:

— А, мисс Кентон.

— Да, мистер Стивенс?

— Мисс Кентон, могу ли я обратить ваше внимание на то, что постельное белье для верхнего этажа непременно должно быть готово к послезавтрему?

— С бельем все в полном порядке, мистер Стивенс.

— Что ж, рад слышать. Я просто вспомнил об этом, только и всего.

Я собрался идти дальше, но мисс Кентон осталась на месте, а когда шагнула ко мне, полоска света упала ей на лицо, и я увидел, что она злится.

— К сожалению, мистер Стивенс, сейчас я страшно занята и за хлопотами не найду ни единой свободной минутки. Будь у меня столько свободного времени, сколько, очевидно, есть у вас, я с удовольствием отплатила бы вам той же монетой — пустилась разгуливать по дому, напоминая *вам* о делах, с которыми вы и так прекрасно справляетесь.

— Ну что вы, мисс Кентон, не надо так раздражаться. Мне всего лишь захотелось удостовериться, что от вашего внимания не ускользнуло...

— Мистер Стивенс, за последние два дня такое желание появляется у вас в четвертый или в пятый раз. Очень странно, что у вас полно свободного времени и вы можете просто так разгуливать по дому, приставая к другим с необоснованными замечаниями.

— Мисс Кентон, если вам хоть на миг показалось, будто у меня полно свободного времени, это яснее ясного свидетельствует о вашей великой неопытности. Надеюсь, впоследствии вы составите более четкое представление о том, что происходит в таких домах, как этот.

— Вы постоянно твердите о моей «великой неопытности», мистер Стивенс, а между тем, видимо, не в состоянии найти в моей работе никаких упущений. В противном случае, не сомневаюсь, уже давно бы указали мне на них и долго об этом распространялись. А сейчас у меня полным-полно дел, и я бы попросила вас не ходить за мной по пятам и не приставать с подобными указаниями. Если у вас столько свободного времени, лучше бы пошли погуляли на свежем воздухе — это куда полезнее.

Она обошла меня и устремилась по коридору, стуча каблуками. Сочтя за благо не углублять конфликта, я отправился своим путем и почти дошел до кухонной двери, когда услышал за спиной бешеную дробь нагоняющих меня шагов.

— И вообще, мистер Стивенс,— крикнула она,— я бы попросила вас отныне не обращаться ко мне непосредственно.

— То есть как, мисс Кентон?

— Если вам понадобится что-нибудь мне передать, извольте делать это через третьих лиц. Или соблаговолите написать записку и мне отослать. Уверена, это значительно упростит наши рабочие взаимоотношения.

— Мисс Кентон...

— Я страшно занята, мистер Стивенс. Записка, если в двух словах о деле не скажешь. Остальное соблаговолите передавать через Марту, или Дороти, или кого-нибудь из лакеев, которого сочтете надежным. А теперь я должна вернуться к работе, а вы гуляйте себе дальше по дому.

Как ни раздражало меня поведение мисс Кентон, я тогда не мог позволить себе много думать о ней: уже прибыли первые гости. Зарубежных участников ожидали через два-три дня, но джентльмены, которых его светлость именовал «нашей командой» — два советника Министерства иностранных дел, действовавших сугубо «неофициально», и сэр Дэвид Кардинал,— приехали пораньше, чтобы наилучшим образом «подготовить почву». Как всегда, от меня почти ничего не скрывали, я свободно входил в комнаты, где упомянутые джентльмены вели увлеченные дебаты, и потому, сам того не желая, получил представление об общей атмосфере, определявшей данный этап работы. Его светлость и коллеги, понятно, стремились как можно обстоятельней обменяться мнениями о каждом из предполагаемых участников; в основном, однако, всех их тревожила одна личность — мсье Дюпон, джентльмен из Франции, и его вероятные симпатии и антипатии. Как-то раз я вошел, кажется, в курительную и услышал слова одного из джентльменов:

— Поймите, судьба Европы и в самом деле может зависеть от того, сумеем ли мы переубедить Дюпона по данному вопросу.

В самый разгар этих предварительных обсуждений его светлость поручил мне одно дело, настолько необычное, что я и по сей день храню его в памяти наряду с другими действительно незабываемыми происшествиями, случившимися в ту выдающуюся неделю. Лорд Дарлингтон вызвал меня к себе в кабинет, и я сразу увидел, что он волнуется. Он сидел за письменным столом и, как обычно, обратившись за помощью к книге — на сей раз к справочнику «Кто есть кто», — бесцельно перелистывал страницы.

— А, Стивенс, — начал он с напускным безразличием, но тут же, похоже, растерялся и замолк.

Я стоял, поджидая удобного случая вывести его из затруднения. Его светлость немного потыкал пальцем в страницу и произнес:

— Стивенс, я понимаю, что это несколько необычная просьба.

— Сэр?

— Просто сейчас столько важных дел навалилось, что до всего руки не доходят.

— Буду рад оказаться полезным, сэр.

— Не хотелось бы мне говорить на эту тему, Стивенс. Я понимаю, у вас самого дел сейчас невпроворот. Но просто не представляю, как выпутаться.

Я промолчал, а лорд Дарлингтон снова погрузился в «Кто есть кто». Потом он сказал, не подымая глаз:

— Полагаю, вам знакомы... реальности жизни.

— Сэр?

— Реальности жизни, Стивенс. Отношения полов. Ну, птички там всякие, пчелки. Знакомы, не правда ли?

— Боюсь, я не понял, сэр.

— Ладно, Стивенс, раскрою карты. Сэр Дэвид — мой старый друг. Сыграл неоценимую роль в организации нынешней конференции. Без него, смею сказать, мы бы не уговорили мсье Дюпона приехать.

— Несомненно, сэр.

— Однако же, Стивенс, сэр Дэвид — человек не без странностей. Да вы и сами могли заметить. Он привез с собой сына, Реджинальда. В качестве секретаря. Закавыка в том, что он обручен и скоро женится. Я говорю о юном Реджинальде.

— Да, сэр.

— Сэр Дэвид вот уже пять лет порывается объяснить сыну реальности жизни. Молодому человеку уже двадцать три.

— Да, сэр.

— Перехожу к делу, Стивенс. Мне довелось стать крестным отцом этого юнца. Вот сэр Дэвид и попросил — меня — объяснить юному Реджинальду, что к чему.

— Да, сэр.

— Сам сэр Дэвид пасует перед этой задачей, боится, что так и не справится с ней до свадьбы Реджинальда.

— Да, сэр.

— А я, Стивенс, чертовски занят. Уж кому об этом и знать, как не сэру Дэвиду, но он таки все равно попросил меня.

Его светлость замолк и уставился в справочник.

— Правильно ли я понял, сэр, — спросил я, — что вы желаете, чтобы я проинструктировал молодого джентльмена?

— Если вы не против, Стивенс. У меня груз с души свалится. Сэр Дэвид пристает ко мне буквально каждую минуту, спрашивает, сделал я это или нет.

— Понимаю, сэр. В нынешних обстоятельствах это, должно быть, очень вам докучает.

— Разумеется, Стивенс, это совсем не входит в ваши обязанности.

— Постараюсь исполнить, сэр. Правда, подыскать подходящее время для соответствующей беседы может оказаться довольно сложно.

— Буду весьма благодарен, Стивенс, если вы хотя бы попытаетесь. С вашей стороны это очень мило. И послушайте, не стоит с ним разводить турусы на колесах. Объясните ему, что и как, — и дело с концом. Чем проще, тем лучше, вот вам мой совет, Стивенс.

— Да, сэр. Не пожалею усилий.

— Огромнейшее спасибо, Стивенс. И держите меня в курсе.

Легко догадаться, что этой просьбой я был несколько ошарашен и в нормальных условиях не спеша бы ее обдумал. Но поскольку сие поручение свалилось на меня в самый разгар напряженной работы, я не мог себе позволить чрезмерно отвлекаться, а потому решил с ним покончить при первом удобном случае. Припоминаю, что всего через час после того, как мне поручили это дело, я увидел в библиотеке молодого мистера Кардинала. Он был один, сидел за столиком и изучал какие-то бумаги. Приглядевшись к юному джентльмену, можно было понять, как понял и я, всю сложность ситуации, в которой пребывал его светлость, не говоря о родителе юного джентльмена. Крестник хозяина производил впечатление серьезного ученого юноши, на лице его читалось много достоинств; принимая, однако, во внимание тему предстоящей беседы, предпочтительней, конечно, было бы иметь дело с более беспечным, даже легкомысленным молодым человеком. Тем не менее настроенный довести дело до победного конца как можно скорее, я вошел в библиотеку и, остановившись в двух шагах от столика, за которым работал мистер Кардинал, кашлянул.

— Прошу прощения, сэр, но я к вам с поручением.

— Вот как? — живо откликнулся мистер Кардинал, поднимая глаза от бумаг.— От отца?

— Да, сэр. То есть фактически.

— Минуточку.

Молодой человек наклонился к стоявшему на полу портфелю и извлек оттуда карандаш и блокнот.

— Выкладывайте, Стивенс.

Я снова кашлянул и заговорил самым бесстрастным голосом, на какой был способен:

— Сэр Дэвид хочет, чтобы вы знали, сэр, что дамы и господа имеют различия в нескольких важнейших отношениях.

Я, видимо, сделал паузу, чтобы сформулировать про себя следующую фразу, потому что мистер Кардинал вздохнул и сказал:

— Это-то мне известно, Стивенс, и еще как. Давайте-ка к делу.

— Известно, сэр?

— Отец меня постоянно недооценивает. Я много читал и изучил проблему в целом и в частностях.

— В самом деле, сэр?

— Последний месяц я, можно сказать, только об этом и думаю.

— Понимаю, сэр. В таком случае в данном мне поручении, вероятно, не было особенной надобности.

— Можете успокоить отца, что я прекрасно осведомлен. Этот вот портфель,— он ткнул в него носком ботинка,— битком набит заметками о всех сторонах проблемы, какие можно себе представить.

— В самом деле, сэр?

— Да, по-моему, я проиграл все возможные варианты. Так что ступайте успокойте отца.

— Не премину, сэр.

Напряжение, видимо, слегка отпустило мистера Кардинала. Он еще раз лягнул портфель, от которого я все время отводил взгляд, и произнес:

— Вы, наверно, задавались вопросом, почему я всегда держу его при себе. Теперь будете знать. Вдруг бы он попал в чужие руки — представляете?

— Возникло бы весьма щекотливое положение, сэр.

— Впрочем,— сказал он, внезапно выпрямляясь в кресле,— разве что отцу пришел в голову какой-то совершенно новый фактор, который, по его мнению, я должен осмыслить.

— Не думаю, сэр.

— Нет? Дополнительных сведений об этом Дюпоне не поступало?

— Боюсь, что нет, сэр.

Я с огромным трудом скрыл овладевшее мной отчаяние, обнаружив, что задача, которую я считал почти что решенной, на самом деле стоит передо мной во всей своей неприступности. Кажется, я как раз собирался с мыслями для нового приступа, но тут молодой человек вдруг вскочил и сказал, прижимая портфель к груди:

— Ну ладно, пойду-ка я подышу свежим воздухом. Спасибо за помощь, Стивенс.

Я намеревался безотлагательно провести с мистером Кардиналом новое собеседование, но к этому не представилось случая главным образом потому, что в тот же день к нам пожаловал американский сенатор мистер Льюис, которого мы ожидали только через двое суток. Я находился внизу в буфетной и составлял заказ на продукты, когда над головой у меня послышался шум, который не спутаешь ни с каким другим,— во двор въехали автомобили. Я поспешил наверх и — надо же такому случиться! — столкнулся с мисс Кентон в служебном коридоре, разумеется, том самом, где произошла наша последняя размолвка. Это неудачное совпадение, возможно, и побудило ее с детским упрямством настаивать на том, о чем она заявила в прошлый раз. Ибо, когда я поинтересовался, кто приехал, мисс Кентон бросила на ходу:

— Через третьих лиц или запиской, мистер Стивенс, если дело не терпит.

Очень, очень досадно, но выбора у меня, разумеется, не оставалось — я должен был спешить наверх.

Мистер Льюис вспоминается мне как весьма дородный джентльмен, с лица которого почти не исчезала добродушная улыбка. Преждевременное его появление причинило очевидные неудобства его светлости и коллегам — они рассчитывали побыть одни еще день-другой, чтобы все подготовить. Однако же обаятельная непринужденность мистера Льюиса и произнесенная им за обедом фраза о том, что Соединенные Штаты «неизменно стоят на стороне справедливости и готовы признать, что в Версале были допущены ошибки», в немалой, видимо, степени помогли ему снискать доверие у «нашей команды». За обедом разговор о достоинствах Пенсильвании, родного штата мистера Льюиса, медленно, но верно возвращался к предстоящей конференции. Когда же джентльмены достали сигары, то пошли высказывания, так же мало предназначенные для чужих ушей, как и соображения, звучавшие за столом до приезда мистера Льюиса. Тут-то мистер Льюис и произнес:

— Да, господа, наш мсье Дюпон человек непредсказуемый. Но позвольте заметить, что в одном отношении можно держать пари, не рискуя остаться внакладе.— Тут американец подался вперед и махнул сигарой, чтобы привлечь внимание.— Дюпон ненавидит немцев. Ненавидел еще до войны и ненавидит теперь, да так, что вам, господа, этого просто не понять.— С этими словами мистер Льюис снова откинулся на спинку кресла, и на лице у него заиграла привычная добродушная улыбка.— Но согласитесь,— продолжал он,— трудно винить француза за ненависть к немцам. В конце концов, у француза на это хватает причин.

И мистер Льюис обвел взглядом стол, за которым воцарилось легкое замешательство. Потом лорд Дарлингтон заметил:

— Известная горечь тут, естественно, неизбежна. Но ведь и мы, англичане, мы тоже упорно и долго воевали с Германией.

— Но вы, англичане, кажетесь мне другими в том смысле,— сказал мистер Льюис,— что, в сущности, больше не питаете к немцам ненависти. Однако французы считают, что немцы уничтожили вашу европейскую цивилизацию и поэтому заслужили любую самую страшную кару. Конечно, нам в Соединенных Штатах такой подход представляется непрактичным, но чему я не перестаю удивляться, так это отчего вы, англичане, не заодно с французами. В конце концов, как вы сами сказали, Британия тоже понесла в войне большие потери.

Снова последовало неловкое молчание, после чего сэр Дэвид довольно неуверенно возразил:

— Мы, англичане, нередко расходимся с французами во взглядах на такие вопросы, мистер Льюис.

— Понятно. Так сказать, различие в национальных темпераментах.

При этих словах улыбка мистера Льюиса сделалась еще шире. Он молча кивнул, словно подтверждая, что теперь ему многое стало ясно, и затянулся сигарой. Задним числом, вероятно, кое-что вспоминается теперь по-другому, но у меня твердое ощущение, что именно в ту минуту я уловил в обаятельном американском джентльмене некую странность, может быть, двуличие. Если у меня, однако, в ту минуту и родились подозрения, лорд Дарлингтон, судя по всему, их не разделял, ибо после очередной неловкой паузы его светлость, похоже, пришел к определенному решению.

— Мистер Льюис,— произнес он,— позвольте высказаться начистоту. Тут, в Англии, у большинства из нас нынешняя французская позиция вызывает презрение. Можете называть это различием в национальных температрентах, но я рискну утверждать, что речь идет о вещах посерьезней. Негоже злобствовать на противника после того, как конфликт исчерпан. Уложили его на обе лопатки — и схватке конец. Поверженного врага не бьют ногами. С нашей точки зрения, французы ведут себя все более варварски.

Мистер Льюис, видимо, не без удовлетворения выслушал эту тираду. Пробормотав что-то одобрительное, он одарил всех сидящих довольной улыбкой сквозь густое облако табачного дыма, висевшее над столом.

Наутро прибыли две дамы из Германии — тоже раньше, чем их ожидали. Они ехали вместе, несмотря на бросающуюся в глаза разницу в происхождении и общественном положении, и привезли с собой внушительную команду горничных и лакеев, не считая горы чемоданов. Во второй половине дня пожаловал джентльмен из Италии в сопровождении камердинера, секретаря, «эксперта» и двух телохранителей. Не представляю, что этот джентльмен мог думать о нашей стране, раз прихватил этих последних, но, должен сказать, довольно но дико было видеть в Дарлингтон-холле двух молчаливых громил, которые всегда околачивались в нескольких ярдах от того места, где в данный момент находился итальянский джентльмен, и подозрительно косились по сторонам. Как потом, кстати, выяснилось, телохранители работали посменно: кто-то из них днем спал в самое неурочное время, с тем чтобы ночью у хозяина оставался хотя бы один бодрствующий страж. Едва узнав про эти меры предосторожности, я попытался сообщить о них мисс Кентон, но она снова отказалась вступать в разговор, и мне, дабы довести дело до конца, пришлось-таки написать ей записку и подсунуть под дверь гостиной.

На другой день приехали новые гости, и, хотя до открытия конференции оставалось целых двое суток, Дарлингтон-холл оказался набит людьми разных национальностей; они разбредались по комнатам и беседовали или бесцельно бродили по холлу, коридорам и лестничным площадкам, разглядывая картины и предметы старины. Друг с другом гости были неизменно предупредительны, однако на этой стадии воздух в доме как бы пропитался напряженностью, порожденной большей частью взаимным недоверием. Заразившись беспокойством хозяев, приезжие слуги и камердинеры поглядывали друг на друга явно неприветливо, и мои подчиненные были, пожалуй, только рады, что работа не оставляет им времени на общение с чужаками.

В один из таких дней, когда меня рвали на части со всякими делами и просьбами, я случайно глянул в окно и заметил юного мистера Кардинала — тот прогуливался на свежем воздухе, как всегда, при портфеле. Молодой человек медленно шел по дорожке вокруг лужайки, погруженный в глубокое раздумье. Одинокая эта фигура, конечно, напомнила мне о поручении его светлости, и я прикинул, что открытый воздух, непосредственная близость к природе и, в частности, пасущиеся неподалеку гуси, которые годятся в качестве примера,— неплохая обстановка для того, чтобы провести порученный разговор. Я даже сообразил, что если, не теряя времени, выскочить из дома и укрыться за пышным кустом рододендрона у дорожки, то мистер Кардинал как раз пройдет мимо. Тогда я смогу выступить из-за укрытия и исполнить порученное. Допускаю, что мой стратегический план не отличался особой тонкостью, но прошу принять во внимание, что и стоявшая передо мной задача, хотя, конечно, важная, в то время едва ли могла считаться первоочередной.

Почву и листву на кустах и деревьях прихватило легким инеем, но для этой поры день выдался мягкий. Я быстро пересек лужайку, схоронился за кустом и вскоре услышал шаги мистера Кардинала. К несчастью, я немного ошибся в расчетах. Я собирался выйти из-за куста, когда мистер Кардинал будет еще на подходе, с тем чтобы он меня заблаговременно увидел и решил, что я направляюсь к беседке, а может, и к домику садовника. Я бы в свою очередь сделал вид, будто только что его заметил, и затеял непринужденный разговор. Получилось, однако, так, что я затянул с выходом и, боюсь, несколько испугал юного джентльмена, который отпрянул и обеими руками прижал к груди портфель.

— Виноват, сэр.

— О господи, Стивенс! Как вы меня напугали! Я было подумал, что обстановка у нас накаляется.

— Виноват, сэр. Но дело в том, что мне нужно вам кое-что передать.

— О господи, ну и напугали же вы меня.

— С вашего позволения, сэр, я сразу перейду к существу дела. Извольте обратить внимание вон на тех гусей.

— Гусей? — Он удивленно огляделся.— Да, вижу. Действительно гуси.

— А также на цветы и кустарник. Сейчас, понятно, не самое подходящее время года, чтобы любоваться их красотой, но вы понимаете, сэр, что с наступлением весны повсюду вокруг мы сможем наблюдать перемены — перемены особого свойства.

— Да, разумеется, у поместья сейчас не лучший вид. Но если начистоту, Стивенс, я не очень-то обращал внимание на красоты природы. Тут у нас неприятности. Этот мсье Дюпон прибыл в самом гнусном настроении. Этого нам только не хватало!

— Мсье Дюпон прибыл, сэр?

— С полчаса назад. И в прескверном расположении духа.

— Простите, сэр, но мне нужно немедленно им заняться.

— Разумеется, Стивенс. Что ж, с вашей стороны было очень любезно выйти со мной поболтать.

— Великодушно простите, сэр. Дело в том, что я бы сказал вам еще пару слов на тему, как вы изволили выразиться, красот природы. Если б вы соблаговолили меня послушать, я был бы вам очень признателен. Но боюсь, что с этим придется повременить до другого подходящего случая.

— Что ж, буду с нетерпением ждать этого разговора, Стивенс. Хотя сам я скорее по рыбной части. О рыбе я знаю все, и о морской, и о пресноводной.

— Для нашей предстоящей беседы, сэр, все живые твари годятся. Однако прошу меня великодушно простить. Я и не знал, что мсье Дюпон уже прибыл.

Я заторопился в дом, где меня сразу перехватил старший лакей, сообщивший:

— Мы вас обыскались, сэр. Приехал французский джентльмен.

Мсье Дюпон оказался высоким изящным джентльменом с седой бородкой и при монокле. Он прибыл в платье того типа, какое часто видишь на джентльменах с континента, когда они отдыхают, а он и в самом деле все время, что у нас прогостил, старательно делал вид, будто приехал в Дарлингтон-холл исключительно с одной целью — отдохнуть и пообщаться с приятелями. Как справедливо отметил мистер Кардинал, мсье Дюпон прибыл не в лучшем расположении духа. Теперь уж и не припомню всего, что раздражало его с той самой минуты, как он ступил на английскую землю несколькими днями раньше; там было много чего, но главное — он стер ноги, гуляя по Лондону, и теперь опасался, что на потертости попала инфекция. Я адресовал его камердинера к мисс Кентон, но это не помешало мсье Дюпону через каждые два-три часа вызывать меня как простого лакея и требовать:

— Дворецкий! Еще бинтов.

Настроение у него, по-видимому, значительно улучшилось, когда он встретился с мистером Льюисом. Они с американским сенатором поздоровались как старые приятели и до конца дня были неразлучны, смеялись, вспоминали случаи из прошлого. Было заметно, что почти беспрерывная опека мистера Льюиса над мсье Дюпоном причиняет серьезные неудобства лорду Дарлингтону, который по понятным соображениям стремился установить с этим важным джентльменом тесные личные контакты еще до начала дебатов. Я своими глазами видел, как его светлость несколько раз предпринимал попытки отвести мсье Дюпона в сторонку, чтобы поговорить без свидетелей, но тут же появлялся мистер Льюис со своей неизменной улыбкой, произносил что-нибудь вроде: «Прошу прощения, господа, но я никак не могу понять...» — и его светлость обнаруживал, что ему приходится выслушивать очередную порцию забавных историй из репертуара мистера Льюиса.

Однако, не считая мистера Льюиса, все прочие гости, то ли из страха, то ли от неприязни, сторонились мсье Дюпона; это бросалось в глаза даже в общей атмосфере настороженности и только усиливало ощущение, что от мсье Дюпона одного и зависит исход предстоящих переговоров.

Конференция открылась дождливым утром в последнюю неделю марта 1923 года; местом ее проведения выбрали не совсем подходящую для этих целей гостиную, приноравливаясь к «неофициальному» статусу многих участников. Надо сказать, что, на мой взгляд, от этой игры в неофициальность начало уже отдавать нелепицей. Как-то странно было видеть в сугубо дамской гостиной такое множество суровых джентльменов в темных пиджаках; им зачастую приходилось сидеть втроем или вчетвером на одном диване; но некоторые из присутствующих так усердно изображали обычный светский прием, что даже умудрились разложить на коленях раскрытые журналы и газеты.

В то первое утро мне по долгу службы приходилось все время входить и выходить из гостиной, так что я не имел возможности следить за происходящим от начала до конца. Но я помню, как лорд Дарлингтон открыл конференцию, приветствовал гостей, а после этого обрисовал настоятельную нравственную необходимость смягчить различные статьи Версальского договора и сделал упор на огромных страданиях, которые сам наблюдал в Германии. Я, конечно, и раньше часто слышал от его светлости аналогичные высказывания, но перед этим высоким собранием он говорил со столь искренней верой в свою правоту, что его слова взволновали меня, словно я внимал им впервые. Затем выступил сэр Дэвид Кардинал; речь его, большую часть которой я пропустил, была посвящена в основном технической стороне вопроса и, честно признаться, оказалась выше моего разумения. Однако общая ее суть, по-моему, сводилась к тому же, о чем говорил его светлость; сэр Дэвид закончил призывом к замораживанию германских репараций и выводу французских войск из Рура. Потом взяла слово немецкая графиня, но в эту минуту, не помню, в связи с чем, мне пришлось надолго уйти из гостиной. Когда я вернулся, начались уже прения; говорили преимущественно о торговле и процентных ставках, в которых я ничего не понимал.

Насколько я мог наблюдать, мсье Дюпон не принимал участия в прениях, а по его угрюмому виду трудно было сказать, слушает ли он выступающих или погружен совсем в другие мысли. Помнится, когда мне случилось покинуть гостиную посреди выступления одного из немецких джентльменов, мсье Дюпон вдруг поднялся и вышел следом.

— Дворецкий,— произнес он, едва мы оказались в холле,— нельзя ли устроить, чтобы мне перебинтовали ноги? Так больно, что я уже не воспринимаю, о чем говорят эти господа.

Вспоминаю, что я послал мисс Кентон призыв о помощи — естественно, с курьером — и оставил мсье Дюпона в бильярдной дожидаться сиделки, когда по лестнице торопливо спустился перепуганный старший лакей с сообщением, что отцу стало плохо на втором этаже.

Я поспешил наверх и, повернув с площадки, увидел необычную картину. В дальнем конце коридора перед большим окном, за которым стоял дождливый серый день, четко вырисовывалась фигура отца, замершего в странной позе и словно совершавшего некий церемониальный обряд. Он опустился на одно колено и склонил голову; казалось, он подталкивает стоящую перед ним тележку, которая почему-то упрямо не двигается. Две горничные стояли на почтительном удалении от него, с ужасом взирая на эти усилия. Я подошел к отцу, разжал пальцы, которыми он цеплялся за край тележки, и опустил его на ковер. Глаза у него были закрыты, лицо мертвенно-бледное, на лбу выступили капельки пота. Послали за слугами, прикатили инвалидное кресло, и отца доставили в его комнату.

После того как отца уложили в постель, я растерялся, не зная, как поступить. С одной стороны, мне не хотелось бы оставлять отца в таком положении, с другой — я больше не мог терять ни минуты. Пока я нерешительно топтался в дверях, появилась мисс Кентон. Она заявила:

— Мистер Стивенс, в данный момент у меня чуть больше времени, чем у вас. Если угодно, я посижу с вашим отцом. Я провожу к нему доктора Мередита и дам вам знать, если доктор найдет что-то серьезное.

— Спасибо, мисс Кентон,— ответил я и ушел.

Когда я вернулся в гостиную, какой-то священник рассказывал, как страдают бедные берлинские дети. Меня ждали: требовалось снова налить гостям чай или кофе, чем я незамедлительно и занялся. Некоторые джентльмены, как я заметил, пили спиртное, а один или двое закурили, несмотря на присутствие дам. Помнится, я как раз выходил из гостиной с пустым чайником, когда меня остановила мисс Кентон. Она сообщила:

— Мистер Стивенс, доктор Мередит сейчас уезжает.

Не успела она закончить, как я увидел в холле доктора, который надевал макинтош и шляпу, и подошел к нему все с тем же чайником в руке. Доктор сердито на меня посмотрел.

— Ваш отец не очень хорош,— сказал он.— Если станет хуже, немедленно вызывайте меня.

— Да, сэр. Благодарю вас, сэр.

— Сколько лет отцу, Стивенс?

— Семьдесят два, сэр.

Доктор Мередит подумал и повторил:

— Если станет хуже, немедленно вызывайте меня.

Я еще раз поблагодарил и проводил доктора до дверей.

В тот же вечер, перед самым обедом, я нечаянно услышал разговор между мистером Льюисом и мсье Дюпоном. Мне зачем-то понадобилось подняться в комнату мсье Дюпона. Я хотел постучать, но сперва, по своему обыкновению, остановился и прислушался, чтобы, не дай бог, не явиться в самый неподходящий момент. Для вас эта маленькая предосторожность — дело, может, и непривычное, но я к ней всегда прибегаю и готов ручаться, что ею широко пользуются лица многих профессий. То есть это никакая не уловка, и лично я совсем не собирался подслушивать столько, сколько пришлось в тот вечер. Однако судьба распорядилась иначе. Приложив ухо к дверям мсье Дюпона, я услышал голос мистера Льюиса; не припомню, какие слова первыми до меня донеслись, но интонация, с какой их произнесли, заставила меня насторожиться. Я слышал все тот же неторопливый сердечный голос, которым американский джентльмен успел со дня приезда многих обворожить, однако на сей раз в интонациях этого голоса безошибочно угадывался некий тайный умысел. Это открытие наряду с тем фактом, что мистер Льюис находился в комнате у мсье Дюпона и, вероятно, обращался именно к этому столь жизненно важному для успеха конференции лицу, удержало мою руку и побудило прислушаться.

Двери у спален в Дарлингтон-холле довольно толстые, так что услышать разговор полностью я, разумеется, не мог; по этой причине мне трудно сейчас передать, что именно я услышал, как, впрочем, трудно было и тогда, когда вечером того же дня я докладывал об этом случае его светлости. Тем не менее это вовсе не значит, что я не получил достаточно ясного впечатления о происходившем за дверями комнаты мсье Дюпона. Американский джентльмен фактически утверждал, что лорд Дарлингтон и другие участники конференции «обрабатывают» мсье Дюпона; что последнего специально просили приехать к самому началу, чтобы остальные успели до его приезда обсудить важные проблемы; что даже после его прибытия можно было наблюдать, как его светлость проводит краткие собеседования один на один с наиболее влиятельными делегатами за спиной у мсье Дюпона. После этого мистер Льюис пустился пересказывать отдельные замечания, которые слышал от его светлости и других гостей за обедом в первый же день по прибытии в Дарлингтон-холл.

— Если уж совсем откровенно, сэр,— говорил мистер Льюис,— меня ужаснуло их отношение к вашим соотечественникам. Они употребляли такие слова, как «презрение» и «все более варварски». Да, да, я их записал в дневнике всего несколько часов спустя.

Мсье Дюпон бросил в ответ короткую фразу, которую я не расслышал, и мистер Льюис продолжал:

— Позвольте сказать вам, сэр, что я был в ужасе. Разве можно так отзываться о союзнике, вместе с которым всего несколько лет назад сражался плечом к плечу?

Сейчас уже и не помню, постучался я в конце концов или нет; учитывая тревожный характер услышанного, я, вероятней всего, посчитал нужным удалиться Во всяком случае, я ушел раньше — как мне вскоре пришлось объяснять его светлости,— чем услышал что-нибудь, что позволяло судить об отношении мсье Дюпона к речам мистера Льюиса.

На другой день дискуссия в гостиной, судя по всему, разгорелась с новой силой, а перед ленчем острые реплики так и сыпались со всех сторон. У меня сложилось впечатление, что высказывания приобрели обвинительный характер и все решительнее и непосредственней адресовались креслу, где восседал мсье Дюпон, теребя бородку и отмалчиваясь. Всякий раз, как объявляли перерыв, я замечал — и его светлость, разумеется, тоже, и не без тревоги,— что мистер Льюис мигом уводил мсье Дюпона в какой-нибудь уголок и они начинали о чем-то вполголоса совещаться. Я хорошо помню, как однажды, сразу после завтрака, застал обоих джснтльмснов украдкой беседующими в дверях библиотеки, и мне определенно показалось, что, заметив меня, они тут же умолкли.

Тем временем отцу не было ни лучше ни хуже. Насколько я понял, он большей частью спал; спящим я его и находил, когда, выкроив минутку, поднимался в его комнатушку под крышей. Первая возможность с ним перемолвиться выпала мне только к вечеру на второй день после того, как он снова слег.

Отец и на этот раз спал, когда я вошел. Но горничная, которую мисс Кентон прислала сидеть с ним, завидев меня, встала и принялась трясти его за плечо.

— Вот глупая! — воскликнул я.— Немедленно перестань!

— Мистер Стивенс наказал его разбудить, сэр, если вы придете.

— Пусть спит. Переутомление — оно его и уложило.

— Он непременно велел, сэр,— ответила девушка и снова потрясла отца за плечо.

Отец открыл глаза, повернул голову на подушке и поглядел на меня.

— Надеюсь, папеньке уже полегчало,— сказал я.

Он помолчал, не сводя с меня взгляда, и спросил:

— Внизу все под присмотром?

— Положение довольно сложное. Сейчас самое начало седьмого, так что папенька вполне может представить, что творится на кухне.

По лицу отца пробежала досада.

— Но все под присмотром? — переспросил он.

— Да, об этом, смею сказать, можно не беспокоиться. Я счастлив, что папеньке полегчало.

Он медленно вытащил руки из-под одеяла и погасшим взглядом уставился на тыльные стороны кистей. Так продолжалось какое-то время.

— Я счастлив, что папеньке основательно полегчало,— наконец повторил я.— А теперь мне нужно спускаться. Как я сказал, положение довольно сложное.

Он еще поразглядывал руки, а потом произнес:

— Надеюсь, я был тебе хорошим отцом.

Я улыбнулся и сказал:

— Как я рад, что тебе уже полегчало.

— Я горжусь тобой. Хороший сын. Надеюсь, я был тебе хорошим отцом. Хотя навряд ли.

— К сожалению, сейчас у нас масса дел, но утром мы сможем поговорить.

Отец по-прежнему разглядывал руки, словно они чем-то ему досаждали.

— Как я рад, что тебе уже полегчало,— повторил я и ушел.

Спустившись, я застал на кухне форменный ад, а весь персонал — в состоянии крайнего напряжения. Однако я с удовольствием вспоминаю, что, когда через час с небольшим был подан обед, моя команда проявила чудеса расторопности и профессиональной невозмутимости.

Великолепная банкетная зала во всем ее блеске — зрелище всегда достопамятное, и тот вечер не был в этом отношении исключением. Правда, сплошные ряды облаченных в вечерние костюмы джентльменов, решительно подавляющих своим числом представительниц прекрасного пола, производили довольно мрачное впечатление; но, с другой стороны, в двух огромных люстрах, висящих над столом, тогда еще горел газ, дававший приглушенное, очень мягкое освещение — не то что сейчас, когда провели электричество и люстры заливают помещение ярким, слепящим светом. За этим вторым, и последним, обедом участников конференции — большинство намеревалось разъезжаться после ленча на другой день — гости почти совсем избавились от скованности, которая бросалась в глаза на протяжении всех предыдущих дней: застольный разговор стал оживленней и громче, да и наполнять бокалы нам приходилось все чаще в чаще. В завершение обеда, организовать который с профессиональной точки зрения было довольно несложно, его светлость встал и обратился к гостям.

Для начала он поблагодарил всех присутствующих в связи с тем, что на протяжении этих двух дней дискуссии, «хотя временами и отличались бодрящей откровенностью», велись в духе дружбы и стремления узреть торжество добра. В эти дни все присутствующие оказались свидетелями такого единения, на которое он не смел и надеяться; на предстоящем утром «подведении итогов», он уверен, каждый из участников конференции возьмет на себя обязательства предпринять определенные шаги в преддверии важной международной конференции в Женеве. После этого (не знаю, было ли так первоначально задумано) его светлость пустился в воспоминания о своем покойном друге герре Карл-Хайнце Бремане, что вышло не совсем кстати; его светлость был склонен подолгу распространяться на эту тему, ибо принимал ее близко к сердцу. Следует, видимо, упомянуть, что лорд Дарлингтон никогда не был, как говорится, прирожденным оратором, и вскоре легкий шум нетерпения, верный признак того, что аудитория устала слушать, начал усиливаться, распространяясь по всей зале. Хуже того, когда лорд Дарлингтон наконец призвал гостей встать и выпить за «мир и справедливость в Европе», уровень этого шума — возможно, по причине весьма щедрого принятия спиртных напитков — едва не перешел, на мой взгляд, границы всякого приличия.

Гости снова уселись, и общий разговор возобновился, но тут раздался властный стук костяшками пальцев о столешницу, и мсье Дюпон встал во весь рост. Зала разом притихла. Достойный джентльмен окинул публику почти что суровым взглядом и произнес:

— Надеюсь, я не посягаю на право, предоставленное кому-нибудь из здесь присутствующих, но я пока что не слышал, чтобы кто-нибудь предложил поднять бокал за здоровье нашего хозяина, достопочтенного и любезного лорда Дарлингтона.

Послышался одобрительный шепот. Мсье Дюпон продолжал:

— За последние дни в этих стенах было сказано много интересного. И много важного.

Он сделал паузу, и в зале воцарилась гробовая тишина.

— Много было сказано и такого,— продолжал он,— что косвенно или иным образом есть критика — и это еще не самое сильное слово,— критика внешней политики моей страны.— Он снова сделал паузу с мрачным, можно даже сказать, рассерженным видом.— За два дня мы выслушали несколько глубоких и проницательных обзоров нынешней весьма сложной европейской ситуации. Но ни в одном из обзоров, позволю себе заметить, не было полного понимания причин, объясняющих позицию, занятую Францией по отношению к соседнему государству. Однако,— он поднял палец,— теперь не время об этом спорить. В сущности, я все эти дни сознательно не вступал в споры, потому что приехал сюда главным образом слушать. Поэтому разрешите сказать, что некоторые услышанные здесь доводы произвели на меня впечатление. Но какое? — можете вы спросить.— Мсье Дюпон сделал очередную паузу, почти лениво обвел взглядом обращенные к нему лица и наконец продолжал: — Господа — и дамы, прошу прощения,— я много думал об этой проблеме и хотел бы вам доверительно заявить, что, хотя между мной и многими из присутствующих остаются расхождения в понимании того, что в настоящее время происходит в Европе, да, несмотря на это, я убежден, господа, *убежден* в справедливости и осуществимости основных предложений, которые обсуждались в этих стенах.

Стол вздохнул, как мне показалось, одновременно и с облегчением, и с торжеством, но на сей раз мсье Дюпон чуть повысил голос и перекрыл шум:

— Я рад заверить присутствующих в том, что использую все мое скромное влияние, дабы содействовать определенным переменам во французской политике в согласии со многим здесь сказанным. И постараюсь сделать это заблаговременно, до начала Швейцарской конференции.

Последовали аплодисменты. Я заметил, как его светлость и сэр Дэвид обменялись взглядами. Мсье Дюпон поднял руку, то ли благодаря за аплодисменты, то ли кладя им конец.

— Но прежде чем поднять тост за нашего хозяина, лорда Дарлингтона, мне бы хотелось снять с души небольшой груз. Кто-то, возможно, скажет, что снимать груз с души за обеденным столом несовместимо с хорошим тоном.— Оживление и смех в зале.— Я, однако, сторонник откровенности в таких делах. Как существует необходимость официально поблагодарить лорда Дарлингтона, который нас здесь собрал и без кого не возник бы нынешний дух согласия и доброй воли, так су-

ществует, я полагаю, и необходимость открыто осудить
всякого, кто прибыл сюда злоупотреблять гостеприимством хозяина и тратить силы лишь на разжигание взаимного недовольства и подозрительности. Такие персо-
ны не только вызывают отвращение в глазах общества,
но и представляют исключительную опасность в нынешней обстановке.

Он опять замолчал, и воцарилась гробовая тишина.
Потом заговорил спокойно и четко:

— В отношении мистера Льюиса у меня всего один
вопрос. В какой мере его гнусное поведение отражает
позицию нынешней американской администрации? Дамы и господа, позвольте мне самому попытаться ответить, ибо от господина, способного, как показали эти
несколько дней, на столь черный обман, не приходится ждать правдивого ответа. Так что я рискну предложить собственную версию. Америка, разумеется, обес-
покоена тем, как мы будем платить ей долги в случае
замораживания германских репараций. Но за последние месяцы мне довелось обсуждать эту тему с несколькими весьма высокопоставленными американцами, и
у меня сложилось впечатление, что в этой стране мыс-
лят куда дальновидней, чем можно судить по присут-
ствующему здесь ее представителю. Те из нас, кому дорого будущее процветание Европы, с удовлетворением
воспримут тот факт, что в настоящее время мистер Льюис — как бы это лучше сказать? — уже не имеет того
влияния, каким пользовался раньше. Вы, возможно,
сочтете, что мне не подобает говорить об этом так резко и прямо. Но на самом деле, дамы и господа, я еще
проявляю снисходительность. Как видите, я умалчиваю
о том, что именно рассказывал мне этот господин —

о *каждом из вас.* И делал это так примитивно, так нагло и грубо, что я просто не верил собственным ушам. Но хватит уличать. Пришло время благодарить. Дамы и господа, прошу вас последовать моему примеру и поднять бокалы за лорда Дарлингтона.

Мсье Дюпон за все свое выступление ни разу не посмотрел в сторону мистера Льюиса, да и гости, выпив за его светлость и снова усевшись, старательно отводили глаза от американского джентльмена. На минуту воцарилось неловкое молчание, но тут поднялся сам мистер Льюис. На лице у него играла привычная приятная улыбка.

— Раз уж все тут выступают с речами, я тоже позволю себе взять слово,— начал он, и по тому, как он это сказал, стало ясно, что он изрядно принял.— Наш французский друг тут нагородил чепухи, но я не стану с ним спорить. На подобную болтовню я просто не обращаю внимания. Мне многие пытались нос утереть, да только, скажу я вам, мало кому удавалось.— Мистер Льюис остановился и, казалось, на миг потерял нить рассуждений, но потом опять улыбнулся и продолжал: — Как я сказал, не собираюсь я тратить время на нашего французского друга, который тут сидит. Но вообще-то у меня есть что сказать. Раз уж мы все такие откровенные, я тоже не стану темнить. Все вы, джентльмены, всего лишь, прошу прощения, компания наивных мечтателей. И если б упорно не лезли в большие дела, от которых зависят судьбы нашего мира, так были бы просто прелесть. Взять хоть нашего радушного хозяина. Кто он? Он джентльмен, против этого, думаю, никто тут не рискнет возражать. Образцовый английский джентльмен. Порядочный, честный, исполненный лучших намерений. Но его светлость — *любитель.* — Тут он остановился и обвел взглядом стол. — Он любитель, а сегодня международная политика уже не для джентльменов-любителей, и чем скорее вы у себя в Европе это поймете, тем лучше. Вы все порядочные, исполненные лучших намерений джентльмены — а позвольте-ка вас спросить: вы хоть представляете себе, какие радикальные перемены идут сейчас по всему миру? Кончилось время, когда вы могли действовать из своих благородных побуждений. Только вы тут, в Европе, похоже, об этом и не догадываетесь. Джентльмены вроде нашего доброго хозяина все еще уверены, что их прямая обязанность — лезть в то, в чем они не смыслят. За эти дни какой только чуши я здесь не наслушался! Благородной наивной чуши. Вам тут, в Европе, требуются профессионалы, чтобы за вас дело делали. Если до вас это быстренько не дойдет, ждите катастрофы. Тост, господа. Позвольте предложить тост. За профессионализм.

Наступила оглушительная тишина, все окаменели. Мистер Льюис пожал плечами, поднял бокал, выпил и опустился на место. Почти сразу же поднялся лорд Дарлингтон.

— Я отнюдь не желаю, — сказал его светлость, — затевать пререкания в наш заключительный вечер и омрачать это радостное и торжественное событие. Но из уважения к вашим взглядам, мистер Льюис, я не считаю возможным отмахнуться от них, как от рассуждений какого-нибудь чудака оратора в Гайд-парке. Позволю себе сказать: то, что вы, сэр, называете «любительством», большинство из присутствующих, я думаю, по-прежнему предпочитают именовать «честью».

Эти слова вызвали одобрительное перешептывание, возгласы «правильно, правильно!» и аплодисменты.

— Более того, сэр,— продолжал его светлость,— надеюсь, я хорошо представляю себе, что вы разумеете под «профессионализмом». По всей видимости, это означает — добиваться своих целей путем обмана и «обработки» людей. Это означает — ставить на первое место корысть и выгоду, а не стремление увидеть в мире торжество справедливости и добра. Если именно таков этот ваш «профессионализм», то у меня он не вызывает ни особого интереса, ни желания его обрести.

Это заявление было встречено шумным ликованием и теплыми, продолжительными аплодисментами. Я увидел, как мистер Льюис улыбнулся себе в бокал и устало покачал головой. Но тут я заметил рядом старшего лакея, который шепнул мне на ухо:

— Сэр, мисс Кентон хочет с вами поговорить. Она ждет за дверью.

Я выскользнул как можно незаметней в ту минуту, когда его светлость, отнюдь не думая садиться, перешел к новому пункту своего выступления.

Вид у мисс Кентон был крайне встревоженный.

— Мистер Стивенс, вашему отцу очень плохо,— сказала она.— Я вызвала доктора Мередита, но он, как я понимаю, немного задержится.

Должно быть, лицо у меня вытянулось, потому что мисс Кентон поспешила добавить:

— Мистер Стивенс, ему и вправду очень худо. Вы бы к нему поднялись.

— Я вышел всего на секунду. Джентльмены вот-вот перейдут в курительную.

— Разумеется. Но вам, мистер Стивенс, лучше подняться, а то как бы не пришлось потом горько жалеть.

Мисс Кентон повернулась и пошла, я поспешил за ней. Мы прошли через весь дом и поднялись на чердак к отцу. У постели стояла в рабочем фартуке кухарка миссис Мортимер.

— Ох, мистер Стивенс,— сказала она, когда мы вошли,— очень уж ему худо.

И верно, лицо у отца стало какого-то тускло-красноватого цвета, я такого у живых людей не встречал. За спиной у меня мисс Кентон сказала:

— Пульс почти не прощупывается.

Я поглядел на отца, прикоснулся к его лбу и убрал руку.

— По-моему,— сказала миссис Мортимер,— его хватил удар. Мне доводилось два раза видеть такое, я вам точно говорю — это удар.

И она расплакалась. От нее жутко разило жиром и кухонным чадом. Я обернулся и сказал мисс Кентон:

— Это большое несчастье. И все-таки мне надо идти вниз.

— Ну конечно, мистер Стивенс. Я сообщу, когда доктор приедет. Или если произойдут изменения.

— Спасибо, мисс Кентон.

Я поспешил вниз и поспел как раз к тому времени, когда джентльмены перебирались в курительную. Увидев меня, лакеи воспрянули духом, и я тут же сделал им знак разойтись по своим местам.

Не знаю, что произошло в банкетной зале после моего ухода, но сейчас гости пребывали в откровенно праздничном настроении. Джентльмены разбились на кучки по всей курительной, смеялись, хлопали друг друга по плечу. Мистер Льюис, вероятно, удалился к себе — я его не видел. Я поставил на поднос бутылку портвейна и принялся обносить гостей, протискиваясь сквозь толпу; я только что наполнил бокал какого-то джентльмена, когда сзади послышалось:

— А, Стивенс, так вы, кажется, интересуетесь рыбами?

Я обернулся и встретил лучезарную улыбку юного мистера Кардинала. Улыбнувшись в ответ, я осведомился:

— Рыбами, сэр?

— В детстве у меня был аквариум с тропическими рыбками разных пород. Прямо маленький комнатный бассейн. Послушайте, Стивенс, у вас все в порядке?

Я снова улыбнулся:

— В полном порядке, сэр, благодарю вас.

— Как вы верно заметили, мне надо бы приехать сюда весной. Весной в Дарлингтон-холле, должно быть, очень красиво. В прошлый раз я, помнится, тоже приезжал зимой. Нет, правда, Стивенс, у вас действительно все в порядке?

— В абсолютном порядке, сэр, благодарю вас.

— И чувствуете вы себя нормально?

— Совершенно нормально, сэр. Прошу прощения.

Я принялся наполнять бокал другому гостю. Сзади раздался взрыв громкого смеха, бельгийский священник воскликнул:

— Да это же настоящая ересь! Чистейшей воды! — и сам рассмеялся.

Я почувствовал, как меня тронули за локоть, и, обернувшись, увидел лорда Дарлингтона.

— Стивенс, у вас все в порядке?

— Да, сэр. В полном порядке.

— У вас такой вид, словно вы плачете.

Я рассмеялся, извлек носовой платок и поспешно вытер лицо.

— Прошу прощения, сэр. Сказывается тяжелый день.

— Да, крепко пришлось поработать.

Кто-то обратился к его светлости, тот повернулся ко мне спиной, чтобы ответить. Я собирался продолжить обход, но заметил мисс Кентон, которая из холла подавала мне знаки. Я начал продвигаться к выходу, но дойти до дверей не успел — мсье Дюпон поймал меня за руку.

— Дворецкий,— сказал он,— не могли бы вы достать свежих бинтов, а то ноги у меня опять разболелись.

— Слушаюсь, сэр.

Направившись к дверям, я понял, что мсье Дюпон идет следом. Я повернулся и сказал:

— Я вернусь и разыщу вас, сэр, как только достану бинты.

— Пожалуйста, побыстрее, дворецкий. Просто сил нет терпеть.

— Слушаюсь, сэр. Весьма сожалею, сэр.

Мисс Кентон стояла в холле на том же месте, где я заметил ее из курительной. Когда я вышел, она медленно направилась к лестнице, и непривычно было, что она никуда не торопится. Потом она обернулась и произнесла:

— Мне очень жаль, мистер Стивенс. Ваш отец скончался четыре минуты назад.

— Понятно.

Она поглядела сперва на свои руки, потом на меня.

— Мне очень жаль, мистер Стивенс,— повторила она и добавила: — Не знаю, что и сказать вам в утешение.

— Не нужно ничего говорить, мисс Кентон.

— Доктор Мередит пока так и не приехал.

Она опустила голову, всхлипнула, но сразу взяла себя в руки и спросила твердым голосом:

— Вы подниметесь на него поглядеть?

— Как раз сейчас у меня дел по горло, мисс Кентон. Может, немного попозже.

— В таком случае, мистер Стивенс, разрешите, я закрою ему глаза?

— Буду вам очень признателен, мисс Кентон.

Она стала подниматься по лестнице, но я ее задержал, окликнув:

— Мисс Кентон, пожалуйста, не считайте меня таким уж бесчувственным, раз сейчас я не пошел попрощаться с отцом на смертном одре. Понимаете, я знаю, что, будь отец жив, он не захотел бы отрывать меня сейчас от исполнения обязанностей.

— Конечно, мистер Стивенс.

— Мне кажется, сделай я по-другому, я бы его подвел.

— Конечно, мистер Стивенс.

Я повернулся и все с тем же подносом, на котором стояла бутылка портвейна, возвратился в курительную — сравнительно небольшую комнату, где в сигарном дыму перемешались черные смокинги и седые головы. Я медленно обходил гостей, поглядывая, у кого опустели бокалы. Мсье Дюпон похлопал меня по плечу и спросил:

— Дворецкий, вы распорядились, о чем я просил?

— Весьма сожалею, сэр, но на данный момент помощь еще не подоспела.

— Что вы хотите сказать, дворецкий? У вас что, иссякли запасы простейших перевязочных средств?

— Дело в том, сэр, что ожидается прибытие доктора.

— Ага, очень хорошо. Значит, вызвали врача?

— Да, сэр.

— Прекрасно, прекрасно.

Мсье Дюпон вернулся к прерванному разговору, и я продолжал обход. Помню, как расступилась группа джентльменов и передо мной вдруг возникла немецкая графиня; я даже не успел предложить ей портвейна — она схватила с подноса бутылку и сама себе налила.

— Похвалите повара от моего имени, Стивенс,— сказала она.

— Непременно, мадам. Благодарю вас, мадам.

— Вы со своими ребятами тоже хорошо поработали.

— Благодарю вас, мадам.

— Один раз во время обеда я готова была поклясться, что здесь не один, а по меньшей мере три Стивенса,— сказала она и рассмеялась.

Я тоже поспешил рассмеяться и ответил:

— Рад быть к услугам мадам.

Через секунду я заметил юного мистера Кардинала; он по-прежнему стоял в одиночестве, и мне подумалось, что собрание столь высоких гостей, возможно, внушает молодому джентльмену нечто вроде благоговейного ужаса. Во всяком случае, бокал у него был пуст, так что я направился в его сторону. Мое появление, видимо, очень его воодушевило, и он протянул мне бокал.

— По-моему, это просто замечательно, Стивенс, что вы любите природу,— сказал он, пока я ему наливал.— Ей-богу, лорду Дарлингтону здорово повезло, что у него есть кому со знанием дела приглядеть за садовником.

— Простите, сэр?

— Природа, Стивенс. Вчера мы с вами говорили о чудесах мира и природы. Полностью с вами согласен, все мы слишком самодовольны и не ценим великих чудес, которые нас окружают.

— Совершенно верно, сэр.

— Мы ведь об этом и говорили. Договоры и границы, репарации и оккупации. А Матушка-Природа знай занимается себе своим милым делом. Как-то странно вот так о ней думать, правда?

— Истинная правда, сэр.

— Я вот думаю, а не лучше ли было бы, если б Всемогущий сотворил нас всех в виде... ну... как бы растений? Понимаете, крепко укорененных в земле. Тогда бы с самого начала не было всего этого вздора с войнами и границами.

Молодой человек, видимо, счел эту мысль очень забавной. Он рассмеялся, немного подумал и опять рассмеялся. Я к нему присоединился. Тут он подтолкнул меня в бок, сказал:

— Представляете, Стивенс? — и еще раз рассмеялся.

— Да уж, сэр,— ответил я со смехом,— весьма любопытная получилась бы картина.

— Но молодцы вроде вас все так же сновали бы между нами с поручениями, приносили чай и все такое прочее. В противном случае мы бы оказались совсем беспомощными. Представляете, Стивенс? Все мы — укорененные в земле. Каково, а?

В эту минуту сзади подошел лакей и сказал:

— Мисс Кентон хотела бы вас на два слова, сэр.

Я извинился перед мистером Кардиналом и пошел к дверям.

Мсье Дюпон решил, видимо, их охранять — стоило мне подойти, он спросил:

— Дворецкий, доктор приехал?

— Именно это я и собираюсь выяснить, сэр. Это не займет и минуты.

— У меня болит.

— Весьма сожалею, сэр. Доктор должен сейчас приехать.

На этот раз мсье Дюпон вышел за мной в холл. Мисс Кентон стояла на том же самом месте.

— Мистер Стивенс,— сказала она,— доктор Мередит прибыл и прошел наверх.

Она говорила очень тихо, но стоявший у меня за спиной мсье Дюпон сразу воскликнул:

— Ну, прекрасно!

Я повернулся к нему и предложил:

— Благоволите следовать за мной, сэр.

Я провел его в бильярдную и зажег в камине огонь; тем временем он устроился в одном из кожаных кресел и принялся стаскивать ботинки.

— Сожалею, что здесь немного прохладно, сэр. Доктор сейчас придет.

— Спасибо, дворецкий, я вами доволен.

Мисс Кентон все так же ждала меня в холле, мы молча поднялись наверх. В отцовской комнате доктор Мередит что-то записывал, а миссис Мортимер горько рыдала. На ней по-прежнему был фартук, которым она, видимо, утирала слезы; из-за этого по всему лицу у нее пошли жирные разводы, что делало ее похожей на хористку, загримированную под негритянку. Я ожидал, что в комнате будет стоять запах смерти, но из-за миссис Мортимер — или ее фартука — в комнате пахло кухонным чадом.

Доктор Мередит поднялся и произнес:

— Примите мои соболезнования, Стивенс. У него было обширное кровоизлияние. Если вам от этого будет легче, скажу, что особой боли он не должен был испытать. Спасти его не могло ничто на свете.

— Благодарю вас, сэр.

— А сейчас мне пора. Вы тут сами распорядитесь?

— Да, сэр. Однако, с вашего позволения, один очень важный джентльмен дожидается внизу вашей помощи.

— Это срочно?

— Он выразил настоятельное желание с вами встретиться.

Я спустился с доктором Мередитом, провел его в бильярдную, а сам поторопился вернуться в курительную, где все было без перемен, разве что стало еще веселее.

Не мне, понятно, намекать на то, что я достоин стать в один ряд с «великими» дворецкими нашего поколения, такими как мистер Маршалл или мистер Лейн, хотя, должен заметить, есть люди, которые, возможно из ложно понятого великодушия, склонны считать именно так. Позвольте разъяснить: когда я говорю, что конференция 1923 года и в особенности описанный вечер явились поворотным пунктом в моем профессиональном развитии, то исхожу в основном из собственных, более скромных требований. Но и в этом случае, принимая во внимание груз непредвиденных обстоятельств, обрушившихся на меня в тот вечер, вы, может быть, согласитесь — не так уж я сильно и обольщаюсь, позволяя себе предположить, что перед лицом всего этого продемонстрировал, пусть в скромной степени, «достоинство», которое пристало бы и самому мистеру Маршаллу или, если на то пошло, моему отцу. В самом деле, почему я должен это отрицать? При всех прискорбных для меня событиях того вечера я обнаруживаю, что теперь вспоминаю его с чувством законной гордости.

День второй — после полудня

■

Мортимеров пруд, Дорсет

Кажется, у вопроса «Что такое "великий" дворецкий?» имеется еще одно обширное измерение, которому я до сих пор не уделял должного внимания. Последнее, признаюсь, мне довольно досадно, поскольку речь идет о проблеме, которую я принимаю так близко к сердцу и над которой к тому же столько размышлял на протяжении многих лет. Но мне приходит в голову, что я, возможно, несколько поторопился закончить обсуждение требований, предъявляемых Обществом Хейса к вступающим в его ряды, и опустил некоторые существенные стороны этих требований. Прошу понять меня правильно, я вовсе не собираюсь пересматривать свои соображения касательно «достоинства» как неотъемлемой предпосылки «величия». Но я еще немного поразмышлял о другом заявлении, сделанном Обществом Хейса, а именно о том, что необходимое предварительное условие членства — «служба соискателя в выдающемся доме». Я считал и продолжаю считать, что со стороны Общества это было проявлением бездумного снобизма. Мне, однако же, представляется, что возражения тут вызывает не столько сам общий принцип, сколько, в частности, устаревшее понимание того, что такое «выдающийся дом». Сейчас, когда я возвращаюсь к этому заявлению, мне кажется, что в нем есть своя правда: «служба в выдающемся доме» и в самом деле необходимое предварительное условие величия дворецкого — но только если в данном контексте наделить термин «выдающийся» более глубоким смыслом, чем вкладывало в него Общество Хейса.

Действительно, сравнение моей интерпретации понятия «выдающийся дом» с тем, что подразумевало под ним Общество Хейса, наглядно, как мне кажется, демонстрирует коренное различие между ценностями, исповедуемыми дворецкими нынешнего и предшествующего поколений. Утверждая это, я не просто обращаю ваше внимание на тот факт, что мое поколение с меньшим снобизмом воспринимает статус хозяев, не вникая, у кого они из потомственного земельного, а у кого из «промышленного» дворянства. Я пытаюсь сказать другое — и, думаю, в моем толковании нет ничего несправедливого,— а именно: мы были куда большими идеалистами. Там, где наших отцов заботило, есть ли у хозяина титул и ведет ли он род от одной из «старых» фамилий, мы куда больше склонны были интересоваться нравственным обликом нанимателя. Я отнюдь не имею в виду, будто нас интересовала их личная жизнь. Я хочу подчеркнуть, что у нас было честолюбивое желание, не свойственное предыдущему поколению, служить джентльменам, которые, если можно так выразиться, способствуют прогрессу человечества. Для нас, например, было бы куда заманчивее служить такому джентльмену, как мистер Джордж Кеттеридж, который хоть и вышел из низов, но внес неоспоримый вклад в будущее процветание Империи, чем какому-нибудь джентльмену, пусть самого родовитого происхождения, который попусту тратит время в клубах или на площадках для гольфа.

На самом деле, конечно, многие джентльмены из самых благородных семейств имеют склонность отдавать свои силы решению важнейших проблем современности, так что на поверхностный взгляд может показаться, будто честолюбивые помыслы нашего поколения мало чем отличаются от помыслов предшественников. Но я готов поручиться, что коренное различие в жизненных установках было и находило отражение не только в суждениях, которыми обменивались собратья по профессии, но и в том, как и почему многие из способнейших представителей нашего поколения меняли хозяев. Такие решения диктовались уже не одними соображениями жалованья, числом подчиненных слуг или блеском родового имени; для нашего поколения профессиональный престиж, считаю я нужным заметить в интересах справедливости, был прежде всего связан с моральными достоинствами хозяина.

Мне, пожалуй, удастся наилучшим образом высветить разницу между поколениями, прибегнув к сравнению. Дворецкие из отцовского поколения, сказал бы я, взирали на мир как на лестницу, где на верхних ступенях располагались особы королевской крови, герцоги и лорды из древнейших родов, пониже — дворяне из «новоденежных» и так далее, пока не доходило до уровня, на котором иерархия определяется всего лишь богатством или отсутствием такового. Любой честолюбивый дворецкий просто-напросто карабкался по этой лестнице вверх, насколько хватало сил, и, в общем и целом, чем выше он забирался, тем выше становился и его профессиональный престиж. Именно эти ценности и воплощались в представлениях Общества Хейса о «выдающемся доме», и тот факт, что оно даже в 1929 году выступало с подобными самонадеянными заявлениями, ясно показывает, почему конец Общества был неминуем, а то и должен был наступить много раньше. Ибо к тому времени этот образ мыслей шел вразрез с настроениями достойнейших мужей, выдвинувшихся в нашей профессии на передний план. Ибо не будет натяжкой сказать, что наше поколение воспринимало мир не как лестницу, а скорее как *колесо*. Я, пожалуй, разверну эту метафору.

Мне кажется, наше поколение впервые осознало то, что ускользнуло от внимания всех предшествующих, а именно: великие решения, затрагивающие судьбы мира, в действительности принимаются отнюдь не в залах народных собраний и не за те несколько дней, какие международная конференция работает на глазах у публики и прессы. Скорее настоящие споры ведутся, а жизненно важные решения принимаются за закрытыми дверями в тишине великих домов этой страны. То, что устраивают публично с такой помпой и церемониями, зачастую венчает собой или всего лишь ратифицирует договоренности, к которым неделями, если не месяцами приближались за стенами этих домов. Для нас, таким образом, мир был подобен вращающемуся колесу, а великие дома — его ступице, и их непрерскасмыс решения, исходя из центра, распространялись на всех, равно на богатых и бедных, что вокруг них вращались. Те из нас, кто не был лишен профессионального честолюбия, стремились по мере сил пробиться к этой ступице. Ибо наше поколение, как я уже говорил, было поколением идеалистов, для которых вопрос заключался не только в том, с каким блеском, но и *ради чего* использовать свое мастерство. Каждый из нас в глубине души мечтал внести и свою скромную лепту в созидание лучшего мира и понимал, что с профессиональной точки зрения самый надежный способ добиться этого — служить великим людям современности, тем, кому вверена судьба цивилизации.

Все это, разумеется,— широкие обобщения, и я охотно допускаю, что в нашем поколении встречалось слишком много таких, у кого не хватало терпения разбираться в этих тонких материях. С другой стороны, я уверен, что многие из отцовского поколения подсознательно исходили в своей деятельности из этого «нравственного» измерения. Но в общем и целом, я полагаю, эти обобщения правильны, да и в моей собственной профессиональной судьбе вышеописанные «идеалистические» побуждения сыграли немалую роль. В первые годы службы я довольно часто менял хозяев, когда начинал понимать, что то или иное место не способно меня надолго удовлетворить, пока наконец судьба не послала мне награду — возможность поступить в услужение к лорду Дарлингтону.

Странно, что до сего дня я никогда не подходил к предмету с этой точки зрения. В самом деле, на протяжении многих часов, которые мы с мистером Грэмом и нам подобными провели у камина в лакейской, обсуждая природу «величия», эта сторона дела ни разу не была затронута. И хотя мне бы не хотелось пересматривать сказанное ранее о признаках «достоинства», я должен признать: в рассуждении о том, что дворецкий, независимо от степени, в какой он обрел эти признаки, едва ли может надеяться стать «великим» в глазах коллег, если все его совершенства так и не найдут должного применения,— в этом рассуждении есть зерно истины. Безусловно, привлекает внимание, что такие личности, как мистер Маршалл и мистер Лейн, находились в услужении исключительно у джентльменов неоспоримых моральных достоинств — лорда Уэйклинга, лорда Кемберли, сэра Леонарда Грея,— и невольно напрашивается вывод, что этим дворецким никогда бы не пришло в голову предлагать свои услуги менее достойным джентльменам. И верно, чем больше об этом думаешь, тем очевидней: служба в истинно великих домах — подлинно необходимое предварительное условие «величия».

«Великим», конечно же, может быть лишь такой дворецкий, который, сославшись на долгие годы службы, имеет право сказать, что поставил свои способности на службу великому человеку, а тем самым — и человечеству.

Как уже говорилось, я ни разу не задумывался над проблемой именно в этом плане; но, может быть, и впрямь надо отправиться в такое вот путешествие, чтобы натолкнуться на поразительные новые подходы к предметам, о которых, казалось бы, все давно думано-передумано. На подобные мысли меня, несомненно, навело и пустячное происшествие, случившееся с час тому назад и, должен признаться, несколько меня огорчившее.

Утро выдалось великолепное, проехался я с удовольствием, вкусно поел в сельском трактирчике и вот уже пересек границу между графствами и оказался в Дорсете. Тут я ощутил, что от двигателя пахнет перегревом.

Я, конечно, пришел в ужас, подумав, что ненароком испортил хозяйский «форд», и сразу остановился.

Выяснилось, что я нахожусь на узкой дороге, окаймленной по обеим сторонам зеленью, сквозь которую трудно что-нибудь разглядеть. Впереди обзор был тоже закрыт, так как ярдах в двадцати дорога круто сворачивала. Я сообразил, что здесь опасно надолго задерживаться — встречная машина вполне может выскочить из-за этого самого поворота и врезаться в хозяйский «форд». Так что я снова включил двигатель и с некоторым облегчением обнаружил, что пахнет, кажется, не так сильно, как раньше.

Я понимал, что мне лучше всего поискать гараж или какое-нибудь большое частное поместье, где, скорее всего, найдется шофер, который сумеет разобраться, в чем дело. Однако дорога все вилась и вилась, живые изгороди по сторонам тянулись все той же плотной стеной, закрывая обзор, и я, миновав несколько ворот — за некоторыми из них явно начинались подъездные дорожки,— так и не смог разглядеть самих домов. Это продолжалось еще примерно с полмили, причем настораживающий запах усиливался с каждой минутой, и тут я наконец выехал на прямой участок дороги. Теперь передо мной открывался довольно приличный обзор и, главное, впереди слева виднелся высокий викторианский дом, а перед ним — внушительных размеров лужайка и, несомненно, подъездная дорожка, проложенная по старому проселку. Поравнявшись с домом, я через открытые двери пристроенного к нему гаража углядел «бентли», и это вселило в меня надежду.

Ворота тоже стояли открытыми, поэтому я свернул на дорожку, подъехал поближе к дому, остановился, вылез и пошел к задней двери. Мне открыл мужчина в одной рубашке и без галстука, который, когда я спросил о шофере, жизнерадостно ответил, что я «сорвал банк с первой попытки». Узнав о моих затруднениях, он немедленно направился к «форду», поднял капот, за несколько секунд осмотрел двигатель и сказал:

— Вода, шеф. Нужно залить радиатор.

Случившееся его, видимо, позабавило, но малый он оказался любезный — сам сходил в дом и вернулся с кувшином воды и воронкой. Склонившись над радиатором, он стал заливать воду и одновременно затеял со мной дружескую болтовню. Узнав, что я предпринимаю поездку по этим местам, он посоветовал мне взглянуть на местную достопримечательность — некий пруд меньше чем в полумиле от дома.

Тем временем я воспользовался случаем и разглядел дом: в высоту он был больше, чем в ширину,— целых четыре этажа, разросшийся плющ закрывал основную часть фасада и вился до самой крыши. Но по окнам можно было понять, что по крайней мере половина помещений на замке, а мебель стоит в чехлах. Я поделился этим наблюдением с шофером, после того как тот залил радиатор и опустил капот.

— И правда обидно,— ответил он.— Замечательный старый дом. Честно говоря, полковник пытается сбыть его с рук. Такая громадина ему теперь без надобности.

Я не удержался — спросил, сколько в доме прислуги, и, пожалуй, совсем не удивился, услыхав в ответ, что только он сам да приходящая по вечерам кухарка. Сам он, судя по всему, совмещал в одном лице дворецкого, камердинера, шофера и уборщика. Он объяснил, что в войну был у полковника ординарцем; они вместе служили в Бельгии, когда туда вторглись немцы, и вместе же участвовали в высадке союзных войск во Франции. Потом он внимательно ко мне пригляделся и заметил:

— Теперь допер. Все никак не мог понять, кто вы будете, а теперь допер. Вы из больших дворецких, из тех, что служат в огромных шикарных домах.

Я ответил, что он почти угадал, а он продолжал:

— Вот только теперь допер. А то все, знаете, никак не мог понять, разговор-то у вас джентльменский. Ну, почти. Да еще прикатили на этой старой красотке,— он указал на машину,— так я сперва и подумал: вот это шикарный старикан. Оно и верно, начальник. То есть что вправду шикарный. Сам-то я, понимаете, ничему такому не обучен. Простой старый ординарец на гражданке.

Потом он спросил, где я служу, и, услышав ответ, озадаченно помотал головой.

— Дарлингтон-холл,— пробормотал он,— Дарлингтон-холл. Должно быть, и вправду шикарный дом, если даже такой кретин, как ваш покорный, что-то когда-то слыхал про него. Дарлингтон-холл. Постойте-ка, постойте-ка, уж не тот ли это Дарлингтон-холл, где живет лорд Дарлингтон?

— Лорд Дарлингтон пребывал в нем до своей смерти, случившейся три года назад,— сообщил я.— А сейчас там пребывает мистер Джон Фаррадей, джентльмен из Америки.

— Вы и впрямь из самых больших, раз служите в таком доме. Вас, должно быть, уже мало на свете осталось, а? — заметил он и спросил уже совсем другим тоном: — Вы что, и вправду служили у этого самого лорда Дарлингтона?

И снова на меня уставился. Я ответил:

— Нет, меня нанял мистер Джон Фаррадей, американский джентльмен, купивший поместье у наследников лорда Дарлингтона.

— Значит, самого этого лорда Дарлингтона не знали. А то меня просто интерес разбирает, какой он был. Что за тип.

Я сказал, что мне пора трогаться, и тепло поблагодарил за помощь. Малый он оказался добрый, помог мне выползти задним ходом за ворота, а на прощание наклонился к окошку и еще раз посоветовал съездить поглядеть на местный пруд, повторив, как туда проехать.

— Красивое местечко,— добавил он,— потом будете локти кусать, что не завернули. Кстати, полковник как раз сидит там сейчас с удочкой.

«Форд» как будто снова был в полном порядке, и, поскольку до указанного пруда было легко добраться, сделав совсем маленький крюк, я решил послушаться совета бывшего ординарца. Его указания казались достаточно ясными, но стоило мне им последовать и свернуть с главной дороги, как я заблудился среди узких извилистых проселков вроде того, где впервые уловил тревожный запах. Местами заросли по обе стороны становились такими густыми, что полностью застили солнце, и приходилось отчаянно напрягать зрение, чтобы разобраться в мешанине ярких просветов и глубоких теней. Однако, поплутав немного, я в конце концов выехал к столбу с дощечкой «Мортимеров пруд». Вот так я приехал сюда, на это самое место, немногим более получаса назад.

Теперь я думаю, что оказался у ординарца в большом долгу, ибо, не говоря уж о том, как он выручил меня с «фордом», он открыл мне совершенно очаровательное местечко, которого сам бы я наверняка не нашел. Пруд невелик, может быть, с четверть мили по окружности, так что с любого пригорка на берегу его можно охватить одним взглядом. Здесь царит атмосфера удивительного покоя. Пруд весь обсажен деревьями как раз на таком расстоянии, чтобы берега находились в приятной тени, а из воды здесь и там поднимаются островки тростника и камыша, раскалывая ясное зеркало с отраженным в нем небом. Обувь не позволяет мне обойти пруд по окружности — даже с того места, где я сейчас сижу, на тропинке видны участки непролазной грязи,— но, должен сказать, прелесть этого уголка столь велика, что поначалу меня так и подмывало обойти весь пруд целиком. Только мысль о возможных бедах, какими чревата подобная вылазка, и о сопутствующем ей ущербе для моего дорожного костюма заставила меня всего лишь присесть на скамейку. На ней я и сижу вот уже полчаса, созерцая фигуры с удочками в руках, здесь и там замершие у самой воды. С моего места видно около дюжины рыбаков, но чередование яркого света и тени из-за свисающих почти до земли ветвей не дает никого основательно разглядеть, и мне пришлось отказаться от небольшой игры, которую я так предвкушал,— угадать, кто из них тот самый полковник, в чьем доме мне оказали сегодня столь нужную помощь.

Обступившая меня со всех сторон тишина, несомненно, позволила мне особенно глубоко погрузиться в мысли, которые пришли мне на ум полчаса тому назад. Действительно, когда б не безмятежность этого места, я бы, возможно, не стал так уж углубляться в причины, определившие мое поведение при общении с ординарцем. То есть не стал бы обдумывать, почему я недвусмысленно дал ему понять, что никогда не был в услужении у лорда Дарлингтона. А что я поступил именно так, сомневаться не приходится. Он спросил: «Вы что, и вправду служили у этого самого лорда Дарлингтона?» — и я дал ответ, из которого однозначно следовало, что не служил. Может, это просто был какой-то внезапный бессмысленный каприз, но такое объяснение моего, безусловно, странного поведения едва ли прозвучит убедительно. Во всяком случае, я уже смирился с мыслью о том, что случай с ординарцем — не первый такого рода; маловероятно, чтобы не было какой-то связи — какой именно, это мне и самому неясно,— между ним и тем, что имело место несколькими месяцами раньше, когда приезжали Уэйкфилды.

Мистер и миссис Уэйкфилд — американцы, обосновавшиеся в Англии, если не ошибаюсь, в Кенте, и живущие здесь вот уже около двадцати лет. Поскольку у них с мистером Фаррадеем много общих знакомых в бостонском свете, они как-то нанесли в Дарлингтон-холл короткий визит: остались на ленч, но отбыли до чая. Сейчас я говорю о том времени, когда мистер Фаррадей всего несколько недель как въехал в дом и его восторги по поводу нового приобретения не знали границ. По этой причине хозяин не пожалел времени и устроил Уэйкфилдам излишне, как может кое-кому показаться, подробную экскурсию по дому, в том числе и по зачехленным помещениям. Однако мистер и миссис Уэйкфилд, видимо, были увлечены осмотром не меньше мистера Фаррадея; до меня — а я занимался своими делами — время от времени долетали из тех частей дома, где в ту минуту находились хозяин и гости, чисто американские изъявления восторга. Мистер Фаррадей начал экскурсию с верхнего этажа; к тому времени, когда компания сошла вниз и перед гостями во всем своем великолепии предстали помещения первого этажа, хозяин, как видно, окончательно воспарил. Он не уставал обращать внимание Уэйкфилдов на детали карнизов и оконных переплетов и увлеченно описывал, «чем занимались английские лорды» в каждой из комнат. Я, разумеется, специально не прислушивался, однако непроизвольно улавливал суть пояснений и поразился обширным познаниям хозяина, которые, несмотря на отдельные погрешности, свидетельствовали о глубоком его восхищении английскими обычаями и образом жизни. Больше того, было очевидно, что Уэйкфилды, особенно мистер Уэйкфилд, и сами прекрасно разбираются в традициях нашей страны, а по их многочисленным репликам можно было понять, что они тоже владеют английским домом, причем отнюдь не из второразрядных.

И вот на каком-то этапе осмотра — я как раз проходил через холл, полагая, что все вышли поглядеть на поместье,— я увидел, что миссис Уэйкфилд осталась в доме и внимательно изучает каменную арку, которая обрамляет двери в столовую. Пробормотав вполголоса: «Прошу прощенья, мадам», я хотел было пройти мимо, но она обернулась и обратилась ко мне:

— А, Стивенс, может быть, именно вы мне и скажете. Эта арка *напоминает* семнадцатый век, но соорудили-то ее совсем недавно? Возможно, уже при лорде Дарлингтоне?

— Вполне возможно, мадам.

— Она очень красивая. Но, вероятно, умелая подделка под старину, выполненная всего несколько лет тому назад. А, Стивенс?

— Не уверен, мадам, но вполне возможно.

Тогда миссис Уэйкфилд спросила, понизив голос:

— А скажите, Стивенс, что за человек был этот лорд Дарлингтон? Как я понимаю, вы у него служили?

— Нет, мадам, не служил.

— О, а я-то думала, что служили. Интересно, почему мне так показалось.

Миссис Уэйкфилд повернулась к арке и, погладив камень, заметила:

— Стало быть, точно мы этого не знаем. И все-таки, на мой взгляд, подделка. Очень искусная, но подделка.

Вероятно, этот разговор быстро выветрился бы у меня из памяти. Но когда я сразу по отбытии Уэйкфилдов принес мистеру Фаррадею в гостиную чай, то заметил, что он несколько озабочен. Помолчав, он произнес:

— А знаете, Стивенс, на миссис Уэйкфилд дом не произвел того впечатления, на которое я рассчитывал.

— В самом деле, сэр?

— Она, видимо, и вправду решила, что я преувеличиваю древность поместья. Что я просто выдумал, будто всем этим архитектурным деталям по нескольку веков.

— Вот как, сэр?

— Она то и дело твердила, что это вот «подделка» под то-то, а это — под то-то. Она даже решила, Стивенс, что и вы сами тоже «подделка».

— Вот как, сэр?

— Вот так, Стивенс. Я ей сказал, что вы не «подделка», а самый настоящий английский дворецкий старой школы. Что вы тридцать с хвостиком лет прослужили в этих стенах у самого настоящего лорда. Но миссис Уэйкфилд мне возразила, да еще так уверенно.

— В самом деле, сэр?

— Миссис Уэйкфилд убеждена, Стивенс, что до меня вы здесь не служили. Больше того, у нее, похоже, сложилось впечатление, что вы сами ей так сказали. Можете себе представить, в каком дурацком положении я оказался.

— Крайне прискорбно, сэр.

— Я что имею в виду, Стивенс,— это *действительно* настоящий благородный старый английский дом? За это я деньги платил. И вы настоящий английский дворецкий старой школы, а не какой-то там официант, который им только притворяется? Вы ведь всамделишный, правда? Я получил именно то, что хотел?

— Осмелюсь сказать, да, сэр.

— В таком случае вы можете мне объяснить слова миссис Уэйкфилд? Потому что сам я решительно ничего не понимаю.

— Вероятно, я и вправду создал у этой дамы несколько превратное представление о моем послужном списке, сэр. Приношу глубокие извинения, если поставил вас этим в неловкое положение.

— Поставили, да еще в какое! Теперь я прослыл у них хвастуном и вралем. И вообще, как прикажете понимать, что вы создали у нее «несколько превратное представление»?

— Мне очень жаль, сэр. Я не предполагал, что могу поставить вас в столь неловкое положение.

— Но, черт возьми, Стивенс, зачем вы все это ей наплели?

Я немного подумал и ответил:

— Мне очень жаль, сэр. Но это связано с английскими обычаями.

— О чем вы, приятель?

— Я хочу сказать, сэр, что в Англии не принято, чтобы слуга обсуждал своих прежних хозяев.

— О'кей, Стивенс, не желаете разглашать старые тайны — и не надо. Но не до такой же степени, чтобы утверждать, будто, кроме меня, вы ни у кого не служили!

— В вашем изложении, сэр, это и вправду похоже на крайность. Но от наших слуг нередко требуется, чтобы они высказывались именно в таком духе. С вашего позволения, сэр, это несколько сродни обычаям в области браков. Если разведенная дама появляется в обществе с новым мужем, большей частью бывает желательно воздерживаться от любых намеков на ее первый брак. Аналогичным образом, сэр, принято поступать и в нашей среде.

— Ну что ж, жаль только, что я раньше не слышал об этом вашем обычае, Стивенс,— сказал хозяин, откидываясь на спинку кресла.— Хорошим же болваном я себя выставил.

По-моему, я уже тогда понимал, что объяснение, представленное мистеру Фаррадею, хотя и не совсем лживое, чудовищно расходится с действительностью. Но когда постоянно думаешь о многом другом, таким вещам просто не уделяешь слишком большого внимания, так что я и в самом деле на какое-то время выбросил из головы этот случай. Но сейчас, возвратившись к нему здесь, в покое и тишине, окружающих этот пруд, я не могу усомниться, что тогдашний разговор с миссис Уэйкфилд имеет прямое отношение к сегодняшнему случаю.

Разумеется, в наши дни развелось немало охотников болтать о лорде Дарлингтоне всякие глупости, и у вас может сложиться впечатление, будто меня смущает или я стыжусь, что служил у его светлости, а потому и вел себя описанным образом. Так позвольте заверить, что это не имеет ровным счетом никакого отношения к истине. Подавляющая часть того, что приходится нынче слышать о его светлости, как ни верти, абсолютная чушь, порожденная полным незнанием фактов. Мне и вправду сдается, что странное мое поведение можно весьма убедительно объяснить нежеланием выслушивать о его светлости подобную чушь; иными словами, тем, что я в обоих случаях предпочел невинную ложь как простейший способ пощадить свои нервы. И чем больше я думаю о таком объяснении, тем убедительнее оно мне кажется. В наши дни меня действительно ничто так не раздражает, как то, что приходится снова и снова осквернять свой слух этой чушью. Позвольте сказать: лорд Дарлингтон был джентльменом столь вели-

ких моральных достоинств, что по сравнению с ним
почти все, кто болтает о нем эту чушь, выглядят лили-
путами, и я готов присягнуть, что его светлость оставался таким до конца. Ничто так не расходится с ис-
тиной, как предположение, будто я сожалею о службе
у такого джентльмена. Более того, вы, конечно, поймете, что служить у его светлости в Дарлингтон-холле
в те годы значило оказаться у самой ступицы колеса,
приводящего в движение мир, о чем такой, как я, мог
только мечтать. Службе у лорда Дарлингтона я отдал
тридцать пять лет жизни и поэтому, конечно же, имею
право утверждать, что все эти годы воистину и безусловно «служил в выдающемся доме». До сих пор, оки-
дывая мысленным взглядом пройденный путь, самое
полное удовлетворение я получаю от достигнутого мною
в те годы; я этим горжусь и благодарю судьбу за то, что
мне было дано сподобиться такой милости.

День третий — утро

■

Тонтон, Сомерсет

Ночь я провел в гостинице «Карета и кони», что недалеко от городка Тонтон в Сомерсете. Этот крытый соломой коттедж у самого края дороги выглядел весьма многообещающе, когда я подъехал к нему при последнем свете дня. Хозяин провел меня по деревянной лестнице в маленькую комнату, довольно скудно обставленную, однако вполне приличную, и осведомился, успел ли я пообедать. Я попросил принести в номер сандвич и оказался прав — он вполне успешно заменил мне ужин. Но с наступлением вечера стало как-то неуютно одному сидеть в комнате, и в конце концов я решил спуститься в бар на первый этаж отведать местного сидра.

Пять или шесть посетителей — судя по их внешнему виду, все так или иначе занятые в сельском хозяйстве,— сбились в кучу у стойки; кроме них, в баре никого не было. Я принял из рук хозяина большую кружку сидра и уселся за столик в стороне от стойки, дабы немного расслабиться и подвести итоги впечатлениям этого дня. Вскоре, однако, стало ясно, что мое появление взбудоражило местных и у них появилась потребность выказать гостеприимство. Всякий раз, как беседа их прерывалась, то один, то другой украдкой косился в мою сторону, словно не решаясь ко мне обратиться. Наконец один из них громко спросил:

— Вы вроде ночуете здесь в верхней комнате, сэр?

Когда я подтвердил, что так и есть, говоривший с сомнением покачал головой и заметил:

— Не больно вы выспитесь там, наверху, сэр. Разве что вам по нраву придется, как старина Боб,— и он кивнул на хозяина,— будет за полночь возиться да греметь кружками. А не то хозяйка как начнет орать на него, еще солнце не встанет, так вас и разбудит.

Не слушая протестов хозяина, все громко захохотали.

— В самом деле? — откликнулся я, и тут мне пришло в голову — как неоднократно приходило в последнее время, когда мистер Фаррадей со мной заговаривал,— что от меня ждут находчивого ответа. Местные и вправду хранили вежливое молчание, ожидая, что я еще добавлю. Я напряг воображение и наконец заявил:

— Как я понимаю, местная разновидность петушиного крика.

Местные немного помолчали, видимо думая, что я намерен развить эту мысль. Но увидев, что я сделал лукавую мину, рассмеялись, впрочем, немного натянуто. После чего вернулись к своей беседе, и больше мы не заговаривали, только чуть позже пожелали друг другу доброй ночи.

В ту минуту, как этот остроумный ответ пришел мне в голову, я был им вполне доволен, и, должен признаться, меня слегка огорчило, что его приняли без особого энтузиазма. Огорчило в первую очередь потому, что за последние месяцы я потратил немало сил и времени на развитие навыка именно по этой части. Другими словами, я стремился включить этот навык в арсенал моего профессионального мастерства, с тем чтобы честно оправдать ожидания мистера Фаррадея касательно «подыгрывания».

Так, например, с недавнего времени я начал слушать у себя в комнате радио, как только выпадет свободная минута, скажем, когда мистер Фаррадей проводит вечер вне дома. Одна программа, к которой я пристрастился, называется «Дважды в неделю, а то и больше», хотя на самом деле передается три раза еженедельно; в ней двое ведущих обмениваются веселыми замечаниями на разнообразные темы, поднятые в письмах слушателей. Я внимательно слежу за этой программой, так как звучащие в ней остроты неизменно отличаются безупречным вкусом и, на мой взгляд, весьма близки по своему тону к тем самым репликам, каких ждет от меня мистер Фаррадей. Руководствуясь этой программой, я разработал простое упражнение, которое по возможности выполняю хотя бы раз в день: как только выдается свободное время, я пытаюсь сформулировать три остроумных замечания по поводу того, что вижу вокруг себя в эту минуту. Или, как вариант все того же упражнения, пробую придумать три острых замечания о событиях последнего часа.

Так что можете представить себе мое огорчение из-за вчерашней остроты в баре. Сначала я объяснил ее неполный успех тем, что говорил недостаточно отчетливо. Но уже у себя в номере я внезапно подумал и о другой причине: вдруг я их ненароком обидел? Мою реплику можно было понять и в том смысле, что жена хозяина похожа на петуха, хотя у меня и в мыслях не было ничего подобного. Эта мысль, однако, терзала меня всю ночь, и я уже начал подумывать о том, чтобы утром принести хозяину извинения. Но, подавая мне завтрак, он, судя по всему, пребывал в прекрасном настроении, так что в конце концов я решил не касаться этой темы.

Тем не менее этот незначительный случай может служить прекрасным примером того, как опасны бывают остроумные ответы. По самой своей природе остроумный ответ не оставляет времени продумать все многообразие возможных последствий — с ним не приходится медлить, и человек, не имеющий в этом отношении нужных навыков и опыта, серьезно рискует ляпнуть что-нибудь несусветное. Сказанное не дает оснований считать, будто я не могу — при наличии времени и практики — приобрести сноровку в этой области, однако, с учетом подстерегающих здесь опасностей, я почел за благо воздержаться, по крайней мере на ближайшее время, от исполнения этой обязанности по отношению к мистеру Фаррадею до тех пор, пока не потренируюсь как следует.

Во всяком случае, должен с сожалением констатировать: вчерашнее шутливое предсказание местных жителей, пообещавших, что шум снизу не даст мне спокойно выспаться, сбылось целиком и полностью. Крика как такового не было, но бесконечная болтовня хозяйки, стихшая только за полночь, когда они с хозяином завершили все свои дела, и возобновившаяся с раннего утра, так и лезла в уши. Я, впрочем, охотно извинил супругов — было ясно, что они усердные работяги, чем, думаю, и объяснялся весь этот гам. Разумеется, я не забывал и о неудачной остроте. Поэтому я скрыл от хозяина, что провел под его кровом беспокойную ночь, поблагодарил и отправился осматривать базарный городок Тонтон.

Возможно, мне лучше было бы заночевать здесь, в заведении, где я сейчас сижу и смакую утреннюю чашечку вкусного чая. Ведь объявление снаружи обещает не только «чай, закуски, пирожные», но и «чистые, спокойные, удобные комнаты». Заведение расположено на главной улице Тонтона, в двух шагах от рыночной площади, и представляет собой немного осевший дом с массивными наружными балками темного дерева. В настоящую минуту я нахожусь в чайной комнате этой гостиницы, просторном обшитом дубом помещении с достаточным, по моей прикидке, количеством столиков, чтобы без тесноты рассадить две дюжины человек. Две бодрые молодые девушки обслуживают посетителей за прилавком, на котором выставлен изрядный выбор кондитерских изделий. В общем и целом, весьма подходящее место, чтобы выпить чашечку чая, однако на удивление мало жителей Тонтона, судя по всему, спешат воспользоваться его услугами. Не считая меня, сейчас тут всего трое посетителей — две пожилые дамы, сидящие рядышком за столиком у противоположной стены, и мужчина, по виду ушедший на покой фермер, за столиком у одного из больших «фонарей». Разглядеть я его сейчас не могу — яркое утреннее солнце превратило его в силуэт,— но вижу, что он читает газету, время от времени поднимая голову и бросая взгляд на прохожих за окном. По тому, как он это делает, я решил было, что он кого-то ждет, но, видимо, он всего лишь здоровается со знакомыми, проходящими мимо.

Сам я устроился почти у самой задней стены, но даже отсюда, через всю чайную комнату, ясно вижу залитую солнцем улицу и на противоположной стороне мостовой — указательный столб со стрелками, отсылающими к соседним населенным пунктам. Одна из них указывает дорогу к деревне Марсден. Возможно, название «Марсден» вам кое-что подскажет, как подсказало мне, когда я вчера увидел его на дорожной карте. Признаюсь, у меня даже возникло искушение несколько отклониться от намеченного маршрута, чтобы заглянуть в эту деревню. В Марсдене, графство Сомерсет, в свое время располагалась фирма «Гиффен и К°», и в Марсден же надлежало направлять оптовые заказы на черные полировальные свечи Гиффена — «настрогать, смешать с воском и наносить вручную». Когда-то полироль Гиффена была, несомненно, лучшим средством для чистки серебра, и только появление на рынке в канун войны новых химических составов снизило спрос на этот первоклассный продукт.

Насколько я помню, фирма «Гиффен и К°» возникла в начале двадцатых годов, и, уверен, не я один непосредственно связываю ее появление с новыми веяниями в нашей профессии — веяниями, в результате которых чистка столового серебра вышла на первое место; его оно, в общем, занимает и поныне. Этот сдвиг, как, думаю, и многие другие, в те годы происходившие, был связан со сменой поколений. Именно тогда «достигло совершеннолетия» наше поколение дворецких, и такие фигуры, как мистер Маршалл, и он в особенности, сыграли важнейшую роль в выдвижении чистки столового серебра на передний план. Это отнюдь не значит, будто чистка серебра, в первую очередь столового, прежде считалась не очень серьезной обязанностью. Однако я не погрешу против истины, заметив, что многие дворецкие, скажем, из поколения отца, не придавали сему вопросу ключевого значения, и это подтверждает тот факт, что тогда дворецкий редко надзирал за чисткой серебра самолично, охотно оставляя это дело на усмотрение, допустим, своего помощника, сам же лишь время от времени устраивал проверку. По общему мнению, не кто иной, как мистер Маршалл, первый осознал все значение столового серебра, а именно: ничто в доме не способно привлечь к себе пытливого взгляда посторонних лиц в такой степени, как выложенные на стол приборы, и в этом своем качестве столовое серебро служит общепризнанным мерилом принятых в доме критериев. И не кто иной, как мистер Маршалл, впервые заставил дам и джентльменов, гостей Чарлевиль-хауса, оцепенеть от восторга, продемонстрировав серебро, начищенное до немыслимого ранее блеска. Вскоре, естественно, по всей стране дворецкие по требованию хозяев сосредоточились на чистке столового серебра. Вспоминаю, как дворецкие один за другим похвалялись, будто изобрели методики чистки, оставляющие мистера Маршалла далеко позади,— методики, вокруг которых они устраивали много шума, пряча их от чужих глаз, словно французские кулинары — свои рецепты. Но я и сейчас, и тогда был уверен, что разного рода сложные таинственные манипуляции, каковые практиковались дворецкими типа мистера Джека Нейборса, заметного результата вообще не давали, а если и давали, то самый ничтожный. Что до меня, то я решил проблему довольно просто: хороший состав и неусыпный надзор. В то время все понимающие толк в своем деле дворецкие заказывали состав у Гиффена, и если этим составом правильно пользоваться, можно было не опасаться, что ваше серебро в чем-то уступит чужому.

С удовольствием вспоминаю многие случаи, когда серебро Дарлингтон-холла производило на гостей самое благоприятное впечатление. Так, помнится, леди Астор не без некоторой горечи отметила, что наше серебро, «вероятно, не имеет себе равных». Помню и то, как мистер Джордж Бернард Шоу, знаменитый драматург, однажды вечером за обедом принялся, не обращая внимания на соседей по столу, разглядывать десертную ложку из своего прибора, подняв ее к свету и сравнивая ее поверхность с поверхностью стоящего рядом блюда. Но, может быть, с наибольшим удовлетворением я вспоминаю сегодня тот вечер, когда некое значительное лицо — министр кабинета, вскоре ставший министром иностранных дел,— нанесло в Дарлингтон-холл весьма «неофициальный» визит. Впрочем, теперь, когда результаты всех этих посещений нашли отражение в многочисленных документах, не вижу особых причин скрывать его имя. Это был лорд Галифакс.

Как выяснилось впоследствии, тогдашний визит был просто первым в цепочке таких «неофициальных» встреч между лордом Галифаксом и германским послом в те годы, герром Риббентропом. Но в тот, первый, раз лорд Галифакс приехал чрезвычайно настороженный; фактически первыми его словами при виде хозяина дома были:

— Ей-богу, Дарлингтон, не знаю, зачем вы меня сюда вытащили. Знаю только, что потом буду жалеть.

Поскольку герр Риббентроп ожидался еще через час, его светлость предложил провести гостя по дому — процедура, которая не раз помогала нервничающим посетителям обрести равновесие. Однако до моего слуха, когда я ходил туда и сюда по своим делам, если что и доносилось из разных частей дома, так лишь одни сетования лорда Галифакса в связи с предстоящей встречей и тщетные разуверения лорда Дарлингтона. Потом я услышал, как лорд Галифакс воскликнул:

— Силы небесные, Дарлингтон, серебро у вас — чистый восторг!

Разумеется, мне и тогда было очень приятно это услышать, однако подлинное удовлетворение мне принесло воспоследовавшее два-три дня спустя замечание лорда Дарлингтона:

— Кстати, Стивенс, наше серебро произвело на лорда Галифакса весьма недурное впечатление. Настроение у него сразу улучшилось.

Именно с этими словами — они до сих пор звучат у меня в ушах — обратился ко мне тогда его светлость; поэтому я полагаю, что состояние столового серебра сыграло тем вечером свою незаметную, но важную роль в смягчении отношений между лордом Галифаксом и герром Риббентропом, и это едва ли всего лишь плод моего воображения.

Здесь, вероятно, не мешает сказать несколько слов о герре Риббентропе. Сегодня все, понятно, считают герра Риббентропа обманщиком; считают, что все эти годы Гитлер хотел как можно дольше держать Англию в заблуждении относительно своих истинных намерений и что у герра Риббентропа было в нашей стране единственное задание — организовать и направлять кампанию по обману общественного мнения. Как я сказал, такой точки зрения держатся все, и я не намерен предлагать здесь другую. Досадно тем не менее слышать, как иные рассуждают сегодня таким образом, словно они-то ни разу не попадались герру Риббентропу на удочку, словно никто, кроме лорда Дарлингтона, не принимал герра Риббентропа за благородного джентльмена и не вступал с ним в чисто рабочие отношения. Истина же заключается в том, что на протяжении тридцатых годов герра Риббентропа считали достойным и даже обаятельным человеком в самых лучших домах. Примерно в 1936—1937 годах, как мне помнится, все разговоры, что вели в лакейской приезжие слуги, вращались вокруг «господина немецкого посла», и из этих разговоров явствовало, что многие весьма видные дамы и джентльмены нашей страны были от него в полном восторге. И досадно становится, как я уже замечал, когда приходится слышать, что́ эти самые люди говорят теперь о том времени и, в особенности, что́ многие из них говорят о его светлости. Чудовищное лицемерие этих лиц предстало бы перед вами во всей наглядности, если б вы просмотрели два-три списка гостей, что эти лица сами составляли в те дни; вы бы тогда убедились: герр Риббентроп не просто постоянно приглашался к обеду в их собственные дома, но зачастую — в качестве почетного гостя.

Опять же слышишь, как эти самые лица рассуждают в таком духе, словно лорд Дарлингтон позволял себе нечто из ряда вон выходящее, когда пользовался гостеприимством нацистов во время нескольких своих поездок в Германию в те годы. Не уверен, что они стали бы так спешить с осуждением, опубликуй, скажем,

«Таймс» список приглашенных хотя бы на один из банкетов, что немцы устраивали в период Нюрнбергского слета. На самом же деле гостеприимством немецких вождей пользовались наиболее влиятельные и уважаемые леди и джентльмены Англии, и я могу головой поручиться, что в подавляющем большинстве они по возвращении из Германии пели тем, кто их там принимал, одну хвалу и рассыпались в восторгах. Всякий, кто намекает, будто лорд Дарлингтон поддерживал тайные связи с заведомым врагом, всего лишь «забывает» ради собственного удобства о подлинной обстановке тех лет.

Необходимо также сказать и об утверждениях, касающихся антисемитизма лорда Дарлингтона и его тесных связей с организациями типа Британского союза фашистов,— это гнусные измышления, которые способно породить только полное незнание того, каким человеком был его светлость. Лорд Дарлингтон научился питать ненависть к антисемитизму; я лично слышал, как в ряде случаев он выказывал отвращение, сталкиваясь с антисемитскими настроениями. Заявления, будто его светлость евреев не пускал па порог или нс брал еврейской прислуги, абсолютно голословны — за исключением, может быть, одного ничтожного случая, относящегося к тридцатым годам, который впоследствии был неимоверно раздут. Что касается Британского союза фашистов, могу сказать лишь одно: любые попытки связать его светлость с этими господами попросту смехотворны. Сэр Освальд Мосли, джентльмен, который возглавил «чернорубашечников», был в Дарлингтон-холле, я думаю, от силы три раза, и все три приезда имели место в самом начале деятельности этой организации, когда она еще не обнаружила своей истинной сути. Как только движение «чернорубашечников» проявилось во всей своей мерзости — на что, надобно заметить, его светлость обратил внимание раньше многих других,— лорд Дарлингтон сразу же прекратил связи с этими типами.

Во всяком случае, подобные организации никоим образом не определяли политической жизни в нашей стране. Лорд Дарлингтон, прошу вас понять, был из таких джентльменов, кто любит находиться в центре событий, и люди, которых он на протяжении тех лет объединил своими усилиями, невообразимо далеко отстояли от гнусных экстремистских группировок подобного толка. Это были не только в высшей степени достойные люди, но и по-настоящему влиятельные в британской жизни фигуры: политики, дипломаты, военные, духовенство. Более того, некоторые из них были евреями, что уже само по себе доказывает, насколько бессмысленны многие утверждения относительно его светлости.

Впрочем, я отвлекся. Рассуждал-то я о столовом серебре и о том, какое впечатление оно произвело на лорда Галифакса в тот вечер, когда он встретился в Дарлингтон-холле с герром Риббентропом. Позвольте со всей определенностью заявить, что я ни в малейшей степени не намекаю, будто вечер, который поначалу не обещал оправдать надежды его светлости, завершился столь успешно только из-за столового серебра. Но, с другой стороны, как я упоминал, лорд Дарлингтон сам высказался в том духе, что оно могло тогда сыграть свою скромную роль в перемене настроения гостя, так что, возможно, не столь уж нелепо вспоминать о таких случаях с чувством удовлетворения.

Отдельные представители нашей профессии считают в конечном итоге малосущественным, какому именно хозяину служить; по их мнению, распространенный в нашем поколении вид идеализма, то есть убеждение, что дворецкие должны стремиться служить тем великим людям, кто работает на благо человечества,— всего лишь высокопарная болтовня, далекая от реальной жизни. Примечательно, что лица, высказывающиеся в этом скептическом духе, неизменно оказываются самыми заурядными в профессиональном отношении; это те, кто понимает: им самим не дано дослужиться до видного положения, и поэтому стремятся низвести других до своего уровня. Стало быть, едва ли возникнет желание принимать их взгляды всерьез. Однако же все равно приятно, когда можешь, опираясь на собственный опыт, привести примеры, ярко высвечивающие всю глубину их заблуждения. Разумеется, хозяину стремишься исправно служить все время, и ценность такой службы не может быть сведена к веренице конкретных случаев вроде имевшего место в связи с лордом Галифаксом. Но я хочу сказать, что именно подобные случаи со временем начинают неопровержимо свидетельствовать о том, что дворецкому выпала честь исполнять свои профессиональные обязанности там, где вершились великие дела. И тогда, как мне кажется, можно испытывать законное удовлетворение, недоступное тем, кто согласен служить заурядным хозяевам,— удовлетворение от того, что можешь с известным правом сказать: твои труды явились пусть весьма скромным, но все же вкладом в движение исторического процесса.

Впрочем, не нужно так часто предаваться воспоминаниям. В конце концов, впереди еще многие годы службы. Мистер Фаррадей не только превосходный хозяин, он еще и американский джентльмен, в отношении которого, конечно же, у меня особая обязанность — продемонстрировать все лучшее, на что способен английский слуга. Поэтому так важно сосредоточиться на настоящем и не допускать никаких проявлений самодовольства по поводу достигнутых в прошлом успехов. Ибо приходится признать, что последние месяцы дела в Дарлингтон-холле шли не совсем так, как могли бы идти. Совсем недавно вскрылись кое-какие мелкие погрешности, включая инцидент с серебром в апреле месяце. К великому счастью, у мистера Фаррадея в тот раз никто не гостил, но мне все равно пришлось пережить несколько по-настоящему неприятных минут.

Случилось это как-то утром за завтраком, и мистер Фаррадей — то ли по доброте душевной, то ли потому, что, будучи американцем, не сумел осознать масштаб упущения,— ни единым словом не выразил своего недовольства. Усевшись за стол, он всего-навсего взял в руку вилку, повертел, посмотрел, потрогал пальцем зубья и снова уткнулся в утреннюю газету. Все это он проделал как-то рассеянно, но я, понятно, успел углядеть и был тут как тут, чтобы убрать злополучный предмет сервировки. Быть может, я, находясь в сильном волнении, подскочил к столу слишком поспешно, потому что мистер Фаррадей слегка вздрогнул и пробормотал:

— А, Стивенс.

Я столь же поспешно вышел из комнаты и не мешкая вернулся с приемлемой вилкой. Приблизившись к столу — а мистер Фаррадей, казалось, ушел с головой в газету,— я подумал, что можно было бы тихо и незаметно положить вилку на скатерть, дабы не отвлекать хозяина от чтения. Мне, однако, уже приходило в голову, что мистер Фаррадей только прикидывается безразличным, чтобы не смущать меня, а потому возвращение вилки украдкой может быть истолковано как попытка с моей стороны приуменьшить или, что еще хуже, покрыть упущение. Вот почему я счел уместным демонстративно положить новую вилку на стол, так что хозяин опять вздрогнул, поднял глаза от газеты и пробормотал:

— А, Стивенс.

Подобные упущения, случавшиеся на протяжении нескольких последних месяцев, болезненно били по самолюбию, что вполне естественно, однако нет никаких оснований считать их следствием чего-то более серьезного, чем нехватка прислуги. Нехватка прислуги — само по себе дело, конечно, нешуточное; но если бы мисс Кентон и в самом деле вернулась в Дарлингтон-холл, то такие мелкие погрешности, уверен, сразу бы отошли в прошлое. Разумеется, не следует забывать о том, что в письме мисс Кентон — я как раз перечитывал его вчера вечером у себя в номере перед сном — нет точных формулировок, которые бы недвусмысленно говорили о ее желании вернуться на старое место. Больше того, вполне вероятно, что при первом прочтении — возможно, по чисто профессиональной привычке принимать желаемое за действительное — я преувеличил намеки на такое желание с ее стороны, если они вообще содержались в письме. Вчера вечером, должен признаться, я был несколько обескуражен тем, что в ее письме фактически нигде впрямую не говорится о желании вернуться.

Но опять же вряд ли имеет смысл ломать голову над этой проблемой, когда знаешь, что через двое суток сможешь, по всей вероятности, лично поговорить с мисс Кентон. И все же, должен сказать, я снова и снова мысленно возвращался к соответствующим местам письма прошлой ночью, когда лежал в темноте, прислушиваясь, как хозяин с хозяйкой наводят внизу порядок перед отходом ко сну.

День третий — вечер

■

Моском, близ Тавистока, Девон

Стоит, пожалуй, на минутку вернуться к вопросу об отношении его светлости к лицам еврейской национальности, поскольку, как я понимаю, проблема антисемитизма приобрела в наши дни довольно острый характер. В частности, позволю себе разъяснить, как в действительности обстояло дело с будто бы существовавшим запретом нанимать евреев на службу в Дарлингтон-холл. Поскольку подобные домыслы имеют непосредственное отношение к сфере моей деятельности, я способен их опровергнуть с фактами в руках. На протяжении долгих лет службы у его светлости в моем подчинении перебывало много слуг еврейской национальности, причем, позвольте заметить, их никто никогда и никоим образом не третировал из-за расовой принадлежности. Невозможно понять, откуда взялись эти нелепые обвинения, разве что — смешно сказать — начало им положил тот короткий и совершенно несущественный период в начале тридцатых годов, когда его светлость несколько недель находился под необыкновенно сильным влиянием миссис Кэролин Барнет.

Миссис Барнет, вдове мистера Чарльза Барнета, было тогда за сорок; это была очень красивая, а по мнению многих, и пленительная дама. Она слыла жутко умной, и в те дни часто доводилось слышать о том, как за обедом она посрамила того или иного ученого джентльмена в споре на какую-нибудь важную современную тему. Летом 1932 года она постоянно гостила в Дарлингтон-холле и проводила долгие часы с его светлостью в беседах большей частью социально-политического характера. Помнится, именно она устраивала его светлости «инспекционные поездки» в беднейшие районы лондонского Ист-Энда, во время которых его светлость посещал дома, где множество семей влачило жалкое существование в страшных условиях тех лет. Другими словами, миссис Барнет скорее всего в известной мере способствовала усилению озабоченности лорда Дарлингтона отчаянным положением бедных в нашей стране, и с этой точки зрения ее влияние нельзя считать целиком отрицательным. Но, с другой стороны, она состояла в организации «чернорубашечников» сэра Освальда Мосли, и весьма непродолжительные контакты его светлости с сэром Освальдом имели место как раз в упомянутые несколько летних недель. Тогда же в Дарлингтон-холле случились и те в высшей степени нетипичные происшествия, каковые, видимо, и послужили шатким основанием для нелепых обвинений в антисемитизме.

Я называю их «происшествиями», хотя некоторые из них не заслуживают даже упоминания. Например, однажды вечером во время обеда зашел разговор о какой-то газете, и я, помнится, услышал, как его светлость заметил: «А, вы имеете в виду этот пропагандистский еврейский листок». В другой раз, но тоже об эту пору, он дал мне распоряжение прекратить пожертвования одной местной благотворительной организации, которая регулярно обращалась за помощью, сказав, что в ее руководстве «более или менее сплошные евреи». Эти замечания запали мне в память, потому что и в самом деле сильно меня тогда удивили: до тех пор его светлость ни разу не выказывал ни малейшей неприязни к лицам еврейской национальности.

Ну а потом, конечно, наступил день, когда его светлость вызвал меня к себе в кабинет. Вначале он повел разговор на общие темы, спросив, все ли в доме в порядке и тому подобное. Затем произнес:

— Я тут подумал как следует, Стивенс. Подумал как следует. И пришел к определенному выводу. Здесь, в Дарлингтон-холле, мы не можем держать на службе евреев.

— Сэр?

— Для пользы дома, Стивенс. В интересах тех, кто приезжает к нам погостить. Я все тщательно взвесил, Стивенс, и ставлю вас об этом в известность.

— Да, сэр.

— Скажите-ка, Стивенс, у нас ведь сейчас есть несколько человек среди прислуги? Евреев, понятно.

— Полагаю, что двое из нынешнего персонала подпадают под эту категорию, сэр.

— Ага.— Его светлость помолчал, глядя в окно.— Разумеется, вам придется их рассчитать.

— Прошу прощения, сэр?

— Как ни печально, Стивенс, но выбора у нас нет. Следует подумать о безопасности и благополучии моих гостей. Смею уверить, что я все взвесил и тщательно обдумал. Это в наших общих жизненных интересах.

«Двое» из персонала, о которых шла речь, в действительности были «две» — горничные. Приступать к действиям, не поставив мисс Кентон в известность о сложившемся положении, было бы неподобающе с моей стороны. Я решил сделать это в тот вечер за чашкой какао у нее в гостиной. Здесь, вероятно, следует сказать несколько слов об этих наших ежевечерних встречах в гостиной у мисс Кентон. Они, позволю заметить, в подавляющем большинстве были посвящены сугубо рабочим вопросам, хотя время от времени мы, естественно, могли поговорить и на неофициальные темы. Вводя практику таких встреч, мы исходили из элементарных соображений: как показала жизнь, мы были настолько заняты каждый, что, случалось, по нескольку дней друг друга не видели и не имели возможности обменяться даже наиболее существенной информацией. Мы осознали, что подобное положение чревато серьезной опасностью для налаженного управления домашним хозяйством, и решили, что простейший выход из затруднения — встречаться в конце каждого рабочего дня на четверть часа в гостиной у мисс Кентон, чтобы спокойно поговорить с глазу на глаз. Должен еще раз подчеркнуть — эти встречи носили по преимуществу чисто рабочий характер; мы, к примеру, согласовывали наши планы в связи с каким-нибудь предстоящим событием или обсуждали, как обвыкает новая прислуга.

Во всяком случае, возвращаясь к прерванному рассказу, замечу: как вы понимаете, необходимость сообщить мисс Кентон о том, что я собираюсь рассчитать двух ее девушек, отнюдь не приводила меня в восторг. К тому же обе горничные не вызывали решительно никаких нареканий, и — заодно уж скажу и об этом, раз еврейский вопрос приобрел в последнее время столь острый характер,— все во мне противилось мысли об их увольнении. Тем не менее мой долг в данном случае был совершенно ясен, и, как я понимал, я бы ровным счетом ничего не добился, безответственно выказав личное свое осуждение. Задача была трудная, и в силу этого ее надлежало исполнить с достоинством. Вот почему я, подняв в тот вечер под занавес эту тему, ограничился по возможности сухим и сжатым ее изложением и закончил словами:

— Я сам поговорю со служанками у себя в буфетной завтра утром в половине одиннадцатого. Буду вам очень обязан, мисс Кентон, если вы их пришлете. А поставить ли их заблаговременно в известность, о чем пойдет разговор,— это я оставляю целиком на ваше усмотрение.

В эту минуту у мисс Кентон, похоже, не нашлось что ответить, поэтому я продолжал:

— Что ж, мисс Кентон, благодарю за какао. Пора бы мне уже и откланяться. Завтра еще один трудный день.

Вот тут мисс Кентон и сказала:

— Мистер Стивенс, я не верю собственным ушам. Руфь и Сара состоят у меня в штате вот уже шесть с лишним лет. Я полностью им доверяю, как и они мне. До сих пор они отлично справлялись со своими обязанностями в этом доме.

— Не сомневаюсь, мисс Кентон. Однако нельзя позволять чувствам влиять на наши суждения. А сейчас я и вправду должен пожелать вам спокойной ночи...

— Мистер Стивенс, меня просто бесит, что вы способны сидеть здесь и говорить то, что сказали, с таким видом, словно речь идет о заказе для кладовой. Я отказываюсь этому верить. Значит, по-вашему, Руфи и Саре следует дать расчет, потому что они еврейки?

— Мисс Кентон, я ведь только что подробно вам все объяснил. Это решение его светлости, так что нам с вами тут нечего обсуждать.

— А вам не приходит в голову, мистер Стивенс, что увольнять Руфь и Сару на таком основании было бы просто... *дурно?* Я не желаю с этим мириться. Я не останусь в доме, где происходят подобные вещи.

— Мисс Кентон, прошу вас, сохраняйте спокойствие и ведите себя, как подобает в вашем положении. Все предельно просто. Раз его светлость требует, чтобы именно эти контракты были расторгнуты, о чем тут еще говорить!

— Предупреждаю вас, мистер Стивенс, я в таком доме служить не останусь. Если уволят моих девочек, я тоже уйду.

— Мисс Кентон, меня поражает ваша реакция. Должен ли я напоминать вам, что наш служебный долг состоит не в потакании собственным настроениям и капризам, а в исполнении приказов хозяина?

— А я заявляю вам, мистер Стивенс, если завтра вы уволите моих девочек, это будет дурно, самый что ни на есть настоящий грех, и я в таком доме служить не останусь.

— Позвольте вам заметить, мисс Кентон, что по своему положению вы едва ли способны судить о столь высоких и великих материях. Дело в том, что современный мир очень сложен и ненадежен. Есть много такого, что просто выше нашего с вами разумения, скажем, природа еврейства, тогда как его светлости в его положении, рискну утверждать, несколько удобней судить, что к лучшему. А теперь, мисс Кентон, мне действительно пора уходить. Еще раз благодарю за какао. Итак, завтра в половине одиннадцатого. Пришлите, пожалуйста, обеих упомянутых служанок.

Едва горничные вошли ко мне в буфетную, как стало ясно, что мисс Кентон успела с ними поговорить,—

они обе рыдали. Я в двух словах объяснил им происходящее, подчеркнув, что бывал неизменно удовлетворен их работой и, следовательно, они получат хорошие рекомендации. Насколько я помню, ни та ни другая не сказали ничего примечательного за все время разговора, который продолжался минуты три-четыре, и вышли в слезах, как и вошли.

Несколько дней после увольнения служанок мисс Кентон была со мной крайне нелюбезна. Больше того, временами она мне просто грубила, даже в присутствии слуг. И хотя мы продолжали наши ежевечерние встречи за чашкой какао, сами встречи становились все короче и тягостней. Когда по прошествии двух недель в ее поведении не обозначилось перемены к лучшему, я, как вы можете понять, начал терять терпение. Поэтому однажды, когда мы сидели за чашкой какао, я не сдержался.

— Мисс Кентон, а я-то думал, что к нынешнему дню вы уже подадите уведомление об уходе,— заметил я, придав голосу иронический оттенок и сопроводив сказанное легким смешком. Я, вероятно, рассчитывал, что она в конце концов смягчится и скажет в ответ что-нибудь примирительное, тем самым дав нам возможность раз и навсегда забыть об этом неприятном случае. Однако мисс Кентон лишь угрюмо на меня посмотрела и ответила:

— Я по-прежнему намерена подать уведомление, мистер Стивенс. Просто навалилось столько дел, что руки не доходили.

Должен признаться, ее ответ на какое-то время посеял во мне опасения, что она не шутит и исполнит свою угрозу. Однако проходили недели, и стало ясно, что она не собирается покидать Дарлингтон-холл; наши отношения помаленьку оттаивали, но я, кажется, иной раз позволял себе поддразнить ее, напоминая об угрозе уйти. Например, когда мы обсуждали какое-нибудь большое мероприятие, имеющее произойти в доме, я мог ввернуть:

— То есть понятно, мисс Кентон, если вы к тому времени все еще будете с нами.

Даже через много месяцев после этого происшествия подобные реплики заставляли мисс Кентон замолкать, хотя теперь, как мне кажется, не столько от гнева, сколько от смущения.

В конце концов, разумеется, об этом деле забыли. Но я помню, как оно всплыло через год с лишним после увольнения двух горничных.

Его светлость сам вспомнил о нем, когда я в один прекрасный день подавал ему чай в гостиную. Тогда влиянию миссис Кэролин Барнет на его светлость давно пришел конец, больше того, и сама эта дама совершенно перестала бывать в Дарлингтон-холле. Стоит также отметить и то, что его светлость к тому времени порвал все связи с «чернорубашечниками», узрев подлинную мерзкую сущность этой организации.

— Кстати, Стивенс,— заметил он.— Давно собирался вам сказать. Об этом прошлогоднем деле. О горничных-еврейках. Вы помните?

— Разумеется, сэр.

— Думаю, теперь их уже не найти, а? Дурно тогда вышло, хотелось бы как-то им компенсировать.

— Непременно наведу справки, сэр. Боюсь, однако, вам обещать, что удастся установить их местонахождение в настоящее время.

— Выясните, что можно сделать. Дурно тогда получилось.

Полагая, что мисс Кентон будет небезынтересно узнать про этот разговор с его светлостью, я решил, справедливости ради, ей о нем сообщить — даже с риском снова разбудить ее гнев. Так я и сделал в тот туманный день, когда неожиданно застал ее в беседке, но, как показало дальнейшее, это привело к непредвиденным последствиям.

Помнится, когда я в тот день шел напрямик по лужайке, туман уже опускался. Я направлялся в беседку за посудой после чая, которым чуть раньше его светлость угощал там гостей. Вспоминаю, я еще издали задолго до каменных ступеней, где когда-то свалился отец,— заметил мисс Кентон, которая сновала в беседке. Когда я вошел, она сидела в одном из плетеных кресел, расставленных здесь и там, и, очевидно, занималась шитьем. Приглядевшись, я увидел, что она штопает подушечку. Я принялся собирать чашки и блюдца, оставленные среди горшков с зеленью и на плетеных сиденьях, и между делом, кажется, перебросился с ней парой шутливых реплик, а может быть, обсудил один-два рабочих вопроса. Откровенно говоря, было крайне приятно выбраться в беседку на свежий воздух после многих безвылазных дней в доме, и ни я, ни она не спешили закончить и уйти. И хотя наползающий туман скрадывал вид, а день быстро угасал, клонясь к вечеру, так что мисс Кентон приходилось подносить подушечку к самым глазам, мы, помнится, частенько отвлекались от своих дел и просто глядели на то, что открывалось взору. Я как раз смотрел на дальний край лужайки, где вокруг тополей вдоль проселка сгущался туман, когда наконец решил заговорить о прошлогодних увольнениях. Начал я, как нетрудно догадаться, с напоминания:

— Я вот подумал тут, мисс Кентон. Теперь вспоминать об этом довольно забавно, но помните, всего год назад в это же время вы все еще настойчиво повторяли, что откажетесь от места. Теперь-то, конечно, смешно вспоминать.— Я рассмеялся, но мисс Кентон — я стоял к ней спиной — ничего не сказала; я помолчал, повернулся и посмотрел на нее: взгляд ее был устремлен к застекленному окну беседки, за которым расстилался туман.

— Вы, мистер Стивенс, вероятно, и не догадываетесь,— произнесла она после долгого молчания,— насколько серьезно я и в самом деле хотела уйти из этого дома. Я так сильно переживала случившееся. Да заслуживай моя особа хоть капельку уважения, уверяю вас, меня бы давно уже не было в Дарлингтон-холле.— Она замолчала, а я опять поглядел на дальние тополя; затем она продолжала усталым голосом: — Трусость, мистер Стивенс. Самая обычная трусость. Куда мне было идти? Семьи у меня нет, одна только тетя. Я ее нежно люблю, но стоит мне пробыть с нею день, как я чувствую, что вся моя жизнь пропадает впустую. Конечно же, я внушала себе, что скоро подыщу какое-нибудь новое место. Но мне было так страшно, мистер Стивенс. Всякий раз, как я надумывала уйти, я представляла себе: вот, ушла, и нет никого, кто бы знал меня или принял во мне участие. Вот вам и все мои высокие принципы. Мне так стыдно. Но я просто не могла уйти, мистер Стивенс. Не могла заставить себя уйти.

Мисс Кентон снова замолкла и, видимо, глубоко задумалась. Я решил, что теперь самое время пересказать ей, по возможности дословно, то, что утром говорил мне лорд Дарлингтон. Так я и поступил, а в заключение добавил:

— Сделанного не воротишь. Но немалое утешение уже то, что его светлость недвусмысленно назвал тот случай ужасным недоразумением. Мне показалось, мисс Кентон, что вам будет интересно об этом узнать, вы ведь тогда, помнится, огорчались не меньше моего.

— Простите, мистер Стивенс,— совсем другим голосом, словно очнувшись от сна, отозвалась мисс Кентон у меня за спиной,— я вас не понимаю.— Я повернулся к ней, и она продолжала. — Насколько я помню, вы тогда сочли очень правильным и разумным, что Руфь с Сарой выставляют за дверь, и исполнили свою миссию с большой охотой.

— Ну уж нет, мисс Кентон, это совершенно неверно и несправедливо. Вся эта история меня тогда очень, очень встревожила. Чтобы в этом доме случилось такое — увольте, тут радоваться нечему.

— Так почему, мистер Стивенс, вы мне тогда так прямо и не сказали?

Я рассмеялся, однако не нашелся с ответом. Пока я попытался собраться с мыслями, мисс Кентон отложила подушечку и молвила:

— Вы хоть понимаете, мистер Стивенс, как могли бы тогда меня поддержать, если б поделились своими чувствами? Вы ведь знали, что увольнение девочек меня страшно расстроило. Вы хоть понимаете, как бы это мне помогло? Ну почему, мистер Стивенс, почему, почему, почему вы всегда должны *притворяться?!*

Я опять рассмеялся — разговор вдруг принял какой-то нелепый оборот.

— Право же, мисс Кентон, я вас что-то не понимаю. Притворяться? Вот уж действительно...

— Я страшно переживала уход Руфи и Сары, и тем горше, что думала — я одна так к этому отношусь.

— Нет, право же, мисс Кентон...— Я взялся за поднос с посудой.— Естественно, тогдашний прискорбный инцидент не мог не вызвать осуждения. Казалось бы, это само собой разумеется.

Она ничего не сказала, и я, уходя, оглянулся. Она снова смотрела в окно, но к этому часу в беседке стало темно, и я различал только профиль на фоне белесой пустоты за стеклом. Сославшись на дела, я оставил ее одну.

Теперь, когда я восстановил историю с увольнением служанок-евреек, мне приходит на память то, что я бы назвал непредсказуемым последствием, а конкретнее — появление в доме новой горничной по имени Лиза. Иными словами, нам понадобились две новые девушки на освободившиеся места, и одной из них оказалась Лиза.

Эта молодая женщина представила весьма сомнительные рекомендации, из которых любой опытный дворецкий мог заключить, что обстоятельства ее ухода с предыдущего места были отнюдь не безоблачными. Больше того, когда мы с мисс Кентон устроили ей собеседование, стало ясно, что она нигде не задерживалась дольше нескольких недель. В общем, все в ней говорило о том, что к службе в Дарлингтон-холле она совершенно не пригодна. Однако, к моему удивлению, мисс Кентон после собеседования принялась настаивать, чтобы мы ее приняли.

— Я вижу в этой девушке большие возможности,— повторяла она в ответ на все мои возражения.— Я с нее глаз не спущу, она еще у меня станет прекрасной горничной.

Помнится, мы пререкались довольно долго, и, не будь история с увольнением свежа в памяти, я бы, вероятно, сумел успешнее противостоять мисс Кентон. Так или иначе, я в конце концов уступил, хотя и сказал при этом:

— Надеюсь, мисс Кентон, вы понимаете, что вся ответственность за наем этой девушки целиком и полностью ложится на вас. Лично у меня нет никаких сомнений, что в настоящий момент она далеко не отвечает тем требованиям, которые мы с вами предъявляем к слугам. Если я и соглашаюсь ее принять, то лишь с условием, что вы лично станете надзирать за ее профессиональным ростом.

— Девушка проявит себя с хорошей стороны, мистер Стивенс. Сами еще убедитесь.

К вящему моему удивлению, за сравнительно короткое время девушка и вправду добилась замечательных успехов. Она держалась все лучше день ото дня, и даже ее походка, которая в первые дни отличалась такой небрежностью, что я невольно отводил глаза, решительно выправилась.

Неделя шла за неделей, девушка каким-то чудом превратилась в расторопную горничную, и мисс Кентон откровенно торжествовала. Она словно получала особое удовольствие, давая Лизе то или иное с каждым разом все более ответственное задание, и всем своим видом показывала мне, как я ошибался. Пикировка, что однажды вечером произошла между нами за чашкой какао в гостиной мисс Кентон, довольно характерна для наших тогдашних разговоров о Лизе.

— Мистер Стивенс,— обратилась она ко мне,— вы наверняка крайне огорчитесь, узнав, что Лиза пока не допустила ни одного мало-мальски серьезного промаха.

— Я отнюдь не огорчен, мисс Кентон, напротив — рад и за вас, и за нас всех. Готов признать, что с этой девушкой у вас до сих пор все продвигается с известным успехом.

— С известным успехом! Полюбовались бы лучше на собственную ухмылку мистер Стивенс. Она всегда появляется у вас на лице, стоит мне заговорить о Лизе, и это уже само по себе выдает вас с головой. Вот именно, с головой.

— Ну, мисс Кентон, так уж и с головой. А позвольте спросить, в чем именно выдает?

— Весьма любопытно, мистер Стивенс. Весьма любопытно, что вы почему-то не ждете от нее ничего хорошего. А почему? Конечно же потому, что Лиза — хорошенькая девушка. Я заметила — вам отчего-то не нравится, чтобы в доме работали хорошенькие девушки.

— Мисс Кентон, вы и сами знаете, что болтаете чепуху.

— Но я же заметила, мистер Стивенс. Вам не нравится, чтобы в доме работали хорошенькие девушки. Неужто наш мистер Стивенс так боится отвлечься? Неужто наш мистер Стивенс и впрямь создан из плоти и крови и поэтому не может полностью на себя положиться?

— Однако же, мисс Кентон. Если б я считал, что в ваших словах есть хоть крупица здравого смысла, может, я еще и поспорил бы на эту тему. А так я, пожалуй, буду думать себе о чем-нибудь постороннем, пока вы не кончите болтать чепуху.

— Да, но почему тогда, мистер Стивенс, вы все еще виновато ухмыляетесь?

— И вовсе не виновато, мисс Кентон. Просто меня слегка забавляет ваша поразительная способность болтать чушь, только и всего.

— Нет, мистер Стивенс, ухмылка-то у вас виноватая. И я заметила, что на Лизу вы едва смотрите. Теперь-то мне понятно, почему вы так упорно против нее возражали.

— Мои возражения, как вам, мисс Кентон, прекрасно известно, имели под собой весьма крепкие основания. Когда девушка к нам пришла, она совершенно никуда не годилась.

Вам, конечно, понятно, что мы ни в коем случае не позволяли себе беседовать в таком тоне, если слуги могли нас услышать. Но в эту пору наши вечерние разговоры за чашкой какао, сохраняя в целом свой профессиональный характер, стали частенько перемежаться невинной болтовней в таком вот духе, которая, следует заметить, немало помогала расслабиться после многотрудного рабочего дня.

Лиза прослужила у нас месяцев восемь или девять, и я уже почти забыл о ее существовании, когда в один прекрасный день она сбежала со вторым лакеем. Разумеется, подобные происшествия — элементарная бытовая неизбежность из тех, с какими приходится иметь дело любому дворецкому, когда в доме много прислуги. Они сильно досаждают, но с ними приучаешься мириться. И если уж говорить о таких вот исчезновениях «под покровом ночи», то Лизин случай еще был одним из самых пристойных. Не считая еды, парочка ничего не прихватила из дома, больше того — и он, и она оставили записки. Второй лакей, я уже забыл его имя, адресовал мне коротенькое послание примерно в таком духе: «Пожалуйста, не осуждайте нас слишком сурово. Мы любим друг друга и собираемся пожениться». Лиза написала куда больше, и с этим-то письмом, адресованным «Экономке», мисс Кентон и явилась ко мне в буфетную наутро после их бегства. Письмо, насколько я помню, изобиловало безграмотными в орфографическском и стилистическом отношении фразами о том, как эти двое любят друг друга, что за чудесный человек второй лакей и какая удивительная совместная жизнь их ожидает. Одна фраза, если не ошибаюсь, была примерно такая: «У нас нету денег ну и пусть мы любим и чево еще нужно у меня есть он у него есть я и нечево нам другово желать». Хотя письмо занимало целых три страницы, в нем не было ни слова благодарности мисс Кентон за ее великую заботу о девушке, не прозвучало и сожаления о том, что они всех нас подвели.

Мисс Кентон была явно расстроена. Пока я проглядывал письмо, она сидела напротив меня за столом, пристально рассматривая сложенные на коленях руки. Странно, но я и вправду не припомню, когда еще видел ее такой потерянной, как в то утро.

— Итак, мистер Стивенс, похоже, вы были правы, а я ошибалась.

— Да не расстраивайтесь вы, мисс Кентон,— ответил я.— Такие вещи случаются, и предотвратить их не в наших силах.

— Я заблуждалась, мистер Стивенс. Я признаю. Как всегда, вы кругом были правы, а я ошибалась.

— Никак не могу согласиться с вами, мисс Кентон. С этой девушкой вы добились чуда, и то, чем она стала с вашей помощью, многократно доказывает, что не прав был как раз я. Честное слово, мисс Кентон, такая накладка могла случиться с любым из слуг. Вы прекрасно над ней поработали. У вас все основания считать, что это она подвела вас, но решительно никаких — возлагать на себя ответственность за случившееся.

Мисс Кентон по-прежнему выглядела очень подавленной. Она тихо произнесла:

— Спасибо на добром слове, мистер Стивенс. Я вам очень признательна.— Устало вздохнула и прибавила: — Какая глупенькая. Ведь могла бы по-настоящему преуспеть. Способностей ей было не занимать. Сколько молодых женщин, таких как она, отказываются от прекрасных возможностей — и ради чего?

Мы оба посмотрели на листки, лежавшие на столе между нами; мисс Кентон, досадливо поморщившись, отвела взгляд.

— Ваша правда,— заметил я.— Сама себя погубила.

— Так глупо. И он ее обязательно бросит. А ведь ее ожидала хорошая жизнь, сумей она продержаться. Я бы так ее натаскала, что через год-другой она могла бы занять место экономки в каком-нибудь маленьком доме. Вам, мистер Стивенс, вероятно, покажется, что я преувеличиваю, но вспомните, чем она у меня стала всего за несколько месяцев. Теперь для нее все это потеряно. Все впустую.

— Действительно, весьма неразумно с ее стороны.

Я принялся собирать со стола листки почтовой бумаги, решив сохранить их на тот случай, если придется давать рекомендации. Но тут на меня напали сомнения — хочет ли мисс Кентон, чтобы я хранил письмо, или собирается держать его у себя,— и я положил листки на стол, где они лежали раньше. Однако мисс Кентон, кажется, думала совсем о другом.

— Он ее обязательно бросит,— повторила она.— Как глупо.

Но я вижу, что слишком уж углубился в воспоминания о давно прошедшем. Это отнюдь не входило в мои намерения, но, вероятно, все к лучшему, потому что я, по крайней мере, отвлекся от неприятных мыслей о событиях нынешнего вечера, которые, надеюсь, подошли к концу. Несколько последних часов, нужно сказать, были для меня довольно мучительными.

Сейчас я сижу в мансарде маленького коттеджа, принадлежащего мистеру и миссис Тейлор. То есть в частном доме. А комнату, где Тейлоры столь любезно предложили мне заночевать, раньше занимал их старший сын, который давно уже взрослый и живет в Эксетере. Над головой нависают стропила и балки, на голых половицах нет ни коврика, ни половика, однако в этой комнате чувствуешь себя удивительно уютно. Ясно, что миссис Тейлор не только перестелила постель, но прибрала и вытерла пыль: у самых стропил осталось несколько паутинок, а так не скажешь, что комната много лет пустовала. Мистер и миссис Тейлор, как я выяснил, еще с двадцатых годов держали в Эксетере зеленную лавку, пока не ушли на покой три года тому назад. Они очень добрые люди, и хотя я нынче вечером неоднократно предлагал заплатить за гостеприимство, они не хотели об этом и слышать.

То, что я сейчас здесь и что мистер и миссис Тейлор, в сущности, просто меня пожалели и великодушно предоставили мне ночлег в своем доме,— все это объясняется идиотской, до обиды элементарной оплошностью с моей стороны: я не заметил, как в баке иссяк бензин. Если добавить к этому вчерашнее мое упущение с водой в радиаторе, то легко прийти к выводу, будто неорганизованность вообще свойственна мне от природы. Можно, разумеется, возразить, что по части дальних автомобильных поездок я в известном смысле новичок и таких элементарных оплошностей от меня естественно было ожидать. И все же, если вспомнить о том, что надлежащая организованность и предусмотрительность — качества, составляющие саму суть нашей профессии, трудно избавиться от чувства, что я снова оплошал.

Правда, в последний час перед тем, как кончиться бензину, у меня хватало других забот. Я наметил заночевать в городке Тавистон, куда и приехал к восьми вечера. В главной гостинице, однако, извинились, сказали, что все комнаты заняты приехавшими на местную сельскохозяйственную ярмарку, и предложили попытать счастья в нескольких других заведениях. Так я и сделал, но везде было то же самое. Наконец хозяйка пансионата на окраине города посоветовала отправиться за несколько миль в придорожную гостиницу, которую содержит кто-то из ее родни, заверив, что там обязательно будут свободные комнаты, потому что от Тавистона далековато и ярмарочные туда просто не доберутся.

Она подробнейшим образом объяснила мне, как доехать, и тогда все вроде было понятно, так что теперь невозможно установить, по чьей вине я не обнаружил указанного придорожного заведения. Вместо этого примерно через четверть часа я очутился на длинной дороге, вьющейся по унылой плоской вересковой пустоши. По обеим сторонам тянулись заболоченные, по всей видимости, луга, дорогу постепенно заволакивало тума ном. Слева догорал закат. На фоне вечернего неба по ту сторону лугов здесь и там виднелись силуэты амбаров, хлевов и фермерских домиков, в остальном же складывалось впечатление, что я полностью оторван от цивилизации.

Я, помнится, развернулся и поехал назад, высматривая встретившийся до этого поворот. Я его отыскал, но новая дорога если чем и отличалась от старой, так только еще большей запущенностью. Какое-то время я ехал в полутьме между высоких живых изгородей, затем почувствовал, что дорога пошла круто в гору. Я уже распрощался с надеждой найти придорожную гостиницу и решил никуда не сворачивать, пока не доберусь до какого-нибудь города или деревни, где буду искать ночлег. А утром, убеждал я себя, первым делом выеду на старый маршрут, это будет несложно. Вот тогда-то, посредине подъема, двигатель захлебнулся, и я впервые заметил, что бензин кончился.

«Форд» прополз еще несколько ярдов и стал. Я вылез из машины разведать обстановку и понял, что минут через десять стемнеет. Я стоял на крутой дороге, с обеих сторон окаймленной деревьями и живыми изгородями; впереди, чуть выше, изгороди расступались и на фоне неба вырисовывались широкие ворота, запертые на перекладину. Я пошел к ним, рассчитывая, что открывшийся за воротами вид подскажет, где я нахожусь. Вид и вправду открылся, но изрядно меня разочаровал. Поле за воротами шло круто вниз и пропадало всего в каких-то двадцати ярдах. За гребнем холма довольно далеко — по прямой, пожалуй, с добрую милю — виднелась деревенька. Сквозь дымку я разглядел церковный шпиль и вокруг него — скопления крытых темным шифером крыш; здесь и там над трубами поднимались столбики белого дыма. В ту минуту, должен признаться, зрелище это привело меня в некоторое уныние. Конечно, положение мое ни в коем случае нельзя было назвать безнадежным; с «фордом» ничего не случилось, просто горючее кончилось. Спуститься в деревню я мог бы за полчаса, а уж там бы, конечно, нашел и ночлег, и канистру бензина. И все-таки мало радости было стоять на одиноком холме у закрытых ворот, когда свет дня вот-вот иссякнет, а туман на глазах густеет, и видеть, как в далекой деревне зажигаются огоньки.

Но что толку впадать в уныние? В любом случае глупо было бы не использовать остатки дневного света. Я вернулся к «форду», уложил в портфель кое-что из предметов первой необходимости и, вооружившись велосипедным фонариком, который давал неожиданно яркий луч, пошел искать ведущую вниз к деревне тропинку. Никакой тропинки, однако, не обнаружилось, хотя я поднялся довольно высоко, оставив позади закрытые ворота. Тут до меня дошло, что подъем кончился и дорога пошла вниз, плавно заворачивая в сторону, противоположную от деревни,— а ее огоньки я время от времени различал сквозь листву,   и я снова потерял присутствие духа. Честно говоря, я уже подумывал возвратиться к «форду», залезть в машину и ждать, не проедет ли кто по дороге. Но вот-вот должно было совсем стемнеть, и я сообразил, что если попробую в таких обстоятельствах остановить проходящий транспорт, то меня, скорее всего, примут за дорожного грабителя или еще кого похуже в том же роде. А кроме того, с тех пор, как я вылез из «форда», не проехало ни одного автомобиля; да и вообще я что-то не помнил, чтобы после Тавистока мне попадались на дороге машины. Тогда я решил вернуться к воротам и оттуда спускаться полем, по возможности держа курс прямо на деревенские огоньки, а уж найдется там тропинка или нет — не имеет значения.

В конечном счете спуск оказался не таким уж и трудным. Несколько пастбищ, вытянувшись в цепочку, сбегали вниз прямо к деревне, и, двигаясь по краю одного пастбища за другим, можно было спуститься без особых усилий. Только раз, уже у самой деревни, я не сумел найти проход на соседнее пастбище, как ни водил фонариком по преградившей мне путь живой изгороди. Наконец я обнаружил в ней небольшую брешь, сквозь которую умудрился протиснуться, правда не без ущерба для рукава куртки и брючных манжет. Хуже того, несколько последних пастбищ оказались грязнее некуда; чтобы лишний раз не расстраиваться, я сознательно не светил себе на ботинки и брюки.

Постепенно я выбрался на мощеную дорожку, что вела в деревню, и, спускаясь по ней, повстречал мистера Тейлора, ставшего в тот вечер моим благодетелем. Он вышел впереди из-за поворота, любезно подождал, пока я с ним поравняюсь, и лишь тогда, тронув рукой кепку, осведомился, не может ли он чем мне помочь. Я в нескольких словах обрисовал свои трудности, добавив, что буду весьма обязан, если он укажет, где тут хорошая гостиница. В ответ мистер Тейлор покачал головой и сказал:

— Боюсь, сэр, у нас в деревне *гостиницы* вообще нету. Обычно Джон Хамфрис устраивает проезжих у себя в «Скрещенных ключах», но сейчас там ремонтируют крышу.— Не успел я, однако, проникнуться этой неутешительной новостью, как мистер Тейлор добавил: — Если вы не против переночевать без удобств, сэр, мы бы предложили вам комнату и постель. Ничего такого, но жена уж приглядит, чтобы в комнате было чисто и все что надо.

По-моему, я забормотал в ответ что-то малоубедительное в том духе, что не смею причинять им такие хлопоты, на что мистер Тейлор ответил:

— Скажу вам, сэр, мы почтем за честь вас принять. Такие люди, как вы, нечасто оказываются проездом в Москоме. И, честное слово, сэр, не представляю, куда вам деться в этот-то час. Жена никогда не простит, если я отпущу вас ночью на все четыре стороны.

Вот так и случилось, что я воспользовался сердечным гостеприимством мистера и миссис Тейлор. Но когда я раньше назвал события этого вечера «мучительными», я имел в виду не только оплошность с бензином и вынужденный спуск в деревню по бездорожью. Ибо то, что случилось после — поворот событий за ужином, который я разделил с мистером и миссис Тейлор и их соседями,— на свой лад оказалось испытанием куда более тяжким, нежели неудобства преимущественно физического порядка, с какими я столкнулся незадолго до того. Уверяю вас, я почувствовал огромное облегчение, когда смог наконец подняться в эту комнату и предаться воспоминаниям о Дарлингтон-холле тех давних лет.

Последнее время я вообще все чаще обращаюсь к подобным воспоминаниям. А с той минуты, как несколько недель тому назад впервые обозначилась возможность снова увидеться с мисс Кентон, я, кажется, стал подолгу задумываться над тем, как и почему наши с ней отношения претерпели столь серьезные изменения. Ибо другим словом не назовешь то, что произошло в 1935 или 1936 году, после многих лет, на протяжении которых мы упорно шли — и пришли — к полному рабочему взаимопониманию. А кончилось все это тем, что мы отказались даже от ежевечерних встреч за чашкой какао. Но что именно вызвало эти изменения, какие конкретно события к ним привели — этого мне так и не удалось понять.

Когда возвращаешься к событиям задним числом, представляется вероятным, что решающим, поворотным пунктом стала из ряда вон выходящая сцена, случившаяся в тот вечер, когда мисс Кентон вошла без приглашения ко мне в буфетную. Почему и зачем, сейчас уже точно не помню. Что-то подсказывает, что она могла принести вазу с цветами «оживить покои», но, возможно, я путаю, и это произошло значительно раньше, в самом начале нашего знакомства. Я твердо помню, что за все эти годы она пыталась поставить у меня в буфетной цветы по меньшей мере три раза, но, возможно, ошибаюсь, полагая, что именно цветы послужили в тот вечер предлогом для ее прихода. Должен, во всяком случае, подчеркнуть, что, несмотря на наши многолетние прекрасные рабочие отношения, я никогда не позволял им доходить до такой степени, чтобы экономка появлялась в моей буфетной, когда ей заблагорассудится. Для меня лично буфетная дворецкого — ключевой пост, сердцевина, к которой сходятся нити всех домашних процессов, как к генеральскому штабу — нити боевых операций; все в ней обязано пребывать — и оставаться — именно в том порядке, который устанавливаю я сам. Я не из той породы дворецких, кто позволяет всем кому не лень толочься в буфетной со всякими вопросами и жалобами. Само собой разумеется, что в интересах спокойного и согласованного руководства домашними процессами буфетная дворецкого должна быть единственным местом в доме, надежно огражденным от любых вторжений извне.

Случилось так, что в тот вечер мисс Кентон застала меня совсем не за профессиональным занятием. Приближался к концу рабочий день спокойной недели, и я воспользовался свободным часом, который редко мне выпадал. Как было сказано, я не ручаюсь, что мисс Кентон вошла с вазой цветов, но прекрасно помню, что она заметила:

— Мистер Стивенс, вечером ваша комната выглядит еще неуютней, чем днем. У лампочки слишком слабый накал, ну разве можно читать при таком свете!

— Меня вполне устраивает, благодарю, мисс Кентон.

— Честное слово, мистер Стивенс, эта комната похожа на тюремную камеру. Поставить в углу узкую койку — и можно поверить, что приговоренные проводят тут последние часы перед казнью.

Возможно, я что-то ей возразил, сейчас не припомню. Во всяком случае, глаз от книги я так и не поднял, надеясь, что мисс Кентон извинится и выйдет. Прошло несколько секунд, и снова раздался ее голос:

— Интересно, что вы тут читаете, мистер Стивенс?

— Читаю книгу, мисс Кентон.

— Это я и сама вижу, мистер Стивенс. Но мне интересно, что за книгу.

Я поднял взгляд и увидел, что мисс Кентон ко мне приближается. Я закрыл книгу, прижал к груди и поднялся.

— Право же, мисс Кентон,— заметил я,— приходится попросить вас считаться с моим желанием побыть одному.

— Но почему вы так вцепились в книгу, мистер Стивенс? Можно подумать, это нечто фривольное.

— Абсолютно исключено, мисс Кентон, чтобы «фривольному», как вы это именуете, нашлось место на книжных полках его светлости.

— Мне говорили, что во многих ученых книгах встречаются весьма пикантные места, но самой не хватало смелости поглядеть. Ну-ка, мистер Стивенс, пожалуйста, покажите, что вы читаете.

— Мисс Кентон, я должен просить вас оставить меня в покое. Просто невероятно, что вы так упорно пристаете ко мне, когда у меня выдалось несколько свободных минут.

Но мисс Кентон подходила все ближе, и, должен признаться, я немного растерялся, не зная, как надлежит вести себя в подобной ситуации. Меня подмывало бросить книгу в ящик конторки и закрыть на ключ, но это отдавало нелепой театральщиной. Я попятился, все еще прижимая книгу к груди.

— Ну, мистер Стивенс, ну, пожалуйста, покажите книгу,— повторила мисс Кентон, продолжая на меня надвигаться,— и я уйду, а вы читайте себе дальше на здоровье. Что же это за книга такая, если вы никак не даете на нее посмотреть?

— Мисс Кентон, увидите вы или нет название этой книги, само по себе ни в малейшей степени меня не волнует. Но я в принципе возражаю против того, чтобы вы вот так появлялись и вторгались ко мне в минуты уединения.

— Интересно, нет ли в этой книге чего неприличного, мистер Стивенс, и уж не оберегаете ли вы меня часом от ее гадкого влияния?

Мы оказались лицом к лицу, и вдруг вся обстановка странным образом изменилась — как если бы нас двоих внезапно выбросило в какое-то совершенно иное измерение бытия. Боюсь, нелегко дать вам ясное представление о том, что я имею в виду. Могу лишь сказать, что все вокруг нас вдруг застыло; мне показалось, что и с мисс Кентон тоже произошла внезапная перемена — лицо у нее стало непривычно серьезным, и меня поразило чуть ли не испуганное его выражение.

— Прошу вас, мистер Стивенс, дайте глянуть на книгу.

Она протянула руку и принялась осторожно высвобождать книгу из моих судорожно сжатых пальцев. Я почел за благо отвернуться, пока она этим занималась, но мы стояли так близко, почти вплотную друг к другу, что сделать это я мог только одним способом — задрав голову вверх и вбок под довольно неестественным углом. Мисс Кентон продолжала очень осторожно вытягивать книгу, по очереди разжимая мои пальцы. Как мне показалось, это продолжалось очень долго — а я все время простоял в той же позе,— но наконец я услышал ее голос:

— Боже правый, мистер Стивенс, да в этой книге совсем нет ничего такого. Обычный сентиментальный любовный роман.

Вот тут-то, думаю, и пришел конец моему терпению. Не помню, что именно я сказал тогда мисс Кентон, но помню, что твердой рукой указал ей на дверь буфетной, положив тем самым конец всему эпизоду.

Здесь, видимо, следует сказать несколько слов о самой книге, вокруг которой разгорелись такие страсти. Книга и вправду представляла собой то, что можно назвать «душещипательным романом» — они имелись в библиотеке и лежали в некоторых гостевых спальнях для развлечения приезжающих дам. К штудированию таких сочинений я пристрастился по другой простой причине — они успешно помогали избегать просторечья и совершенствоваться во владении английским языком. Я считаю — не знаю, согласитесь ли вы со мной,— что, если речь идёт о нашем поколении, слишком большой упор делается на том, чтобы дворецкий говорил грамотно и с хорошим произношением. Эти частности порой даже раздуваются в ущерб более важным профессиональным качествам. Тем не менее я всегда полагал, что хорошее произношение и грамотность — вещи привлекательные, и неизменно почитал своим долгом по возможности совершенствоваться в том и в другом. Тут одна из простейших методик — читать по нескольку страниц какой-нибудь хорошо написанной книги всякий раз, как выпадает свободная минута. К тому времени я уже не первый год следовал этому правилу и частенько брал в руки книжки вроде той, за чтением которой меня застала тогда мисс Кентон,— брал всего лишь потому, что они, как правило, написаны хорошим языком и изобилуют изящными диалогами, из которых можно почерпнуть немало профессионально полезного. Книги посерьезнее, скажем ученые исследования, хотя и способны расширять кругозор, однако, как правило, изобилуют выражениями, не столь широко применяемыми в ходе профессионального общения с дамами и джентльменами.

У меня редко бывает время и желание читать эти романы от корки до корки, но, насколько могу судить, их сюжеты всегда нелепы, действительно «душещипательны», и я бы не брал подобные книги в руки, если б не извлекал из них вышеуказанной пользы. Сказав об этом, я, однако, готов сегодня признать — и не вижу в том ничего постыдного,— что подчас их чтение доставляло мне своеобразное удовольствие. Тогда, возможно, я и сам еще этого не сознавал, но повторю: чего тут стыдиться? Почему бы и не получать удовольствие от легковесных повествований про дам и джентльменов, которые друг в друга влюбляются и говорят о своих чувствах в самых изысканных выражениях?

Этим я вовсе не хочу сказать, что занятая мной в тот вечер по поводу книги позиция в чем-то была неоправданной. Вы должны понять — тогда речь шла о деле принципиальной важности. Суть в том, что перед появлением мисс Кентон в буфетной я позволил себе «расслабиться». А всякий дворецкий, гордящийся своей профессией, всякий дворецкий, хоть сколько-нибудь стремящийся обладать, как некогда сформулировало Общество Хейса, «достоинством, отвечающим занимаемому им положению», разумеется, не может позволить себе «расслабиться» в присутствии других лиц. Не важно, в сущности, что тогда ко мне вошла именно мисс Кентон: на ее месте мог быть и совершенно незнакомый человек. Всякий мало-мальски серьезный дворецкий обязан на людях *жить* в своей роли, жить целиком и полностью, он не может на глазах у других выйти из роли, а через час войти, словно это не роль, а маскарадный костюм. Существует всего одна, и только одна, ситуация, в рамках которой дворецкий, пекущийся о своем достоинстве, может позволить себе выйти из роли, а именно — когда он остается в полном одиночестве. Теперь вам станет понятно, что в случае с мисс

Кентон, ворвавшейся ко мне в то время, когда я предполагал, и небезосновательно, что побуду один, речь шла о проблеме принципиальной, жизненной важности, а именно — о достоинстве, позволяющем мне являться перед другими не иначе, как полностью и надлежащим образом проникнувшись ролью.

Я, однако, не собирался подвергать здесь этот незначительный эпизод многолетней давности всестороннему разбору. Главный его смысл состоял в том, что он заставил меня встрепенуться и осознать: наши с мисс Кентон отношения докатились — разумеется, незаметно, в течение многих месяцев — до неуместного панибратства. То, что она позволила себе так держаться со мной в тот вечер, вызывало определенную тревогу, и после того, как я выпроводил ее из буфетной и получил возможность немного собраться с мыслями, я, помнится, принял решение перевести наши рабочие контакты на более приличествующую основу. Но в какой мере описанный случай способствовал радикальным изменениям, которые в дальнейшем претерпели наши отношения, теперь очень трудно сказать. То, что произошло потом, вполне может объясняться и другими, более значительными факторами. Такими, к примеру, как проблема свободных дней мисс Кентон.

С первого появления мисс Кентон в Дарлингтон-холле и почти до того случая в буфетной ее свободные дни распределялись по следующей схеме. Раз в полтора месяца она брала два дня и отправлялась в Саутгемптон проведать тетку или же, следуя моему примеру, вообще не брала свободных дней, разве что в доме наступало затишье, и тогда она весь день гуляла вокруг дома и читала у себя в гостиной. Но потом, как я говорил, все изменилось. Она вдруг начала пользоваться всеми положенными ей по контракту выходными; каждый раз исчезая с раннего утра, она никому ничего не говорила и только сообщала час, к которому собиралась вернуться вечером. Конечно, она брала только то, на что имела право, и поэтому я счел неуместным дознаваться об этих ее вылазках. Но, видимо, такая перемена меня все же тревожила, потому что, помнится, я коснулся ее в разговоре с мистером Грэмом, дворецким-камердинером сэра Джеймса Чемберса, — добрым моим коллегой, с которым, кстати, я, видимо, потерял теперь связь, — когда мы как-то вечером сидели у камина во время одного из его регулярных приездов в Дарлингтон-холл.

В действительности я и сказал всего одну какую-то фразу в том духе, что экономка-де «последнее время немного не в своей тарелке», так что мистер Грэм меня удивил, когда кивнул головой, подался ко мне и с проницательным видом заметил:

— Я все ждал, сколько это еще протянется.

Я спросил, что он имеет в виду, и он продолжал:

— Вашу мисс Кентон. Сколько ей сейчас будет? Тридцать три? Тридцать четыре? Упустила лучшие годы для материнства, однако наверстать еще и теперь не поздно.

— Мисс Кентон, — заверил я, — преданная своему делу профессионалка. Так получилось, что мне достоверно известно — заводить семью она не намерена.

Но мистер Грэм только улыбнулся, покачал головой и сказал:

— Не верьте экономке, когда она заявляет, что не хочет семьи. Да что там говорить, мистер Стивенс, одни мы с вами, здесь сидючи, сможем припомнить добрую дюжину, которые заявляли то же самое, а после выходили замуж и бросали работу.

В тот вечер я, помнится, самонадеянно отмел теорию мистера Грэма, однако впоследствии, признаюсь, мне стало трудно гнать от себя мысли о том, что целью таинственных отлучек мисс Кентон могли быть встречи с поклонником. Эти мысли и вправду вселяли тревогу, ибо, как легко догадаться, уход мисс Кентон стал бы для нас с профессиональной точки зрения потерей весьма значительной, от которой Дарлингтон-холлу было бы сложно оправиться. Больше того, я вынужден был признать и наличие других мелких признаков, косвенно подтверждающих правоту мистера Грэма. Так, поскольку получение почты входит в мои обязанности, я невольно обратил внимание на то, что мисс Кентон начала довольно регулярно — примерно раз в неделю — получать письма от одного и того же корреспондента, да еще и со штемпелем местной почты. Здесь, может быть, следует подчеркнуть, что я никак не мог всего этого не заметить, учитывая, что за все предыдущие годы ей пришло на адрес Дарлингтон-холла очень немного писем.

Наконец, в пользу мнения мистера Грэма говорили и еще более неопределенные приметы. Например, при том, что свои рабочие обязанности мисс Кентон продолжала отправлять со свойственным ей усердием, общее ее настроение стало подвержено таким разительным колебаниям, каких до этого я за ней не замечал. Периоды, когда она целыми днями — и без всякой видимой причины — ходила весьма жизнерадостной и веселой, пугали меня почти так же, как ее внезапные и зачастую продолжительные приступы угрюмости. Как я сказал, она в любом настроении высоко держала свою профессиональную марку, но, с другой стороны, заботиться о благополучии дома в долгосрочной перспективе было моей обязанностью, и коль скоро эти приметы действительно подтверждали точку зрения мистера Грэма, будто мисс Кентон замышляет оставить место из романтических побуждений, проверить такую версию было моим прямым долгом. Поэтому на одной из наших ежевечерних встреч за чашкой какао я отважился задать ей вопрос:

— В четверг вы тоже уйдете, мисс Кентон? В ваш свободный день, я хочу сказать?

Я думал, она рассердится, но она, напротив, словно долго ждала случая поговорить на эту самую тему, ибо ответила даже как бы с облегчением:

— Ну, мистер Стивенс, это просто мой старый знакомый еще с тех времен, когда я была в Гранчестерлодже. Он тогда служил там дворецким, но потом ушел и теперь работает неподалеку в одной фирме. Он както проведал, что я здесь служу, и стал мне писать, предлагая возобновить знакомство. Вот, собственно, и все, мистер Стивенс.

— Понимаю, мисс Кентон. Конечно, приятно время от времени отдохнуть от службы.

— Я тоже так считаю, мистер Стивенс.

Мы помолчали. Затем мисс Кентон, видимо, пришла к какому-то решению и продолжала:

— Так про этого моего знакомого. Помню, когда он служил дворецким в Гранчестер-лодже, то был полон самых благородных устремлений. Мне кажется даже, что его самой заветной мечтой было поступить дворецким в такой дом, как этот. Но стоит мне сейчас вспомнить кое о каких его рабочих привычках... Право же, мистер Стивенс, я представляю, что бы вы только сказали, если б на него посмотрели! Неудивительно, что его честолюбивые помыслы так и не осуществились.

Я хмыкнул.

— На своем веку,— заметил я,— я повидал слишком многих, кто считал, будто может служить в таких вот домах высшего уровня, имея весьма смутное представление о предъявляемых требованиях. Конечно же, эта служба не всякому по плечу.

— Истинная правда. Нет, мистер Стивенс, жалко, что вы тогда его не видели!

— На уровнях нашего порядка, мисс Кентон, не каждый способен работать. Легко вынашивать честолюбивые помыслы, но без определенных качеств дворецкому просто не переступить определенной черты. Мисс Кентон, похоже, взвесила сказанное и произнесла:

— По-моему, мистер Стивенс, вы должны быть всем очень довольны. В конце концов, вы достигли высшей ступени в своей профессии, в подконтрольной вам области все происходит только с вашего ведома. Я просто не представляю, чего еще вам требовать от жизни.

Я не сразу нашелся с ответом. В наступившем чуть неловком молчании мисс Кентон устремила взор в свою чашку с какао, словно обнаружила там нечто крайне интересное. Подумав, я наконец сказал:

— Что касается меня, мисс Кентон, я сочту свою миссию выполненной лишь тогда, когда сделаю все, что в моих силах, дабы способствовать его светлости в достижении великих целей, какие он перед собой ставит. В тот день, когда его светлость завершит свои труды, в тот день, когда он сможет почить на лаврах в сознании того, что оправдал все разумные ожидания, когда-либо на него возлагавшиеся,— только в этот день, мисс Кентон, я смогу назвать себя, как вы изволили выразиться, очень довольным.

Возможно, мои слова привели ее в легкое замешательство — или же, по какой-то непонятной причине, пришлись ей не по вкусу. Во всяком случае, у нее в эту минуту, видимо, переменилось настроение, и наша беседа быстро утратила доверительность, которую начала было приобретать.

А через несколько недель после этого разговора нашим встречам за чашкой какао у нее в гостиной вообще пришел конец. Да, я хорошо помню последнюю. Мне нужно было обсудить с мисс Кентон одно предстоящее событие — приезд на субботу и воскресенье группы видных лиц из Шотландии. Правда, до него оставался еще целый месяц, но мы взяли за правило обговаривать подобные мероприятия заблаговременно. В тот вечер я начал излагать свои соображения о различных сторонах этого вопроса, но вскоре до меня дошло, что мисс Кентон почти не участвует в разговоре; больше того, мне стало вполне очевидно, что мысли ее заняты совершенно другим. Я неоднократно обращался к ней со словами вроде: «Вы слушаете, мисс Кентон?» — особенно когда пускался в обстоятельные рассуждения; она всякий раз начинала слушать чуть внимательней, но я видел, что тут же мысли ее оказывались где-то далеко. Проговорив так несколько минут и слыша в ответ одни лишь короткие фразы типа «Разумеется, мистер Стивенс» или «Совершенно согласна с вами, мистер Стивенс», я наконец сказал:

— Простите, мисс Кентон, но я не вижу смысла продолжать. Вы, очевидно, просто не понимаете всей важности настоящего обсуждения.

— Простите, мистер Стивенс,— ответила она, слегка встрепенувшись.— Просто я нынче порядком устала.

— Последнее время, мисс Кентон, вы устаете все чаще. Прежде у вас не возникало необходимости на это ссылаться.

К моему удивлению, мисс Кентон реагировала на мои слова взрывом эмоций:

— Мистер Стивенс, у меня была очень тяжелая неделя. Я очень устала. Честно говоря, вот уже три или четыре часа я только и думаю, как бы прилечь. Я очень, очень устала, мистер Стивенс, разве вы не чувствуете?

Я не то чтобы ожидал от нее извинений, но резкость ее ответа, признаюсь, меня слегка ошеломила. Я, однако, решил не вступать в бессмысленную перепалку, выдержал многозначительную паузу и произнес:

— Если вы так настроены, мисс Кентон, нам нет никакого резона продолжать встречаться по вечерам. Сожалею, что до сих пор не имел представления, насколько это вам неудобно.

— Мистер Стивенс, я всего лишь сказала, что устала сегодня...

— Нет, нет, мисс Кентон, я все понимаю. У вас и так уйма дел, а эти встречи еще добавляют ненужных хлопот. Найдется много других способов общения на должном рабочем уровне и помимо подобных встреч.

— Мистер Стивенс, не нужно ничего менять. Я только ко сказала...

— Я серьезно, мисс Кентон. Я и сам последнее время подумывал прекратить эти встречи, поскольку они удлиняют наш и без того долгий рабочий день. Тот факт, что мы уже много лет так встречаемся, сам по себе не мешает нам перейти отныне к более удобной форме общения.

— Ну, пожалуйста, мистер Стивенс, мне эти встречи очень полезны...

— Но они причиняют вам неудобства, мисс Кентон. Они вас утомляют. Я бы предложил договориться таким образом: впредь мы в обязательном порядке обмениваемся важной информацией в течение рабочего дня. На тот случай, если мы не сразу найдем друг друга, предлагаю оставлять записки у дверей. По-моему, это прекрасное решение. А сейчас, мисс Кентон, приношу извинения, что отнял у вас столько времени. Весьма благодарен за какао.

Естественно — и я готов это признать,— время от времени я задавался вопросом, как бы все в конце концов обернулось, не прояви я непреклонности в вопросе о наших вечерних встречах; то есть если бы я уступил, когда потом мисс Кентон несколько раз предлагала возобновить их. Сейчас я размышляю об этом лишь потому, что в свете дальнейших событий можно подумать и так: приняв решение раз и навсегда покончить с этим вечерним какао, я, должно быть, не отдавал себе полного отчета в вероятных последствиях этого шага. Больше того, скромное это решение можно даже назвать своего рода поворотным пунктом и сказать, что оно предопределило дальнейшее развитие событий вплоть до неизбежной развязки.

А впрочем, стоит задним числом углубиться в поиски таких вот «поворотных пунктов», как они начинают мерещиться на каждом шагу. Не только мое решение прекратить встречи по вечерам, но и тот случай в буфетной можно, при желании, считать этим самым «поворотным пунктом». Резонно спросить: что бы произошло, если б ее приход с вазой цветов был встречен несколько по-другому? Очередным «поворотным пунктом», возможно, покажется и наш разговор с мисс Кентон в столовой в тот день, когда она узнала о смерти тетушки, ибо случилось это примерно тогда же.

Известие о тетушкиной смерти пришло раньше, с утренней почтой; я сам принес мисс Кентон письмо и постучался в двери ее гостиной. Помнится, я на минутку вошел обсудить какой-то рабочий вопрос, мы присели за стол и повели разговор, она вскрыла конверт и вдруг застыла, но, к ее чести, самообладания не потеряла. Прочтя письмо по меньшей мере дважды, она осторожно вложила его в конверт и посмотрела на меня через стол.

— Пишет миссис Джонсон, тетина компаньонка. Тетя позавчера умерла.— Мисс Кентон замолчала, потом добавила: — Похороны завтра. Хотелось бы знать, смогу ли я взять свободный день.

— Это, безусловно, можно устроить, мисс Кентон.

— Спасибо, мистер Стивенс. Вы уж меня простите, но теперь мне бы хотелось побыть одной.

— Разумеется, мисс Кентон.

Я удалился и только за порогом сообразил, что так и не принес ей свои соболезнования. Нетрудно было представить, какой это для нее удар,— ведь тетушка была для нее во всех отношениях как родная мать. Я остановился в коридоре, раздумывая, не стоит ли вернуться, постучаться и исправить оплошность. Но тут мне пришло в голову, что этим поступком я, скорее всего, бесцеремонно нарушу ее уединение. Больше того, я совсем не исключал, что в эту минуту мисс Кентон и в самом деле плачет в каких-нибудь нескольких футах от меня. При этой мысли во мне поднялось какое-то непонятное чувство, отчего я на минуту замешкался в коридоре. Однако в конце концов я почел за лучшее подождать другого случая для выражения своего сочувствия и отправился восвояси.

Вышло так, что случай подвернулся лишь далеко за полдень, когда я, как было сказано, застал ее в столовой, где она убирала в сервант посуду. К этому времени я вот уже несколько часов раздумывал о беде, свалившейся на мисс Кентон, в особенности над тем, что мне сделать или сказать, чтобы хоть немного облегчить ее горе. Услыхав, что она прошла в столовую — сам я был чем-то занят в холле,— я выждал примерно с минуту и проследовал за нею.

— А, мисс Кентон,— сказал я.— Позвольте узнать, как вы себя чувствуете.

— Очень хорошо, спасибо, мистер Стивенс.

— Все в порядке?

— Все в полном порядке, спасибо.

— Я все собирался спросить, нет ли у вас каких трудностей с новой прислугой.— Я коротко рассмеялся.— Когда разом принимают столько новеньких, всегда возникают разного рода мелкие затруднения. В таких случаях, осмелюсь сказать, небольшой рабочий обмен мнениями часто бывает полезен и лучшим из нас.

— Спасибо, мистер Стивенс, новые девушки меня вполне устраивают.

— Вам не кажется целесообразным пересмотреть нынешнее распределение обязанностей в связи с недавним пополнением?

— Не думаю, чтобы в этом была необходимость, мистер Стивенс. Однако в случае чего я сразу же дам вам знать.

Она вернулась к посуде, и я хотел было удалиться; помнится, я уже направился к дверям, но повернулся и сказал:

— Значит, мисс Кентон, новые девушки, по-вашему, работают хорошо.

— Обе прекрасно работают, можете в этом не сомневаться.

— Что ж, рад слышать.— Я вновь коротко рассмеялся.— Просто интересно было узнать, мы же с вами выяснили, что ни одна не работала до этого в таком большом доме.

— Действительно, мистер Стивенс.

Я глядел, как она расставляет посуду по полкам, и ждал, скажет ли она еще что-нибудь. Когда стало ясно, что нет, я произнес:

— Кстати, мисс Кентон, вот что я должен сказать. Я обратил внимание, что в самое последнее время кое-где наблюдаются отступления от принятых норм. Мне кажется, вам не мешает быть чуть покритичней, когда дело касается новеньких.

— Что вы этим хотите сказать, мистер Стивенс?

— Я, мисс Кентон, со своей стороны, когда новенькие приступают к работе, предпочитаю проверить и перепроверить, все ли в порядке,— всесторонне инспектирую их работу и стремлюсь выяснить, каковы они в общении с другими слугами. В конце концов, важно иметь о них ясное представление и в рабочем аспекте, и под углом их влияния на моральное состояние персонала в целом. К сожалению, должен заметить, мисс Кентон, что в этом отношении вы, на мой взгляд, иногда допускаете небрежность.

На секунду мисс Кентон, похоже, растерялась. Затем она обернулась ко мне, и я заметил у нее на лице какое-то напряженное выражение.

— Прошу прощения, мистер Стивенс? — спросила она.

— Например, посуда, мисс Кентон. Ее хоть и моют на должном высоком уровне, однако, как я заметил, расставляют на кухонных полках не лучшим образом. На первый взгляд, ничего страшного, но со временем это приведет к увеличению боя сверх неизбежного.

— Вот как, мистер Стивенс?

— Да, мисс Кентон. Кроме того, маленькая ниша у входа в малую столовую давно не протиралась. С вашего разрешения, найдется и еще пара мелочей, о которых я мог бы упомянуть.

— Все и так ясно, мистер Стивенс. Я проверю работу новых служанок, как вы советуете.

Мисс Кентон отвернулась, и лицо ее снова стало сосредоточенным, словно она пытается разобраться, что именно привело ее в полное замешательство. Вид у нее был не столько расстроенный, сколько усталый. Затем она закрыла сервант и вышла, сказав:

— Извините, мистер Стивенс.

Но что это за смысл бесконечно рассуждать, что бы случилось, если б тогда-то и тогда-то все вышло по-другому? Эдак, вероятно, недолго себя и до беспамятства довести. Во всяком случае, можно сколь угодно рассуждать о «поворотных пунктах», но распознать такие мгновения, разумеется, можно только в прошлом, не в настоящем. Естественно, когда сегодня возвращаешься мыслью к тем давним событиям, они и вправду могут показаться решающими, драгоценными минутами жизни; но тогда представление о них, конечно же, было другое. Тогда уж скорее казалось, что впереди — бесконечная череда дней, месяцев, лет, чтобы разобраться во всех сложностях отношений с мисс Кентон; что в будущем еще подвернется масса возможностей устранить последствия того или иного недопонимания. Ничто, решительно ничто не указывало тогда, что столь незначительные, казалось бы, происшествия вовек обрекут безнадежности все мечты и надежды.

Но, вижу, я предаюсь излишнему самокопанию, да еще и довольно мрачного толка. Повинны в этом, безусловно, поздний час и муки, что мне пришлось вынести нынче вечером. Безусловно и то, что мое теперешнее состояние как-то связано с тем, что завтра — если, конечно, в местном гараже мне, как уверяют Тейлоры, заправят «форд» — я к полудню доеду до Литтл-Комптона и, можно надеяться, через столько лет снова увижу мисс Кентон. Нет решительно никаких оснований ожидать, что наша встреча не будет сердечной. Мне бы, понятно, хотелось, чтобы наша беседа — исключая обмен новостями личного плана, что в данных обстоятельствах вполне правомерно,— носила по преимуществу профессиональный характер. То есть моей обязанностью будет установить, заинтересована ли мисс Кентон, когда ее брак, по-видимому, увы, распался и она осталась без крыши над головой, вернуться в Дарлингтон-холл на свое прежнее место. Скажу заодно, что нынче вечером я перечел ее письмо и склоняюсь к тому, что, пожалуй, и впрямь вычитал из него значительно больше, чем позволял здравый смысл. Но я по-прежнему настаиваю на том, что в отдельных строках тоска по прошлому выражена у нее отнюдь не намеком, особенно там, где она пишет что-нибудь вроде: «Я так любила вид из окон спален третьего этажа — на лужайку и дальнюю гряду известняковых холмов».

Но опять же, какой прок бесконечно раздумывать о том, как мисс Кентон настроена в настоящее время, когда завтра я выясню это у нее самой? Да и в любом случае я изрядно отклонился от рассказа о том, что произошло нынче вечером. Эти несколько последних часов, честно скажу, были для меня чудовищно трудными. Уж казалось бы, бросить «форд» на каком-то одиноком холме и добираться в полутьме до деревни по жуткому бездорожью — вполне достаточно для одного человека на один вечер. И мои добрые хозяева, мистер и миссис Тейлор, никогда бы, уверен, не захотели подвергнуть меня тому, что я был вынужден испытать. Но факт остается фактом: стоило мне сесть с ними ужинать, а кое-кому из соседей заглянуть на огонек, как вокруг меня стали развиваться весьма огорчительные события.

Комната на первом этаже коттеджа с окнами по фасаду, видимо, служит мистеру и миссис Тейлор столовой и гостиной одновременно. В этой довольно уютной комнате господствует огромный грубо вытесанный стол того типа, который скорее встретишь на кухне у фермера, с дощатой столешницей, испещренной многочисленными щербинками от сечек и хлебных ножей.

Я отчетливо видел эти зарубки, хотя мы сидели при слабом желтом свете керосиновой лампы, стоявшей на полке в углу.

— Вы не думайте, сэр, у нас тут есть электричество,— заметил мистер Тейлор, кивнув на лампу.— Но что-то там вышло из строя, и мы скоро два месяца сидим без света. Да, сказать по правде, не так уж по нему скучаем. У нас в деревне есть несколько домов, куда электричество так и не провели. А от лампы свет потеплее.

Миссис Тейлор накормила нас вкусным супом, который мы съели с поджаристым хлебом, и в эту минуту ничто не предвещало, что вечер сулит мне кое-что пострашнее, чем час с небольшим приятной беседы перед отходом ко сну. Когда, однако, мы отужинали и мистер Тейлор стал наливать мне сваренный соседом эль, за окнами на песчаной дорожке раздались шаги. Мне почудилось нечто зловещее в самом звуке шагов, приближающихся в темноте к одинокому коттеджу, но ни хозяин, ни хозяйка, видимо, ничего плохого не ждали, ибо в голосе мистера Тейлора было одно любопытство, когда он заметил:

— Вот те на, кто бы это мог быть?

Он произнес это более или менее про себя, но тут с дорожки словно в ответ донеслось:

— Это я, Джордж Эндрюс. Шел мимо, дай, думаю, загляну.

Миссис Тейлор открыла, и вошел статный мужчина лет пятидесяти с небольшим, который, судя по одежде, весь день проработал в поле. С раскованностью, говорящей о том, что он здесь свой человек, гость уселся у входа на низкую табуретку и принялся с трудом стягивать сапоги, одновременно перебрасываясь замечаниями с миссис Тейлор. Затем подошел к столу и остановился, вытянувшись передо мной по стойке «смирно», как солдат перед офицером.

— Звать меня Эндрюс, сэр,— сказал он.— Доброго вам вечера. Очень сожалею о вашем казусе, слышал о нем, но, надеюсь, вас не очень выбило из колеи, что вы проведете ночку у нас в Москоме.

Меня слегка удивило, откуда этот мистер Эндрюс прослышал о моем, как он выразился, «казусе». Во всяком случае, я с улыбкой ответил, что не только не «выбит из колеи», но, напротив, премного благодарен за оказанное гостеприимство. Я, понятно, имел в виду любезность мистера и миссис Тейлор, однако мистер Эндрюс, вероятно, решил, что благодарность распространяется и на него, ибо тотчас же возразил, протестующе воздев огромные ручищи:

— Ну что вы, сэр, милости просим. Очень рады вас видеть. Такие люди, как вы, нечасто заглядывают в наши места. Мы все рады, что вы смогли задержаться.

По тому, как он это сказал, можно было понять, что вся деревня в курсе моего «казуса» и связанного с ним прибытия в этот коттедж. Как мне вскоре предстояло убедиться, это действительно было недалеко от истины. Не видел, но могу себе представить, что через несколько минут после того, как меня провели наверх в спальню, в то самое время, пока я мыл руки и пытался по мере сил устранить ущерб, нанесенный моему пиджаку и брючным манжетам, мистер и миссис Тейлор рассказывали обо мне всем, кто проходил мимо дома. Во всяком случае, через несколько минут объявился еще один гость, очень похожий на мистера Эндрюса, то есть такого же крепкого сельского вида и в таких же заляпанных грязью сапогах, которые он принялся стягивать тем же примерно манером, как до него мистер Эндрюс. Больше того, они так напоминали друг друга, что поначалу я принял их за родных братьев и понял свою ошибку, лишь когда новый гость представился:

— Морган, сэр, Тревор Морган.

Мистер Морган выразил сожаление по поводу постигшей меня «беды», заверил, что утром все образуется, и только затем перешел к тому, как мне рады в деревне. Я, понятно, всего несколько минут назад уже выслушал нечто подобное, но мистер Морган выразил это в таких словах:

— Большая честь видеть такого джентльмена, как вы, сэр, здесь, в Москоме.

Не успел я сообразить, что ответить, как за окнами опять раздались шаги, и вскоре в комнате появилась супружеская пара средних лет, которую мне представили как мистера и миссис Гарри Смит. Эти двое отнюдь не походили на сельских тружеников. Она была полная, почтенного вида женщина и отчасти напомнила мне миссис Мортимер, служившую в Дарлингтон-холле кухаркой большую часть двадцатых и все тридцатые годы. Мистер Гарри Смит, напротив, был низкорослый мужчина с довольно напряженным выражением лица, кожа на лбу у него собиралась в морщины. Когда они сели за стол, он обратился ко мне с вопросом:

— «Форд» старой модели, что стоит на Терновом холме,— это не ваша машина, сэр?

— На дороге, которая идет по холму над этой деревней? — сказал я.— Удивительно, однако, что вы его видели.

— Сам я не видел, сэр. Но Дейв Торнтон недавно проезжал там на своем тракторе, когда возвращался домой. Он так удивился, завидев на дороге ваш «форд», что остановился и вылез.— Тут мистер Гарри Смит обратился к сидящим за столом: — Прелесть, а не машина. Дейв сказал, что в жизни такой не видел. Автомобиль, на котором разъезжал мистер Линдсей, не идет ни в какое сравнение.

Все за столом рассмеялись, а мистер Тейлор, сидевший рядом со мной, объяснил:

— Был у нас один джентльмен, жил в большом доме неподалеку, сэр. Отколол тут с парочку номеров, поэтому его не больно жаловали.

В ответ одобрительно зашумели. Потом кто-то сказал, подняв кружку с элем, которым миссис Тейлор только-только успела обнести гостей:

— Ваше здоровье, сэр.

Вся компания присоединилась к этому тосту. Я улыбнулся и ответил:

— Для меня это большая честь.

— Вы очень добры, сэр,— сказала миссис Смит.— Настоящего джентльмена узнаешь по повадке. А этот мистер Линдсей — никакой он не джентльмен. Пусть денег у него было навалом, а джентльменом он сроду не был.

Все опять выразили согласие. Потом миссис Тейлор шепнула что-то на ухо миссис Смит, на что та ответила:

— Сказал, постарается выбраться, как только сумеет.

Обе смущенно повернулись ко мне, и миссис Смит сообщила:

— Мы рассказали о вас доктору Карлейлю. Доктор рад будет с вами познакомиться.

— Его, видно, пациенты задерживают,— добавила миссис Тейлор извиняющимся тоном.— Не знаю, успеет ли он до того, как вы, сэр, пожелаете отойти ко сну.

В эту минуту мистер Гарри Смит, тот самый низкорослый мужчина с морщинами на лбу, подался вперед и заметил:

— Этот мистер Линдсей, он все делал не так, понимаете? Невесть чего из себя строил. Думал, мы ему в подметки не годимся, считал нас за дураков. Ну, так я вам скажу, сэр, он живенько убедился в обратном. У нас тут народ и мозгами раскинуть умеет, и разговор поддержать. И взгляды у людей правильные и твердые, и высказывать их никто не стесняется. Ваш мистер Линдсей быстро это усвоил.

— Не был он никаким джентльменом,— спокойно произнес мистер Тейлор.— Не был он никаким джентльменом, этот мистер Линдсей.

— Верно, сэр,— подтвердил мистер Гарри Смит.— Стоило на него поглядеть, как сразу было понятно — никакой он не джентльмен. Ясное дело, дом у него был красивый и костюмы дорогие, но все равно почему-то было понятно, что он не джентльмен. В свое время оно и подтвердилось.

Все зашумели в знак согласия и замолкли, видимо обдумывая, прилично или нет поведать мне историю этой местной знаменитости. Молчание нарушил мистер Тейлор, который заметил:

— Гарри правду говорит. Настоящего джентльмена всегда можно отличить от поддельного, пускай тот и разодет в пух и прах. Взять вот вас, сэр. Не в покрое вашего платья тут хитрость и даже не в том, как вы правильно говорите, нет, что-то другое выдает в вас джентльмена. Пальцем на это не укажешь, но у кого есть глаза, те сразу видят.

Вдоль стола прокатилась новая волна одобрения.

— Теперь недолго ждать доктора Карлейля, сэр,— вставила миссис Тейлор.— Вам будет приятно с ним поговорить.

— У доктора Карлейля это тоже имеется,— сказал мистер Тейлор.— Имеется. Он настоящий джентльмен, точно вам говорю.

Мистер Морган, за все время проронивший всего несколько слов, наклонился ко мне и спросил:

— Как по-вашему, сэр, что это такое? Может, тот, у кого это есть, лучше скажет. Вот мы сидим тут и рассуждаем, у кого это есть, а у кого нет, а о чем говорим — толком не знаем. Может, вы бы нас просветили, сэр?

За столом воцарилось молчание, и я почувствовал, что все взгляды устремлены на меня. Я прочистил горло и произнес:

— Мне не пристало судить о качествах, какие у меня то ли есть, то ли нет. Однако, раз уж речь зашла о конкретном вопросе, можно предположить, что это качество правильнее всего будет назвать «достоинством».

Я не видел смысла пускаться в дальнейшие объяснения. В сущности, я всего лишь высказал то, о чем думал, прислушиваясь к разговорам окружающих, и маловероятно, чтобы я вообще выступил с таким заявлением, если бы не заставили обстоятельства. Однако мой ответ был, видимо, воспринят с большим удовлетворением.

— Много правды в ваших словах, сэр,— сказал мистер Эндрюс, кивнув, и его поддержали со всех сторон.

— Этому мистеру Линдсею, уж конечно, не повредило бы чуть побольше достоинства,— заметила миссис Тейлор.— С такими вот типами в чем беда — они путают заносчивость с достоинством.

— Однако,— вставил мистер Гарри Смит,— при всем уважении к вашим словам, сэр, нельзя и не возразить. Достоинство есть не только у джентльменов. Достоинство — это то, к чему могут стремиться и чего могут добиться все мужчины и женщины нашей страны. Вы уж меня извините, сэр, но, как я раньше сказал, мы здесь привыкли запросто высказывать свои взгляды. А это — мое мнение, правильное оно там или нет. Достоинство — оно не только для одних джентльменов.

Я, разумеется, понимал, что тут мы с мистером Гарри Смитом несколько расходимся во взглядах и что объяснить этим людям мою точку зрения более доходчиво будет слишком сложно. Поэтому я счел за лучшее просто улыбнуться и сказать:

— Вы, разумеется, совершенно правы.

Это мгновенно рассеяло легкое напряжение, возникшее в комнате, пока говорил мистер Гарри Смит. Да и сам мистер Гарри Смит, судя по всему, совсем осмелел, ибо, подавшись вперед, продолжал:

— В конце концов, ради этого мы с Гитлером воевали. Если бы вышло, как хотел Гитлер, мы бы теперь в рабах ходили. Все человечество разделилось бы на горстку хозяев и множество миллионов рабов. А всем тут и без того понятно, что в рабском состоянии нет никакого достоинства. За это мы воевали и это завоевали. Мы завоевали право быть свободными гражданами. Одно из преимуществ родиться в Англии — то, что рождаешься свободным, не важно, кто ты есть, не важно, богат или беден, и рождаешься для того, чтобы свободно выражать свое мнение, выбирать в парламент своего представителя или, обратно же, отзывать его из парламента. Вот это и есть достоинство, прошу прощения, сэр.

— Тише, Гарри, тише,— сказал мистер Тейлор,— а то, гляжу, ты так разгорячился, что сейчас разразишься очередной политической речью.

Все рассмеялись. Мистер Гарри Смит чуть смущенно улыбнулся, однако продолжал:

— Я не о политике, я просто говорю, что думаю, вот и все. Не может быть достоинства у раба. Но любой англичанин может его иметь, если только захочет. Потому что мы за это право воевали.

— Может показаться, сэр, что деревенька у нас маленькая и на отшибе,— заметила его жена,— но войне мы отдали больше, чем нам было положено. Отдали с лихвой.

После этих слов все торжественно притихли. Наконец мистер Тейлор нарушил молчание, обратившись ко мне:

Гарри тут большую агитацию разводит за нашего члена парламента. Дай ему волю, он все вам разобъяснит про то, как плохо наша страна управляется.

— Ну, я-то как раз говорил о том, что в нашей стране *хорошо*.

— А вам, сэр, много ли доводится заниматься политикой? — спросил мистер Эндрюс.

— Не политикой как таковой,— ответил я,— и тем более не теперь. Пожалуй, разве что до войны.

— Дело в том, что мне вспомнился некий мистер Стивенс, который с год или два тому был членом парламента. Раз-другой слышал его по радио. Очень дельно выступал по жилищной проблеме. Но это ведь не вы будете, сэр?

— О нет,— ответил я, рассмеявшись. И уж не знаю, что на меня тогда нашло, могу только сказать, что обстановка и обстоятельства будто меня подтолкнули, но я вдруг заявил: — Вообще-то я был склонен больше заниматься делами международными, нежели внутренними. То есть внешней политикой.

Реакция слушателей меня несколько поразила: их словно охватил какой-то священный трепет. Я поспешил добавить:

— Сразу скажу — я никогда не занимал высоких постов, а если и оказывал на что-то влияние, то лишь по сугубо неофициальным каналам.

Однако испуганное молчание продлилось еще несколько секунд.

— Простите, сэр,— осмелилась наконец спросить миссис Тейлор,— а вам доводилось встречаться с мистером Черчиллем?

— С мистером Черчиллем? Он несколько раз бывал в доме. Но, говоря откровенно, миссис Тейлор, в тот период, когда я глубже всего занимался большой политикой, мистер Черчилль еще не был главной фигурой на политической сцене, да тогда никто от него этого и не ждал. В те дни чаще приезжали такие деятели, как мистер Иден и лорд Галифакс.

— Но вы и в самом деле встречались с мистером Черчиллем? Ведь это какая честь — иметь право сказать, что встречался с мистером Черчиллем!

— Я не согласен со многими суждениями мистера Черчилля,— заметил мистер Гарри Смит,— но он, безусловно, великий человек. Нешуточное, наверное, дело, сэр,— обсуждать проблемы с такими, как он.

— Я должен повторить,— сказал я,— что мне не довелось много встречаться с мистером Черчиллем. Но, как вы справедливо заметили, вспоминать об общении с ним довольно лестно. В общем, мне, пожалуй, действительно повезло в жизни, я первый готов это признать. В конце концов, мне выпало счастье общаться не только с мистером Черчиллем, но и со многими другими великими руководителями и влиятельными людьми, в том числе из Америки и из Европы. И как подумаешь, что мне посчастливилось пользоваться их благосклонным вниманием в связи с обсуждением многих важнейших проблем той эпохи,— да, когда я вспоминаю обо всем этом, я и в самом деле испытываю чувство глубокой благодарности. В конечном счете, иметь возможность сыграть пусть маленькую, но свою роль на всемирных подмостках — огромная честь.

— Извиняюсь за вопрос, сэр,— обратился ко мне мистер Эндрюс,— но что за человек мистер Иден? Я хочу сказать — в личном плане? Мне он всегда казался очень славным, из таких, знаете, кто найдет общий язык с лордом и с простым человеком, с богатым и с бедным. Я верно говорю, сэр?

— Я бы сказал, что, в общем и целом, это соответствует истине. Но в последние годы я, понятно, не встречался с мистером Иденом, он мог и перемениться под давлением обстоятельств. Уж одно-то я повидал на своем веку — как способна общественная жизнь всего за несколько коротких лет неузнаваемо изменить человека.

— Не сомневаюсь, сэр,— согласился мистер Эндрюс.— Взять хоть нашего Гарри. Как ввязался несколько лет назад в политику, так его с тех пор не узнать.

Все опять рассмеялись, а мистер Гарри Смит пожал плечами, позволил себе улыбнуться и произнес:

— Верно, я много сил отдаю предвыборным кампаниям. Понятно, на местном уровне, и мне не доводилось встречать и вполовину таких важных персон, с какими общаетесь вы, сэр, но, думаю, на своем маленьком месте и я играю мою скромную роль. Я так понимаю: Англия — демократия, и мы в нашей деревне пожертвовали не меньше других, сражаясь за то, чтоб демократией она и осталась. А теперь только от нас зависит, от каждого из нас, воспользуемся ли мы своими правами, за которые хорошие молодые ребята из нашей деревни отдали жизнь, и я лично так понимаю: все мы здесь ради их памяти должны внести каждый свою лепту. У всех у нас твердые взгляды, и наша обязанность — громко о них заявить. Согласен, мы живем на отшибе, деревня маленькая, никто из нас моложе не становится, и в деревеньке народу все меньше. Но я так понимаю: мы в долгу перед нашими ребятами, которые полегли на войне. Поэтому, сэр, я теперь не жалею времени, чтобы наш голос услышали на самом верху. А если я через это переменюсь или раньше срока сойду в могилу, так я готов.

— Я же предупреждал вас, сэр,— с улыбкой заметил мистер Тейлор.— Гарри бы ни в жизнь не отпустил из деревни такого важного джентльмена, как вы, не прожужжав ему, по своему обыкновению, все уши.

Снова раздался смех, но я поторопился сказать:

— Думаю, мне ясна и понятна ваша позиция, мистер Смит. Я прекрасно понимаю — вы хотите, чтобы в мире стало жить лучше и чтобы вы и ваша община получили возможность внести вклад в строительство лучшего мира. Эти чувства можно только приветствовать. Рискну заметить, что аналогичные настроения побудили меня заняться перед войной делами огромной важности. Тогда, как и ныне, мир в мире, казалось, висел на волоске, и я хотел внести свою лепту в его сохранение.

— Прошу прощения, сэр,— возразил мистер Гарри Смит,— но я говорил не совсем об этом. Таким, как вы, легко влиять на ход событий. Вы можете числить среди своих друзей тех, кто стоит у власти в стране. Но люди вроде нас, сэр, мы живем себе тут и живем и, может, за все эти годы даже и не увидим настоящего джентльмена. Ну разве что доктора Карлейля. Доктор он замечательный, но, при всем почтении, *связей* как таковых у него нет. Нам здесь легко забыть о своих гражданских обязанностях. Вот почему я столько сил отдаю предвыборной агитации. И соглашаются там со мной или нет — а я знаю, что в этой комнате нет человека, который был бы со мной полностью согласен,— я хоть заставляю людей думать. Я хоть напоминаю им о долге. Мы живем в демократической стране. Мы за это сражались. Все мы призваны внести свою лепту.

— И куда только подевался доктор Карлейль,— заметила миссис Смит.— Я уверена, что джентльмену сейчас в самый раз бы поговорить с *образованным* человеком.

Все опять рассмеялись.

— Честно говоря,— сказал я,— хотя мне было очень приятно со всеми вами познакомиться, должен, однако, признаться, что усталость берет свое...

— А как же, сэр,— отозвалась миссис Тейлор,— вы, наверное, крепко притомились. Схожу-ка достану вам еще одно одеяло, а то ночи сейчас пошли холодные.

— Нет, нет, уверяю вас, миссис Тейлор, мне всего хватает.

Я уже собирался подняться из-за стола, но меня остановил мистер Морган:

— Вот интересно, сэр, мы тут любим слушать по радио одного человека, его звать Лесли Мандрейк. Интересно, сэр, вам не доводилось с ним встречаться?

Я ответил, что не доводилось, и еще раз попытался уйти, однако меня забросали вопросами, не встречался ли я с таким-то и таким-то. Поэтому я все еще сидел за столом, когда миссис Смит встрепенулась:

— Ага, кто-то идет. Должно быть, наконец-то доктор.

— Мне и в самом деле пора,— сказал я.— Я очень, очень устал.

— Но я уверена, что это доктор,— сказала миссис Смит.— Погодите минуточку.

Не успела она закончить, как в дверь постучали, и мы услышали:

— Это я, миссис Тейлор.

Джентльмен, которому открыли, был сравнительно молод — возможно, лет сорока или около того,— худ и высок; настолько высок, что, входя, вынужден был нагнуться, чтобы не задеть головой о притолоку. Не успел он со всеми поздороваться, как миссис Тейлор ему сообщила:

— Вот он, наш джентльмен, док. У него стала машина на Терновом холме, вот Гарри и мучает его своими речами.

Доктор подошел к столу и подал мне руку.

— Ричард Карлейль,— представился он с бодрой улыбкой, когда я поднялся ответить на рукопожатие.—

Чертовски не повезло вам на этом холме. Впрочем, думаю, тут о вас позаботились. И даже очень, как я погляжу.

— Спасибо,— ответил я.— Все были очень любезны.

— Что ж, хорошо, что вы к нам пожаловали,— произнес доктор Карлейль, усаживаясь за стол почти напротив.— Из каких вы мест?

— Из Оксфордшира,— сказал я, с большим трудом удержавшись от непроизвольного «сэр», которое так и рвалось на язык.

— Красивые места. У меня там дядя живет, под самым Оксфордом. Красивые места.

— Джентльмен только что рассказывал,— доложила миссис Смит,— что знаком с мистером Черчиллем.

— Вот как? Я когда-то знавал его племянника, но, кажется, потерял с ним связь. С самим великим человеком, однако, не имел чести встречаться.

— И не только с мистером Черчиллем,— продолжала миссис Смит.— Он знаком с мистером Иденом. И лордом Галифаксом.

— В самом деле?

Я чувствовал, как доктор пристально меня разглядывает, и собирался сказать что-нибудь подходящее к случаю, но меня опередил мистер Эндрюс, который обратился к доктору:

— Джентльмен нам рассказывал, что в свое время много занимался иностранными делами.

— Вот оно как?

Мне показалось, что доктор Карлейль разглядывал меня бесконечно долго; потом он бодро спросил:

— Разъезжаете для собственного удовольствия?

— В основном,— ответил я со смешком.

— Тут вокруг много красивых мест. Кстати, мистер Эндрюс, простите, что до сих пор не вернул вам пилу.

— Да не волнуйтесь, док, она мне не к спеху.

На какое-то время я перестал быть в центре внимания и смог помолчать. Затем выбрал подходящий, как мне показалось, момент, встал и сказал:

— Пожалуйста, извините. Очень приятный был вечер, но мне действительно пора удалиться.

— Какая жалость, что вам уже надо идти, сэр,— заметила миссис Смит.— Доктор только-только пришел.

Мистер Гарри Смит — он сидел рядом с женой — наклонился и сказал, обращаясь к доктору Карлейлю:

— А я-то надеялся, джентльмен скажет нам пару слов о ваших взглядах на Империю, доктор.— И, повернувшись ко мне, объяснил: — Наш доктор выступает за независимость всех малых стран. Мне не хватает учености доказать, что он ошибается, хоть я это и знаю. Но было бы интересно послушать, что сказали бы вы ему по этому поводу, сэр.

Мне опять показалось, что доктор Карлейль изучает меня цепким взглядом. Он помолчал и сказал:

— Жаль, конечно, но мы должны отпустить джентльмена спать. Думаю, ему выпал тяжелый денек.

— Несомненно,— согласился я со смешком и начал выбираться из-за стола.

Все в комнате, включая доктора Карлейля, встали, чем привели меня в замешательство.

— Большое всем вам спасибо,— сказал я улыбаясь.— Миссис Тейлор, ужин был превосходный. Доброй всем вам ночи.

Все хором ответили: «Доброй ночи, сэр». Я уже выходил из комнаты, когда голос доктора настиг меня в дверях, заставив остановиться.

— Послушайте, старина,— окликнул он, и я, повернувшись, увидел, что он остался стоять.— С утра пораньше мне нужно по вызову в Стэнбери. Буду рад подбросить вас до машины. А по пути разживемся у Теда Хардакра канистрой бензина.

— С вашей стороны это очень любезно,— ответил я,— но не хочется причинять вам лишние хлопоты.

— Какие там хлопоты. В полвосьмого устроит?

— Весьма подходящее время.

— Вот и прекрасно, значит, в семь тридцать. Проследите, миссис Тейлор, чтобы к половине восьмого ваш гость был уже на ногах и накормлен.— И, снова повернувшись ко мне, добавил: — Таким образом, нам все же удастся поговорить. Правда, Гарри будет лишен удовольствия видеть, как меня уложат на обе лопатки.

Все засмеялись, мы еще раз пожелали друг другу доброй ночи, и мне наконец позволили подняться к себе и обрести убежище в стенах этой комнаты.

По-моему, нет необходимости лишний раз объяснять всю нелепость положения, в которое я попал нынче вечером из-за прискорбного недоразумения в связи с моей особой. Могу только сказать, положа руку на сердце, что и сейчас не вижу, каким образом я мог бы помешать ситуации развиваться именно в этом направлении; ибо к тому времени, как до меня дошел смысл происходящего, все успело зайти так далеко, что я просто не мог сказать им правду, не поставив всех в крайне неловкое положение. Во всяком случае, сколь ни достойна сожаления вся эта история, я не вижу, чтобы она серьезно кого-нибудь задела. В конце концов, утром я со всеми распрощаюсь и, вероятно, никогда уже с ними не встречусь, так что хватит об этом.

Тем не менее, если не считать прискорбного недоразумения, в событиях этого вечера можно, вероятно, выделить один-два момента, на которых стоит задержаться — хотя бы затем, чтобы не думать о них в предстоящие дни. Например, рассуждения мистера Гарри Смита о сущности «достоинства». Конечно, в его высказываниях лишь немногое заслуживает серьезного рассмотрения. Следует, естественно, исходить из того, что понятие «достоинство» мистер Гарри Смит трактовал совершенно иначе, чем я. Но даже в этом случае, с учетом именно его понимания, утверждения мистера Гарри Смита все равно были слишком идеалистичными, слишком абстрактными, чтобы принимать их всерьез. В известном смысле в его высказываниях, несомненно, есть рациональное зерно: в такой стране, как наша, люди, вероятно, и вправду обязаны размышлять о великих делах и иметь о них определенное мнение. Но жизнь есть жизнь, и можно ли требовать от простых людей «твердых взглядов» по самым разным вопросам, каковые взгляды, согласно несколько завиральным утверждениям мистера Гарри Смита, якобы имеют жители этой деревни? Подобное требование не только беспочвенно, но, как мне кажется, даже и нежелательно. В конце концов, простые люди способны усваивать и познавать до какого-то определенного предела, и ожидать от всех и каждого, чтобы они со своими «твердыми взглядами» принимали участие в рассмотрении великих общенациональных проблем, разумеется, неразумно. И уж в любом случае нелепо выглядят те, кто берет на себя смелость определять «достоинство» личности в таком «ключе».

Кстати, на память приходит один случай, который, думается, довольно наглядно показывает, много ли истины найдем мы во взглядах мистера Гарри Смита. Случай, между прочим, из моей собственной практики, и произошел он еще до войны, году примерно в 1935-м.

Насколько мне помнится, однажды довольно поздно — было уже за полночь — меня вызвали в гостиную, куда его светлость и три других джентльмена удалились сразу после обеда. Меня, понятно, и до этого уже несколько раз призывали в гостиную — подать свежей закуски, и я тогда еще обратил внимание, что джентльмены увлечены обсуждением каких-то важных вопросов. Однако на сей раз джентльмены при моем появлении умолкли и все как один на меня посмотрели. Его светлость произнес:

— Пойдите сюда, пожалуйста, на минутку, Стивенс,— мистер Спенсер хочет с вами поговорить.

Указанный джентльмен, небрежно развалившийся в кресле, некоторое время разглядывал меня, не меняя позы, а затем сказал:

— У меня к вам один вопрос, милейший. Нам требуется ваш совет в связи с проблемой, которую мы тут обсуждаем. Вам не кажется, что положение с долгами применительно к Америке существенно повлияло на наблюдаемое понижение уровня торговых операций? Или, может быть, вы, напротив, считаете, что это всего лишь отвлекающий маневр, а на самом деле все объясняется отказом от золотого стандарта?

Сначала я, понятно, слегка опешил, но быстро смекнул, в чем дело; иными словами, этим вопросом меня явно хотели поставить в тупик. Действительно, в те считанные секунды, которые мне понадобились, чтобы это понять и найтись с подходящим ответом, у джентльменов вполне могло сложиться впечатление, что я мучительно обдумываю вопрос; джентльмены, как я заметил, обменялись веселыми улыбками.

— Весьма сожалею, сэр,— заявил я,— но тут я не могу быть полезен.

Теперь я уже был хозяином положения, но джентльмены об этом не догадывались и продолжали украдкой пересмеиваться. Потом мистер Спенсер сказал:

— Ладно, в таком случае нс поможете ли вы нам с другой проблемой? Как по-вашему, улучшится или ухудшится денежное обращение в Европе, если Франция заключит с большевиками соглашение по вооружениям?

— Весьма сожалею, сэр, но тут я не могу быть полезен.

— Вот незадача,— вздохнул мистер Спенсер.— Значит, и здесь вы нам ничем не можете помочь.

Последовали сдавленные смешки, и его светлость произнес:

— Прекрасно, Стивенс. Можете быть свободны.

— Минутку, Дарлингтон, с вашего позволения, я бы хотел спросить нашего приятеля еще об одном,— сказал мистер Спенсер.— Мне бы очень хотелось знать его мнение по вопросу, который сейчас волнует многих из нас и от которого, как мы все понимаем, будет зависеть, какой внешнеполитический курс нам избрать. Будьте добры, милейший, помогите нам в нем разобраться. Чего на самом деле хотел добиться мсье Лаваль, выступив со своей последней речью о положении в Северной Африке? Вы тоже считаете, что это просто хитрый маневр, имевший целью разделаться с националистическим охвостьем в его собственной партии?

— Весьма сожалею, сэр, но тут я не могу быть полезен.

— Вот видите,— обратился мистер Спенсер к остальным джентльменам,— наш приятель не способен оказать нам помощь в этих вопросах.

Все опять засмеялись, теперь уже почти не таясь.

— А мы тем не менее,— продолжал мистер Спенсер,— по-прежнему твердим, что принимать решения о судьбах нации следует вот этому нашему приятелю и миллионам ему подобных. Так стоит ли удивляться, что мы, обремененные к тому же нашей парламентской системой в ее нынешнем виде, никак не найдем выход из наших многочисленных трудностей? Да с таким же успехом можно требовать от руководства Союза матерей разработки плана военной кампании.

Над этим все откровенно и от души рассмеялись, и его светлость между взрывами смеха пробормотал:

— Спасибо, Стивенс.

Таким образом, я смог удалиться.

Конечно, я оказался тогда в положении не из самых приятных, однако же и не из самых трудных; в нем не было ничего особенно необычного, за долгие годы службы со мной бывало и не такое, и вы, разумеется, согласитесь с тем, что для уважающего себя дворецкого подобные случаи должны быть в порядке вещей. Утром я, можно сказать, об этом уже и забыл и, взгромоздясь на стремянку, протирал в бильярдной семейные портреты, когда вошел лорд Дарлингтон и сказал:

— Право же, Стивенс, это было ужасно. Испытание, которое мы вчера вам устроили.

Оторвавшись от портретов, я ответил:

— Нисколько, сэр. Рад был оказаться полезным.

— Ужасно, ужасно. Боюсь, за обедом мы несколько перебрали. Примите мои извинения.

— Благодарю вас, сэр. Но рад заверить, что я не испытал никакого особого неудобства.

Его светлость усталой походкой направился к кожаному креслу, уселся и вздохнул. С верха стремянки я хорошо видел всю его рослую фигуру, освещенную лучами зимнего солнца, которые проникали через высокие, до пола, окна и заливали большую часть комнаты. Как мне помнится, это была одна из тех минут, когда я вдруг понял, насколько основательно тяготы жизни изменили за сравнительно короткие годы облик его светлости. Он и от природы-то был худ, а теперь стал прямо кожа да кости, весь скособочился, волосы до поры побелели, лицо утомленное и осунувшееся. Он посидел, глядя в окна на дальние известняковые холмы, и повторил:

— Ужасно, и вправду ужасно. Но понимаете, Стивенс, мистер Спенсер должен был кое-что доказать сэру Леонарду. Вообще-то, если это послужит для вас хоть каким-то утешением, вы вчера помогли наглядно доказать одно чрезвычайно важное положение. Сэр Леонард наговорил кучу старомодных глупостей. Про то, что воля народа — самый лучший судья, и так далее. Правда, Стивенс?

— Разумеется, сэр.

— Когда чему-то выходит срок, мы, англичане, это понимаем с большим опозданием. Другие великие нации прекрасно осознают, что встретить вызов каждой новой эпохи можно, лишь отбросив старые, подчас дорогие сердцу порядки. Но только не мы, не британцы. Многие из нас все еще рассуждают, как вчера рассуждал сэр Леонард. Вот почему мистеру Спенсеру понадобилось на наглядном примере продемонстрировать свою точку зрения. И еще я вам, Стивенс, скажу: если таких людей, как сэр Леонард, удастся разбудить да заставить немного подумать, тогда, поверьте мне, вчерашнее испытание вы претерпели не зря.

— Разумеется, сэр.

Лорд Дарлингтон снова вздохнул.

— И всегда-то мы плетемся в хвосте, Стивенс. Всегда до последнего цепляемся за отжившие системы. Но рано или поздно нам придется взглянуть в лицо фактам. Демократия была хороша для ушедшей эпохи. А теперь мир слишком сложен, чтобы в нем оставалось место для всеобщего избирательного права и тому подобных вещей. Для бесконечных дебатов в парламенте, после которых дело застывает на мертвой точке. Все это, возможно, и было прекрасно еще несколько лет тому назад, но в наши дни? Как там вчера сказал мистер Спенсер? У него это удачно получилось.

— Если не ошибаюсь, сэр, он сравнил нынешнюю парламентскую систему с руководством Союза матерей, пытающимся разработать план военной кампании.

— Вот именно, Стивенс. Если уж говорить откровенно, то мы здесь отстаем от времени. И крайне необходимо, чтобы все дальновидные люди внушили это таким, как сэр Леонард.

— Разумеется, сэр.

— Хочу спросить вас, Стивенс. Мы здесь в самом разгаре бесконечного кризиса. Я видел это собственными глазами, когда ездил с мистером Уиттакером по северным графствам. Люди страдают. Простой достойный рабочий люд неимоверно страдает. Германия с Италией взялись за дело и навели у себя порядок. Как, предполагаю, и эти мерзавцы большевики — на свой собственный лад. Даже президент Рузвельт, посмотрите, и то не боится пойти ради своего народа на решительные меры. А полюбуйтесь на нас, Стивенс. Годы проходят, а лучше не становится. Мы только тем и заняты, что спорим, обсуждаем да откладываем в долгий ящик. Любой приличный проект так обрастает поправками, пройдя всего через половину разных комиссий и комитетов, которые ему положено пройти, что уже никуда не годится. Тех немногих, кто способен со знанием дела разобраться, что к чему, до одурения заговаривают невежды. Что, по-вашему, из этого следует?

— Нация, по всей видимости, находится в плачевном состоянии, сэр.

— Именно. Посмотрите на Германию с Италией, Стивенс. Посмотрите, на что способно сильное руководство, если ему не мешают действовать. Им не до такой чепухи, как всеобщее избирательное право. Когда дом горит, никому не придет в голову созывать домочадцев и целый час обсуждать в гостиной различные способы тушения пожара, верно? Когда-то все это, может, и было прекрасно, но мир с тех пор стал сложнее. Нельзя требовать от обычного рядового человека, чтобы он разбирался в политике, экономике, мировой торговле и прочих материях. Да и с какой стати? Вчера, Стивенс, вы и в самом деле дали блестящий ответ. Как это вы сказали? Что-то в том духе, что это не входит в вашу сферу? И правильно, с какой стати должно входить?

Приводя здесь эти слова, я, конечно, понимаю, что многие идеи лорда Дарлингтона покажутся сегодня несколько странными и даже отчасти непривлекательными. Но, с другой стороны, невозможно отрицать, что в соображениях, которыми он поделился со мной тогда в бильярдной, было немало правды. Разумеется, глупо ожидать от дворецкого, что тот сумеет с пониманием дела ответить на такие вопросы, какие мне задавал мистер Спенсер, и утверждение мистера Гарри Смита и ему подобных, будто «достоинство» человека зависит от его способности разбираться в этих материях, оборачивается очевидной бессмыслицей. Давайте раз и навсегда договоримся: долг дворецкого — образцово служить, а не соваться в дела государственной важности. Ведь это же факт, что столь великие дела всегда будут выше нашего с вами разумения, и тем из нас, кто хочет оставить след в жизни, нужно понять, что лучший способ добиться этого — сосредоточиться на *собственной* деятельности, то есть отдавать все силы наилучшему обслуживанию тех благородных джентльменов, от которых по-настоящему зависят судьбы цивилизации. Казалось бы, это самоочевидно, но сразу приходят на память многочисленные примеры, когда дворецкие, по крайней мере какое-то время, думали совсем по-другому. Вот и сегодняшние высказывания мистера Гарри Смита очень созвучны для меня с теми идеалистическими заблуждениями, которые охватили значительные слои нашего поколения в двадцатые и тридцатые годы. Я имею в виду бытовавшее среди лиц нашей профессии частное мнение о том, что всякому дворецкому с серьезными устремлениями следует вменить себе в обязанность все время переоценивать хозяина, критически изучая побудительные мотивы его действий и вникая в скрытый смысл его взглядов. Только так, согласно этой теории, дворецкий обретает уверенность, что его профессиональные способности служат достойной цели. Хотя идеализм, содержащийся в такой аргументации, и вызывает определенное сочувствие, не приходится сомневаться в том, что она, как и нынешние суждения мистера Гарри Смита, есть прямое следствие неверного хода мысли. Стоит обратиться к примеру тех дворецких, которые попытались воплотить в жизнь эти рекомендации, и мы увидим, что профессионально — а некоторых из них ожидала весьма многообещающая карьера — они так и не выросли, и только по этой самой причине. Я лично знавал по крайней мере двух из числа таких — люди отнюдь не бездарные, они меняли одного хозяина за другим, в каждом разочаровывались, ни у кого не задерживались, и в конце концов след их пропал. Удивляться этому не приходится. Ибо в реальной жизни критическое отношение к хозяину и образцовая служба просто несовместимы. Тут сложность даже не в том, что на нашем высоком уровне невозможно соответствовать многообразным служебным требованиям, если все время отвлекаешься на такие наблюдения; важнее другое: дворецкий, постоянно стремящийся выработать собственные «твердые взгляды» на дела своего хозяина, непременно утрачивает одно принципиальное качество, необходимое каждому стоящему профессионалу,— преданность. Прошу понять меня правильно: я не имею в виду ту бессмысленную «преданность», на отсутствие коей любят пенять бездарные хозяева, когда не способны удержать на службе профессионала высокого класса. Больше того, я последним стану защищать неразборчивую преданность в отношении всякой дамы или всякого джентльмена, к которым доводится временно поступить в услужение. Тем не менее, если дворецкий хочет представлять собой хоть какую-то ценность, не важно, для кого или для чего, обязательно наступает время, когда он должен остановиться и сказать самому себе: «Этот хозяин олицетворяет все, что я считаю благородным и достойным восхищения. Отныне я всего себя отдаю ему в услужение». Такова *разумная* преданность. Так что же в ней «недостойного»? Просто-напросто признаешь истину, которую нельзя не признать: таким, как мы с вами, никогда не постичь огромных проблем современного мира, а поэтому лучше всего безоглядно положиться на такого хозяина, которого мы считаем достойным и мудрым, и честно и беззаветно служить ему по мере сил. Возьмем, скажем, мистера Маршалла или мистера Лейна — без сомнения, двух крупнейших представителей нашей профессии. Разве можно вообразить мистера Маршалла вступившим в пререкания с лордом Кемберли по поводу содержания последней депеши его светлости в Министерство иностранных дел? Или наше восхищение мистером Лейном становится меньше, если мы узнаём, что у него нет привычки оспаривать взгляды сэра Леонарда Грея перед каждым выступлением оного в Палате общин? Да ни в коем случае. Так что же «недостойного» в такой позиции? Что тут заслуживает хоть малейшего порицания? И чем, собственно, виноват дворецкий, если, допустим, с ходом времени выясняется, что поступками лорда Дарлингтона двигали заблуждения, а то и недомыслие? Все годы, что я служил у него, он, и только он, взвешивал факты и решал, что следует поступить так, а не иначе; я же, как мне и было положено, ограничивался тем, что входило в сферу моей профессиональной деятельности. Если уж речь зашла обо мне, то я исполнял свои обязанности по мере сил и на таком уровне, какой многие могут счесть первоклассным. И вряд ли именно я виноват в том, что жизнь и труды его светлости, как представляется ныне, в лучшем случае, увы, пошли прахом; у меня же, со своей стороны, нет решительно никаких оснований о чем-то жалеть или чего-то стыдиться.

День четвертый — после полудня

◼

Литтл-Комптон,
Корнуолл

Я наконец добрался до Литтл-Комптона и в эту минуту сижу в ресторане гостиницы «Розовый сад», только что покончив с ленчем. На улице льет как из ведра.

«Розовый сад» хотя и не роскошная гостиница, но в ней по-домашнему уютно, так что не жаль было немного переплатить, чтобы снять тут номер. Этот очаровательный, увитый плющом особняк, где могут разместиться, как я прикинул, около тридцати постояльцев, удобно расположен на углу деревенской площади. Ресторан, где я сейчас нахожусь,— современная пристройка к главному зданию, прямое длинное помещение с рядами огромных окон по боковым стенам. С одной стороны открывается вид на деревенскую площадь, с другой — на сад за домом, по которому гостиница, вероятно, и получила свое название. В саду, который, похоже, хорошо защищен от ветра, расставлены столики; я представляю, как приятно за ними обедать или просто закусывать в солнечную погоду. Кстати, некоторые постояльцы чуть раньше как раз уселись в саду за ленч, но их прогнали зловещие грозовые облака. Когда примерно с час назад меня провели в ресторан, официанты лихорадочно убирали в саду со столиков, а только что сидевшие за ними клиенты, в том числе один джентльмен с заправленной за ворот салфеткой, топтались рядом с довольно потерянным видом. Тут вскоре полило с такой силой, что едоки все как один оторвались от тарелок и уставились в окна.

Мой столик стоит у выходящего на площадь окна, и я вот уже час как в основном созерцаю струи дождя, которые льются на землю, на «форд» и на стоящие рядом машины. Дождь, кажется, чуть поутих, но все еще слишком сильный, чтобы возникло желание выйти на улицу и погулять по деревне. Я, конечно, уже подумал: а не отправиться ли прямо сейчас к мисс Кентон? Однако я написал ей, что приду в три часа, поэтому, видимо, не стоит спешить, а то еще застану ее врасплох, явившись раньше положенного. Поэтому вполне вероятно, что, если дождь вскоре не прекратится, я просижу здесь, попивая чай, пока не наступит пора выходить. Я разузнал у девушки, подававшей мне ленч, что до дома, где в настоящее время проживает мисс Кентон, идти с четверть часа; значит, в моем распоряжении еще по меньшей мере сорок минут.

Должен, кстати, заметить, что у меня хватило ума подготовиться к разочарованию. Ведь мисс Кентон так и не написала, что рада будет со мной встретиться. Я, однако, хорошо знаю мисс Кентон и склонен думать, что отсутствие ответного письма следует расценить как согласие; если бы встреча оказалась по каким-то причинам для нее нежелательной, она бы, я уверен, сразу поставила меня об этом в известность. Больше того, в своем письме я указал, что остановлюсь именно в этой гостинице и по этому адресу мне можно сообщить, если в последнюю минуту что-то разладится. На мое имя, однако, не поступало никаких сообщений, и это тоже, как мне кажется, дает основания считать, что все в порядке.

Непонятно, откуда вдруг взялся ливень,— утром на небе светило яркое солнце, мой постоянный и благодатный спутник с той минуты, как я покинул Дарлингтон-холл. И вообще день для меня начинался удачно: миссис Тейлор приготовила мне на завтрак свежие деревенские яйца и гренки, доктор Карлейль, как обещал, приехал ровно в половине восьмого, и я поспешил откланяться — Тейлоры по-прежнему не желали и слышать ни о каких деньгах,— пока не возникла угроза нового неприятного разговора вроде вчерашнего.

— Я привез вам канистру бензина,— объявил доктор Карлейль, предложив мне занять в своем «ровере» место на заднем сиденье. Я поблагодарил его за заботу и предложил возместить расходы, но он, как выяснилось, тоже не хотел об этом слышать.

— Пустяки, старина. Я раскопал канистру у себя в гараже, в ней и бензина-то кот наплакал, но до Кросби Гейта хватит, а там уж зальете полный бак.

В ярком утреннем свете центр деревеньки предстал предо мной в виде нескольких магазинчиков, сбившихся вокруг церкви, чей шпиль я вчера вечером заметил с холма. Однако мне не удалось разглядеть деревню получше — доктор Карлейль внезапно свернул на проселок к какой-то ферме.

— Тут мы немного срежем,— объяснил он.

Мы миновали амбары и неподвижные сельскохозяйственные машины. Я не увидел ни одной живой души. Когда мы подъехали к закрытым воротам, доктор сказал:

— Виноват, старина, вы не будете добры?

Я вылез и пошел открыть ворота. В одном из ближайших сараев в несколько глоток остервенело залились псы, так что я с облегчением вернулся к доктору Карлейлю и захлопнул за собой дверцу «ровера».

Пока автомобиль полз вверх по узкой дороге между рядами высоких деревьев, мы обменивались любезностями. Он осведомился, как мне спалось у Тейлоров и еще о чем-то в этом роде, а потом вдруг сказал:

— Послушайте, надеюсь, вы не сочтете это за грубость, но вы ведь из слуг, верно?

Должен признаться, у меня от его слов будто камень с души свалился.

— Действительно, сэр. Я и в самом деле служу дворецким в Дарлингтон-холле, неподалеку от Оксфорда.

— Так я и думал. А то эти встречи с Уинстоном Черчиллем и все такое прочее. Я про себя подумал: ну и ну, либо этот тип наврал с три короба, либо... тут мне и пришло в голову самое простое объяснение.

Доктор Карлейль повернулся ко мне с улыбкой, продолжая в то же время вести машину по петляющей крутой дороге. Я сказал:

— Я никого не хотел обманывать, сэр. Но так получилось...

— Не нужно объяснять, старина, мне и так понятно, как это вышло. Я хочу сказать, внешность у вас весьма представительная. Наши местные непременно должны были принять вас по меньшей мере за лорда или за герцога.— Доктор весело рассмеялся: — Должно быть, неплохо, когда тебя время от времени принимают за лорда.

Несколько минут мы молчали. Затем доктор Карлейль заметил:

— Что ж, надеюсь, вам было приятно немного у нас погостить.

— Очень приятно, благодарю вас, сэр.

— Интересно, что вы скажете о гражданах Москома? Не такая уж плохая компания, а?

— Очень симпатичная, сэр. Мистер и миссис Тейлор были ко мне чрезвычайно добры.

— Пожалуйста, не говорите мне «сэр» через каждое слово, мистер Стивенс. Да, не такая уж плохая компания подобралась в наших местах. Лично я с радостью проживу здесь до самой смерти.

В том, как доктор Карлейль это сказал, мне послышалась какая-то странная интонация. Уловил я в его голосе и какую-то нарочитую резкость, когда он снова ко мне обратился:

— Значит, по-вашему, компания симпатичная, а?

— Да, доктор. В высшей степени подходящая.

— И что же они вам вчера вечером нарассказывали? Надеюсь, не задурили голову разными деревенскими сплетнями?

— Отнюдь, доктор. Разговор и вправду велся в довольно откровенных тонах, было высказано несколько весьма интересных точек зрения.

— А, вы это про Гарри Смита,— рассмеялся доктор.— Не нужно принимать его слишком всерьез. Его забавно послушать, но, честно говоря, в голове у него дикая каша. Иной раз уже подумаешь, что он без пяти минут коммунист, а он вдруг да ляпнет такое, что впору настоящему махровому тори. В голове у него дикая каша, это уж точно.

— Весьма интересно.

— Про что он вчера читал лекцию? Про Империю? Национальную службу здравоохранения?

— Мистер Смит ограничился более общими темами.

— Вот как? Какими же?

Я откашлялся.

— Мистер Смит поделился своими соображениями о сущности достоинства.

— Ну и ну. Для Гарри Смита это что-то слишком абстрактно. Какого черта его занесло в философию?

— По-моему, мистер Смит хотел подчеркнуть значение своей агитационной работы в деревне.

— Вот как?

— Он меня убеждал, что у жителей Москома твердые взгляды на различные проблемы огромнейшей важности.

— Ага, понятно. Это на него похоже. Вы, вероятно, догадались, что все это чушь. Гарри только тем и занят, что пытается каждого перетянуть на свою сторону. Но дело в том, что людям живется лучше, если их оставить в покое.

Мы снова помолчали. Наконец я сказал:

— Простите за вопрос, сэр, но следует ли понимать вас так, что к мистеру Смиту относятся как к фигуре в некотором смысле комической?

— Хм-м. Да нет, это, пожалуй, будет уж слишком. У здешнего люда есть известные политические убеждения. Они считают, что *обязаны* иметь твердые взгляды на то да на это, как призывает их Гарри. Но, в сущности, они ничем не отличаются от других и так же хотят спокойной жизни. У Гарри полно идей, как изменить и это, и то, но на самом деле радикальные перемены никому в деревне не нужны, даже если жителям и будет от них какая-то польза. Местные хотят, чтобы их оставили в покое, позволили жить себе тихо и мирно. Не хотят они, чтобы к ним приставали со всякими проблемами.

К вящему моему удивлению, я уловил в голосе доктора нотки отвращения. Но он тут же взял себя в руки, коротко рассмеялся и произнес:

— Поглядите, с вашей стороны красивый вид на деревню.

Действительно, внизу под нами открылась деревня. Под утренним солнцем она, понятно, смотрелась совсем по-другому, но в остальном панорама очень напоминала ту, которую я впервые обозрел накануне в вечерних сумерках; из этого я заключил, что мы приближаемся к месту, где я оставил «форд».

— Мистер Смит, видимо, полагает,— заметил я,— что достоинство личности заключается именно в этом — в твердых взглядах и всем остальном.

— Ах да, достоинство. Я уже и забыл. Значит, Гарри попробовал заняться философскими определениями. Однако. Как я понимаю, он понес жуткую чушь.

— Его выводы не всегда убеждали слушателя в полной мере, сэр.

Доктор Карлейль кивнул, но, как мне показалось, ушел в свои мысли.

— А знаете, мистер Стивенс,— произнес он наконец,— ведь я приехал сюда ярым социалистом. Верил в лучшее медицинское обслуживание для всего народа и прочее в том же роде. Было это в сорок девятом. Социализм обеспечит людям достойную жизнь. Вот во что я верил, когда здесь появился. Впрочем, виноват, вам-то к чему выслушивать весь этот вздор?

И весело спросил:

— Ну а как вы, старина?

— Прошу прощения, сэр?

— Как вы думаете, что такое достоинство?

Должен признаться, что прямо поставленный вопрос застал меня врасплох.

— Это довольно сложно изложить в немногих словах, сэр,— ответил я.— Но мне кажется, оно сводится к тому, чтобы не раздеваться на глазах у других.

— Виноват, что сводится?

— Достоинство, сэр.

— Ага,— кивнул доктор, однако с немного озадаченным видом; затем он сказал: — Ну вот, эта дорога должна быть вам знакома. Вероятно, при дневном свете у нее несколько другой вид. Постойте, постойте, что это там? Уж не ваш ли автомобиль? Господи, ну и красавец!

Доктор Карлейль остановился у «форда», вылез и повторил:

— Господи, ну и красавец.

Он тут же извлек воронку с канистрой и весьма любезно помог мне перелить бензин в бак «форда». Все мои страхи, что с «фордом» случилось что-то серьезное, мигом развеялись, когда я включил зажигание и услышал знакомое урчание мотора. Я поблагодарил доктора Карлейля, и мы распрощались, хотя мне пришлось еще с милю тащиться по извилистой дороге за его «ровером», пока наши пути не разошлись.

Около девяти я пересек границу Корнуолла. Дождь пошел часа через три, а тогда облака были все еще ослепительно белые. И вообще ландшафты, что открывались моему взору нынче утром, были из самых очаровательных, какие мне доводилось видеть. К несчастью, однако, я не мог уделить им внимания, которого они заслуживали, поскольку, не стану скрывать, мысли мои в основном были заняты тем, что еще до наступления вечера — если, понятно, не случится ничего непредвиденного — я снова увижу мисс Кентон. И вот, проезжая меж привольно раскинувшихся полей, где на многие мили вокруг не было видно ни человека, ни автомобиля, или осторожно пробираясь через чудесные деревеньки, многие из которых представляли собой всего лишь горстку каменных домиков, я незаметно опять улетел мыслями в прошлое. И сейчас здесь, в Литтл-Комптоне, когда я сижу в ресторане этой славной гостиницы, смотрю, как за окном по булыжникам деревенской площади пляшет дождь, и у меня остается еще немного времени, я против воли думаю все о том же.

Все утро меня преследует одно воспоминание, вернее, осколок воспоминания, мгновение, которое по какой-то непонятной причине живо в моей памяти. Я стою один в служебном коридоре перед закрытой дверью гостиной мисс Кентон; стою не лицом к двери, но вполоборота, застыв в нерешительности — постучаться или нет? — ибо, помнится, в этот миг мне подумалось, что за этой самой дверью, в каких-нибудь нескольких ярдах, мисс Кентон сидит и плачет. Как я сказал, это мгновенье крепко засело у меня в голове, а с ним и память о непонятном чувстве, которое поднялось во мне, пока я там стоял. Мне сдается, что когда я раньше на этих страницах пытался собрать подобные воспоминания воедино, то отнес этот эпизод к тому часу, когда мисс Кентон получила известие о смерти тетушки. Точнее, к тем минутам, когда я удалился, оставив ее наедине с ее горем, но в коридоре сообразил, что не принес ей своих соболезнований. Но теперь, снова об этом подумав, я боюсь, не вкралась ли в мои воспоминания маленькая неточность, а именно не относится ли в действительности сей эпизод к событиям, имевшим место вечером через несколько месяцев после тетушкиной кончины, то есть к тому самому вечеру, когда в Дарлингтон-холл несколько неожиданно нагрянул молодой мистер Кардинал.

Отец мистера Кардинала, сэр Дэвид Кардинал, многие годы был самым близким другом и единомышленником его светлости, но за три или четыре года до описываемых событий трагически погиб, упав с лошади. Тем временем молодой мистер Кардинал приобрел некоторую известность как автор остроумных комментариев на международные темы. Эти заметки, видимо, редко вызывали одобрение со стороны лорда Дарлингтона — я помню, как его светлость не раз, отрывая взгляд от газеты, произносил что-нибудь вроде: «Этот мальчишка Регги опять порет чушь. Хорошо, что его отец не сможет все это прочесть». Комментарии, однако, не мешали мистеру Кардиналу быть в доме частым гостем; его светлость никогда не забывал о том, что молодой человек — его крестник, и относился к нему как к родному. Мистер Кардинал, со своей стороны, никогда не являлся к обеду, не предупредив о своем приезде заранее; вот почему я слегка опешил, когда, открыв на звонок, увидел его на крыльце с прижатым к груди портфелем.

— Привет, Стивенс, как поживаете? — сказал он.— Тут вышло недоразумение, так, может, лорд Дарлингтон хоть пустит переночевать.

— Приятно снова видеть вас, сэр. Я сообщу его светлости о вашем приезде.

— Я собирался погостить у мистера Роланда, но, вероятно, получилась накладка и они куда-то уехали. Надеюсь, я не очень тут помешаю? То есть нынче вечером ничего такого не ожидается?

— Если не ошибаюсь, сэр, после обеда к его светлости прибывают какие-то джентльмены.

— Вот не повезло! Похоже, я не вовремя явился. Ну, постараюсь не высовываться. Как бы там ни было, у меня с собой несколько заготовок, так что есть чем заняться,— сказал мистер Кардинал, тряхнув портфелем.

— Я сообщу его светлости о вашем приезде. Во всяком случае, вы как раз подоспели, чтобы с ним отобедать.

— Прекрасно, я, грешным делом, на это надеялся. Боюсь, впрочем, что мое присутствие не доставит миссис Мортимер особенной радости.

Я провел мистера Кардинала в гостиную, а сам направился в кабинет, где застал его светлость склонившимся над какими-то бумагами с видом глубокой сосредоточенности. Когда я сообщил ему о приезде мистера Кардинала, на лице у лорда Дарлингтона отразились удивление и досада. Он откинулся на спинку кресла и задумался, словно пытался решить головоломку.

— Передайте мистеру Кардиналу, что я сейчас выйду,— произнес он наконец.— Пусть пока чем-нибудь займется.

Я возвратился к мистеру Кардиналу и обнаружил, что тот беспокойно расхаживает по гостиной, разглядывая вещицы, которые, верно, уже сотни раз попадались ему на глаза. Я передал ему поручение его светлости и спросил, не принести ли чего подкрепиться.

— Разве что чаю, Стивенс. Кого, кстати, ждет нынче его светлость?

— Весьма сожалею, сэр, но, боюсь, мне об этом ничего не известно.

— Так-таки ничего?

— Весьма сожалею, сэр.

— Хм-м, странно. Ну да ладно. Лучше мне сегодня не высовываться.

Помнится, после этого я отправился в гостиную мисс Кентон. Она сидела за столом, хотя на столе ничего не лежало, да и в руках у нее ничего не было, и вообще что-то в ее позе подсказывало, что она сидит так уже не одну минуту.

— Приехал мистер Кардинал, мисс Кентон,— сообщил я.— Он займет свою обычную комнату.

— Хорошо, мистер Стивенс. Я распоряжусь перед уходом.

— Понятно. Вы уходите вечером, мисс Кентон?

— Несомненно, мистер Стивенс.

У меня, вероятно, был слегка удивленный вид, потому что она добавила:

— Вы не забыли, мистер Стивенс, что мы договорились об этом еще две недели назад?

— Ну да, разумеется, мисс Кентон. Прошу прощения, у меня просто вылетело из головы.

— Что-нибудь не так, мистер Стивенс?

— Нет, нет, мисс Кентон. Вечером ожидаются гости, но в вашем присутствии нет необходимости.

— Мы же еще две недели назад договорились, что я возьму этот вечер, мистер Стивенс.

— Разумеется, мисс Кентон. Еще раз прошу прощения.

Я собрался уйти, но мисс Кентон остановила меня в дверях.

— Мистер Стивенс, мне нужно вам кое-что сообщить,— сказала она.

— Да, мисс Кентон?

— Это касается моего знакомого, с которым я сегодня встречаюсь.

— Да, мисс Кентон.

— Он сделал мне предложение. Я подумала, что вы вправе об этом знать.

— Понятно, мисс Кентон. Весьма интересно.

— Но я еще не решила.

— Понятно.

Она посмотрела на свои руки и тут же перевела взгляд на меня.

— Мой знакомый со следующего месяца приступает к работе в одном из западных графств.

— Понятно.

— Как я сказала, мистер Стивенс, я еще не решила, однако подумала, что вам следует знать об этом.

— Я весьма благодарен вам, мисс Кентон. Надеюсь, вы приятно проведете вечер. А сейчас я, с вашего позволения, удалюсь.

Должно быть, минут через двадцать после этого разговора я снова неожиданно повстречался с мисс Кентон. На сей раз я был занят подготовкой к обеду, а именно поднимался по задней лестнице с нагруженным подносом, когда снизу послышалась сердитая дробь каблуков по половицам. Я оглянулся и увидел у подножия лестницы мисс Кентон, которая смотрела на меня злыми глазами.

— Мистер Стивенс, правильно ли я поняла, что вы хотите, чтобы нынче вечером я осталась в доме?

— Отнюдь нет, мисс Кентон. Как вы подчеркнули, я был заблаговременно оповещен о вашем отсутствии.

— Но я вижу, что вы очень недовольны моей предстоящей отлучкой.

— Напротив, мисс Кентон.

— Уж не думаете ли вы, что, устроив на кухне весь этот тарарам и топая взад и вперед мимо моей гостиной, вы тем самым заставите меня поменять мои планы?

— Мисс Кентон, небольшое оживление на кухне объясняется исключительно тем, что в последнюю минуту к обеду пожаловал мистер Кардинал. Так что вашей вечерней отлучке решительно ничто не препятствует.

— Мистер Стивенс, я намерена отлучиться в любом случае, с вашего соизволения или без оного. Я условилась об этом две недели назад.

— Совершенно верно, мисс Кентон. Еще раз позвольте пожелать вам приятного вечера.

Во время обеда за столом царила какая-то странная напряженность. Оба джентльмена подолгу молчали, его светлость, казалось, вообще обретался мыслями в другом месте. Один раз мистер Кардинал спросил:

— Вечером ожидается что-то важное, сэр?

— А?

— К вам вечером приезжают. Что-то важное?

— Этого, мой мальчик, я, к сожалению, не могу вам сказать. Дело строго конфиденциальное.

— Ух ты. Стало быть, как я понимаю, мое участие не требуется.

— Какое участие, мой мальчик?

— В том, что будет иметь место вечером.

— Ну, это не представляет для вас интереса. Да и в любом случае самое важное — конфиденциальность. Вам там нечего делать. Ни-ни, тут и говорить не о чем.

Мистер Кардинал посмотрел на его светлость проницательным взглядом, но тот просто-напросто снова уткнулся в тарелку и больше ничего не сказал.

Джентльмены удалились в курительную, где их ждали сигары и портвейн. Убирая со стола, а также готовя гостиную к приему вечерних гостей, я по необходимости все время проходил мимо двери курительной и в силу этого не мог не обратить внимание, что джентльмены, несколько минут назад мирно обедавшие, резко о чем-то заспорили. Через четверть часа спор перешел на раздраженные повышенные тона. Я, конечно, не подслушивал под дверями, однако до моих ушей донесся крик его светлости: «Но это вас не касается, мой мальчик! Совершенно не касается!»

Я находился в столовой, когда джентльмены вышли из курительной. Они, видимо, успокоились и, проходя холлом, обменялись всего тремя фразами.

— Так имейте в виду, мой мальчик. Я на вас полагаюсь,— произнес его светлость, на что мистер Кардинал раздраженно ответил:

— Ну конечно, конечно, я же вам обещал.

Затем их шаги разошлись в разные стороны — его светлость удалился к себе в кабинет, мистер Кардинал прошел в библиотеку.

Почти ровно в половине девятого я услышал, что во двор въехали и остановились несколько автомобилей. Открыв дверь на звонок шофера, я заметил, как по дорожкам в разных направлениях разбегаются полицейские.

Я впустил в дом двух весьма высокопоставленных джентльменов, которых его светлость встретил в холле и быстро проводил в гостиную. Примерно через десять минут подъехала еще одна машина, и я открыл дверь германскому послу герру Риббентропу, к тому времени уже неоднократно бывавшему в Дарлингтон-холле. Его светлость вышел навстречу гостю, и оба джентльмена, как мне показалось, многозначительно переглянулись, прежде чем исчезнуть за дверями гостиной. Когда через несколько минут мне велели подать закуски, все четверо обсуждали сравнительные достоинства различных сортов колбасы, и атмосфера в комнате, по крайней мере на поверхностный взгляд, была самая непринужденная.

После этого я прошел в холл и стал на свое место под парадной аркой — я обычно его занимаю, когда в гостиной происходит что-нибудь важное. Я покинул его только часа через два, когда позвонили с черного хода. Спустившись, я обнаружил там мисс Кентон и полицейского, который попросил подтвердить, что это и в самом деле она.

— Меры безопасности, мисс, не принимайте на свой счет,— пробормотал констебль, прежде чем исчезнуть во мраке.

Закрыв дверь на засов, я заметил, что мисс Кентон еще не ушла, и сказал:

— Надеюсь, мисс Кентон, вы приятно провели вечер.

Она не ответила, поэтому я повторил, когда мы пересекали большую темную кухню:

— Надеюсь, мисс Кентон, вы приятно провели вечер.

— Да, благодарю вас, мистер Стивенс.

— Рад это слышать.

Мисс Кентон — она шла позади — вдруг остановилась, и я услышал в темноте ее голос:

— Разве вам ни капельки не интересно, о чем мы говорили сегодня с моим знакомым, мистер Стивенс?

— Не хочу показаться невежливым, мисс Кентон, но мне и в самом деле нужно безотлагательно вернуться наверх. Дело в том, что в эту минуту в доме происходят события всемирного значения.

— А когда они у нас не происходят, мистер Стивенс? Что ж, если вам так надо бежать, я всего лишь сообщу, что приняла предложение моего знакомого.

— Прошу прощения, мисс Кентон?

— Предложение выйти за него замуж.

— Вот как, мисс Кентон? Тогда примите мои поздравления.

— Спасибо, мистер Стивенс. Я, понятно, готова отслужить срок, положенный после подачи уведомления об уходе, но, если вы сможете отпустить меня раньше, мы будем вам очень признательны. Мой знакомый приступает к новой работе в одном из западных графств через две недели.

— Приложу все усилия, чтобы как можно скорее подыскать вам замену, мисс Кентон. А теперь, с вашего позволения, я должен вернуться наверх.

Я двинулся дальше и уже было взялся за ручку двери, которая вела в коридор, когда услышал позади: «Мистер Стивенс» — и снова обернулся. Мисс Кентон стояла все там же и поэтому, обращаясь ко мне, была вынуждена немного повысить голос, который прозвучал как-то странно и гулко под сводами пустой, темной кухни.

— Должна ли я понимать,— сказала она,— что после стольких лет, которые я отдала службе в этом доме, у вас при известии о моем возможном отъезде не нашлось никаких других слов?

— Мисс Кентон, примите мои самые искренние поздравления. Но, повторяю, наверху происходят события мирового значения, и я обязан быть на своем месте.

— А знаете ли вы, мистер Стивенс, что для меня и моего знакомого вы представляете собой очень важную личность?

— В самом деле, мисс Кентон?

— Да, мистер Стивенс. Мы часто потешаемся на ваш счет. Например, знакомый постоянно просит меня изобразить, как вы двумя пальцами зажимаете нос, когда перчите еду, и каждый раз заходится смехом.

— Вот как.

— Он также любит смотреть, как вы устраиваете персоналу «накачку». В моем, понятно, исполнении, но, признаюсь, я поднаторела по этой части. Стоит мне произнести две фразы, и мы оба прямо покатываемся со смеху.

— Понятно, мисс Кентон. А теперь прошу меня извинить.

Я поднялся в холл и стал на свое место. Не прошло, однако, и пяти минут, как в дверях библиотеки появился мистер Кардинал и кивнул, чтобы я подошел.

— Не хочется вас дергать, Стивенс,— сказал он,— но не могли бы вы принести еще бренди? А то в этой бутылке уже ничего не осталось.

— В вашем распоряжении, сэр, любые напитки. Но, принимая во внимание, что вам предстоит дописать комментарий, может быть, вы сочтете разумным воздержаться?

— Комментарию это не повредит, Стивенс. Ну пожалуйста, принесите еще капельку бренди.

— Будет исполнено, сэр.

Когда я через минуту вернулся в библиотеку, мистер Кардинал бродил вдоль полок, разглядывая корешки. На одном из столов я заметил беспорядочно разбросанные бумаги. При моем появлении мистер Кардинал удовлетворенно хмыкнул и повалился в обитое кожей кресло. Я подошел, налил бренди и протянул ему бокал.

— А знаете, Стивенс,— сказал он,— мы ведь с вами уже порядком знакомы, верно?

— Действительно, сэр.

— Каждый раз, приезжая сюда, я предвкушаю, как мы с вами поболтаем.

— Да, сэр.

— А что бы вам не выпить со мной?

— С вашей стороны это очень любезно, сэр. Нет, сэр, благодарю вас, но я не могу.

— Может, Стивенс, у вас с этим делом не все в порядке?

— В полном порядке, благодарю вас, сэр,— ответил я, вежливо рассмеявшись.

— И чувствуете вы себя хорошо?

— Возможно, устал немного, но в остальном все прекрасно, спасибо, сэр.

— Ну, тогда присядьте-ка. Так о чем бишь я? Да, мы с вами порядком знакомы. Так что не буду темнить. Вы наверняка догадались, что я сюда неспроста пожаловал. Мне намекнули, понимаете? Что тут сейчас происходит. В эту самую минуту на той стороне холла.

— Да, сэр.

— Да сядьте же, Стивенс. Я хочу поговорить с вами по-дружески, а вы стоите с этим проклятым подносом в руках, и вид у вас такой, как будто вы вот-вот сорветесь и убежите.

— Виноват, сэр.

Я поставил поднос и сел на самый краешек кресла, на которое показал мистер Кардинал.

— Так-то лучше,— заметил мистер Кардинал.— А теперь послушайте, Стивенс. Уж не премьер ли министр сейчас в гостиной, а?

— Премьер-министр, сэр?

— Ну ладно, ладно, не нужно ничего отвечать. Я понимаю, у вас чертовски щекотливое положение.— Мистер Кардинал глубоко вздохнул, устало покосился на разбросанные по столу бумаги и произнес: — Мне ведь не надо вам объяснять, Стивенс, как я отношусь к его светлости. Он мне как второй отец. Это мне не надо вам объяснять, Стивенс.

— Нет, сэр.

— Он мне очень дорог.

— Да, сэр.

— Знаю, что и вам тоже. Глубоко дорог. Дорог, Стивенс?

— Несомненно, сэр.

— Прекрасно. Тут мы друг друга понимаем. Но взглянем фактам в лицо. Его светлость оказался в опасном положении. Я вижу, как он увязает все глубже и глубже, и, скажу вам, меня это очень тревожит. Ему уже не за что ухватиться, понимаете, Стивенс?

— Вот как, сэр?

— Стивенс, вы хоть знаете, что происходит прямо сейчас, пока мы с вами тут разговариваем? Всего в нескольких ярдах от нас? В комнате по другую сторону холла — я даже не требую от вас подтверждения — находятся сейчас премьер-министр Великобритании, министр иностранных дел и германский посол. Его светлость сотворил чудо, собрав их всех вместе, и он верит — искренне верит,— что делает нечто полезное и достойное. А знаете, Стивенс, для чего его светлость собрал этих джентльменов нынче вечером? Знаете, Стивенс, что именно там происходит?

— Боюсь, что нет, сэр.

— Боитесь, что нет. Скажите, Стивенс, вам это совсем не интересно? Даже не любопытно? Черт побери, в этом доме происходит событие чрезвычайной важности, и вам совсем не любопытно?

— Мне не положено любопытствовать о таких вещах, сэр.

— Но его светлость вам дорог. Очень дорог, вы сами только что говорили. А раз его светлость вам дорог, то должны вы о нем беспокоиться или нет? Хотя бы немного поинтересоваться, а? Ваш хозяин под покровом ночи сводит премьер-министра и германского посла для тайных переговоров, а вам даже не любопытно?

— Любопытно-то любопытно, сэр. Но не положено мне о таких вещах любопытствовать.

— Не положено? А-а, понимаю, вы, видно, считаете, что этого требует верность. Правда? Думаете, в этом и заключается верность? Преданность его светлости? Или, коли на то пошло, королю?

— Простите, сэр, я не понимаю, что вы предлагаете.

Мистер Кардинал снова вздохнул и покачал головой.

— Ничего я, Стивенс, не предлагаю. Говоря откровенно, я сам не знаю, что делать. Но вы могли бы хоть проявить любопытство.

Он замолчал и уставился пустым взглядом на ковер у меня под ногами.

— Вы точно со мной не выпьете, Стивенс? — наконец спросил он.

— Нет, сэр, благодарю вас.

— Вот что я вам скажу, Стивенс. Его светлость ставят в дурацкое положение. Я тут как следует все разузнал и о том, что происходит в Германии, имею теперь прекрасное представление. Так я вам скажу: его светлость ставят в дурацкое положение.

Я промолчал, а мистер Кардинал все так же бессмысленно глазел на ковер. Потом продолжал:

— Его светлость — милый, замечательный человек. Но беда в том, что он крепко увяз. Им играют. Наци играют им как пешкой. Вы это заметили, Стивенс? Вы заметили, что эта игра ведется по меньшей мере уже три или четыре года?

— Прошу прощения, сэр, но я ничего подобного не заметил.

— У вас даже подозрений не возникало? Даже тени подозрения, что герр Гитлер руками нашего милого друга герра Риббентропа играет его светлостью как простой пешкой, играет так же легко, как другими своими пешками в Берлине?

— Прошу прощения, сэр, но я ничего подобного не заметил.

— Ну да, откуда вам было заметить, Стивенс, вы ведь нелюбопытны. Все происходит у вас на глазах, но вам и в голову не придет задаться вопросом: а что же, собственно, происходит?

Мистер Кардинал поерзал, чуть выпрямился в кресле, затем задумчиво поглядел на свою неоконченную работу, разбросанную на соседнем столе, и произнес:

— Его светлость — джентльмен. С этого все и пошло. Он джентльмен, он воевал против немцев, у него в крови относиться к побежденному противнику великодушно и по-дружески. В крови. Потому что он джентльмен, настоящий английский джентльмен старой закалки. Вы наверняка поняли их игру, Стивенс, да и как можно было не понять? Поняли, как они использовали его душевные качества, сыграли на них, обратили деликатность и благородство в нечто другое — нечто такое, что могут теперь поставить на службу своим собственным грязным целям. Да не могли вы этого не понять, Стивенс.

Мистер Кардинал снова уставился в пол. Помолчал и продолжил:

— Помню, я приезжал сюда много лет тому назад, тут еще был этот американец. Мы устроили тогда большую конференцию, отец участвовал в подготовке. Помню, как этот американец — а он поддал еще крепче, чем я сейчас,— как он поднялся из-за обеденного стола перед всей честной компанией. Он показал на его светлость и назвал его любителем. Да, назвал его неумелым любителем и сказал, что он крепко увяз. Что ж, приходится, Стивенс, признать, что американец тогда правду сказал. От этого никуда не денешься. Нынешний мир слишком грязен для деликатных и благородных людей. Вы и сами это видите, Стивенс. Как они используют чужую деликатность и благородство в собственных целях. Вы и сами это видите.

— Прошу прощения, сэр, но не могу утверждать, будто вижу.

— Не можете утверждать, будто видите. Ну, не знаю, как вы, а я должен что-то сделать. Будь жив отец, уж он бы попытался это остановить.

Мистер Кардинал опять замолчал, и лицо у него — возможно, в связи с воспоминанием о покойном отце — приняло тоскливое выражение.

— Ну что, Стивенс,— спросил он наконец,— вы и дальше будете так же спокойно смотреть, как его светлость балансирует над пропастью?

— Прошу прощения, сэр, я не вполне понимаю, о чем вы говорите.

— Вы не понимаете, Стивенс. Хорошо, раз уж мы с вами друзья, буду откровенен. Последние несколько лет его светлость, вероятно, является единственной в своем роде и исключительно полезной пешкой в хитрой пропагандистской игре, какую герр Гитлер ведет с нашей страной. Тем более полезной, что он искренен, честен и не отдает себе отчета в истинном смысле своих поступков. Только за эти три года его светлость сыграл решающую роль в установлении связей между Берлином и шестью с лишним десятками самых влиятельных граждан нашей страны. Для немцев это было королевским подарком. Герр Риббентроп фактически получил возможность действовать в обход нашего Министерства иностранных дел. Мало им их проклятого нюрнбергского сборища и этой проклятой Олимпиады, так они еще и другое придумали. Знаете, чем занят теперь его светлость? Имеете хоть малейшее представление о том, что они сейчас там обсуждают?

— Боюсь, что нет, сэр.

— Его светлость пытается уговорить самого премьер-министра принять приглашение герра Гитлера и отправиться с официальным визитом в Германию. Его светлость и вправду считает, что премьер-министр заблуждается в отношении нынешнего немецкого режима.

— Не вижу, что в этом плохого, сэр. Его светлость всегда стремился помогать народам добиваться лучшего взаимопонимания.

— И это, Стивенс, еще не все. Именно сейчас — если только я не последний дурак,— именно сейчас его светлость обсуждает возможность визита к герру Гитлеру самого его величества. Ни для кого не секрет, что наш новый король всегда симпатизировал нацистам. Что ж, судя по всему, он охотно примет приглашение герра Гитлера. В эту самую минуту, Стивенс, его светлость делает все возможное, чтобы Министерство иностранных дел перестало противиться этому чудовищному плану.

— Прошу прощения, сэр, но в деятельности его светлости я вижу одно только благородство и высоту помыслов. В конце концов, он делает все, что может, дабы в Европе продолжал царить мир.

— Скажите, Стивенс, вы не допускаете, что я хоть в чем-то, но прав? Неужели вам и вправду *ни капельки* не любопытно?

— Прошу прощения, сэр, но могу ответить только одно — я целиком полагаюсь на здравомыслие его светлости.

— После захвата Рейнской зоны, Стивенс, ни один здравомыслящий человек не станет слепо верить ни единому слову герра Гитлера. Его светлость крепко увяз. Господи, теперь вы и вправду обиделись.

— Ни в коем случае, сэр,— возразил я, ибо встал только потому, что услышал звонок из гостиной.— Я, кажется, понадобился джентльменам. Позвольте удалиться.

В гостиной было не продохнуть от дыма. Пока его светлость отдавал мне распоряжение принести из погреба бутылку редкого старого портвейна, великие джентльмены с самым серьезным видом и в полном молчании затягивались сигарами.

Когда в столь поздний час спускаешься по черной лестнице, шаги звучат как-то особенно громко; они-то, безусловно, и привлекли внимание мисс Кентон. Ибо, когда я шел по темному служебному коридору, дверь ее гостиной открылась и на пороге возник ее силуэт на фоне освещенной комнаты.

— Удивлен, что вы еще не удалились наверх в свою спальню, мисс Кентон,— заметил я, проходя мимо.

— Мистер Стивенс, я наговорила вам много глупостей.

— Извините, мисс Кентон, но как раз сейчас мне недосуг разговаривать.

— Мистер Стивенс, не принимайте близко к сердцу, что я вам раньше сказала. Я просто болтала глупости.

— Я не принял близко к сердцу того, что вы мне раньше сказали, мисс Кентон. Больше того, я уж и не помню, что вы тогда говорили. Наверху происходят события чрезвычайной важности, у меня сейчас просто нет времени обмениваться с вами любезностями. Я бы вам посоветовал идти спать.

С этими словами я поспешил дальше и успел дойти почти до самой кухни, когда в коридоре снова стало темно, и я понял, что мисс Кентон закрыла дверь.

На то, чтобы отыскать в погребе затребованную бутылку и привести ее в пригодный для употребления вид, у меня ушло немного времени. Поэтому через несколько минут после короткого разговора с мисс Кентон я снова проходил коридором, на этот раз с подносом в руках. Поравнявшись с дверью мисс Кентон, я понял по свету, который пробивался из щели вдоль притолоки, что она все еще у себя. Именно эта минута — теперь я в этом уверен — и засела у меня в памяти, минута, когда я замер в сумраке коридора с подносом в руках, почувствовав, как во мне стремительно нарастает уверенность, что совсем рядом, всего в нескольких футах от меня, за этой закрытой дверью сейчас плачет мисс Кентон. Помнится, эта моя уверенность не основывалась ни на чем конкретном — я, безусловно, не слышал рыданий,— но при этом я ничуть не сомневался, что если постучусь и войду, то застану ее в слезах. Не помню, сколько я так простоял; тогда мне показалось, что довольно долго, но на самом деле, вероятно, всего несколько секунд, ибо мне, разумеется, надлежало поторопиться наверх, где меня ждали с портвейном великие люди страны, так что исключено, чтобы я позволил себе неоправданную задержку.

Вернувшись в гостиную, я отметил, что джентльмены по-прежнему сохраняют глубокую серьезность. У меня, однако, не было времени составить впечатление об общей атмосфере, ибо не успел я войти, как его светлость, забрав у меня поднос, сказал:

— Спасибо, Стивенс, дальше я сам справлюсь. Можете идти.

Я снова пересек холл и занял свое привычное место под аркой. Там я простоял с час или около того, то есть до отбытия всех джентльменов, поскольку не произошло ничего такого, что могло бы заставить меня покинуть мой пост. Тем не менее этот час отчетливо и навсегда мне запомнился. Сперва — готов в этом признаться — настроение у меня было довольно подавленное. Но потом со мной приключилась любопытная вещь — во мне начало нарастать чувство глубокого торжества. Не могу вспомнить, в какой степени я тогда понимал происхождение этого чувства, но сегодня, когда я мысленно к нему возвращаюсь, объяснить его, кажется, не так уж и трудно. В конце концов, я только что выдержал на редкость трудный вечер, на всем протяжении которого умудрялся сохранить «достоинство, отвечающее моему положению», более того, выдержал так, что сам отец мог бы гордиться, будь он на моем месте. А напротив, по ту сторону холла, за дверями, к которым был прикован мой взгляд, в той самой комнате, где я только что исполнял свои обязанности, могущественнейшие джентльмены Европы обсуждали судьбу нашего континента. Кто усомнился бы в эту минуту, что я доподлинно пребываю у самой ступицы великого колеса истории? А о большем никакому дворецкому не дано и мечтать. Поэтому я склонен считать, что, когда я стоял в холле, размышляя о событиях этого вечера — тех, что уже совершились, и тех, что совершались у меня на глазах,— я увидел в них своего рода итог того, чего достиг в жизни к этому часу. И это, пожалуй, лучше всего объясняет чувство торжества, которое охватило меня в тот вечер.

День шестой — вечер

■

Уэймут

В этом прибрежном городе я давно хотел побывать. Многие говорили мне, что прекрасно здесь отдохнули, да и миссис Симонс в «Чудесах Англии» называет Уэймут «городом, где достопримечательностями можно любоваться с утра до вечера в течение многих дней». Она, кстати, особо упоминает об этом моле, по которому я прогуливаюсь вот уже полчаса, и советует, в частности, приходить сюда вечером, когда над ним загораются разноцветные фонарики. С минуту назад я узнал у служащего, что освещение включат «довольно скоро», и решил дождаться иллюминации здесь, на этой скамейке. Отсюда открывается хорошая панорама заката над морем, и, хотя еще вполне светло — день выдался великолепный,— я вижу, как вдоль берега здесь и там зажигаются огоньки. А на молу между тем полным-полно народа; за спиной у меня раздается беспрерывная дробь шагов по доскам настила.

Я приехал в этот город вчера днем и решил остаться еще на одну ночь, с тем чтобы сегодня провести целый день в праздности. Должен сказать, я почувствовал известное облегчение, что не надо садиться за руль; езда хоть и приятное занятие, но в конце концов от нее и устать можно. Во всяком случае, у меня в запасе достаточно времени, чтоб задержаться здесь на день: если выехать завтра пораньше, я как раз успеваю вернуться в Дарлингтон-холл к пяти вечера.

Прошло уже двое суток, как я увиделся с мисс Кентон в чайной гостиной отеля «Розовый сад» в Литтл-Комптоне. Ибо именно там мы и встретились — мисс Кентон, к моему удивлению, сама пришла в гостиницу. Я коротал время, закончив ленч — по-моему, просто глазел из-за столика на дождь за окном,— когда подошел кто-то из служащих и сообщил, что у конторки портье меня ожидает дама. Я встал и вышел в вестибюль, где, однако, не оказалось ни одного знакомого лица. Но тут женщина за конторкой сказала:

— Дама в чайной гостиной, сэр.

Пройдя в указанную мне дверь, я очутился в комнате, забитой непарными креслами и запасными столиками. Мисс Кентон была там одна; увидев меня, она поднялась и протянула мне руку:

— А, мистер Стивенс. Рада снова вас видеть.

— И я очень рад, миссис Бенн.

Из-за дождя в комнате стоял полумрак, и мы пододвинули кресла к самому эркеру. Так мы и проговорили с мисс Кентон около двух часов, сидя там точно в аквариуме с сероватой водой, а за окном дождь упорно поливал деревенскую площадь.

Она, понятно, немного состарилась, но, по крайней мере на мой взгляд, это вышло у нее очень изящно. Она сохранила стройную фигуру и былую прямую осанку. Сохранила она и старую свою привычку чуть ли не с вызовом задирать подбородок. Конечно, в тусклом холодном свете, падавшем ей на лицо, я не мог не заметить морщинок, появившихся тут и там. Но, в общем и целом, мисс Кентон, которая сидела передо мной, удивительно напоминала женщину, которая все эти годы жила у меня в памяти. Иными словами, видеть ее было чрезвычайно приятно.

Сначала мы минут двадцать обменивались с ней репликами, какими, я бы сказал, обычно обмениваются незнакомые люди; она вежливо осведомилась, хорошо ли я доехал, как провожу отпуск, какие повидал города и веси и тому подобное. По ходу нашей беседы мне, признаюсь, начало казаться, что я распознаю и другие, менее заметные перемены, привнесенные бегом лет. Например, в мисс Кентон появилась какая-то медлительность. Вполне возможно, то была всего лишь степенность, которая приходит с годами, и я внушал себе, что так оно и есть. Но все же чувствовал, что на самом деле это усталость от жизни; та искра, которая некогда делала ее такой живой, а порой и капризной, теперь, казалось, потухла. И правда, когда она время от времени замолкала и лицо у нее делалось совсем спокойным, я улавливал в его выражении некую печаль. Но, опять же, я вполне мог и ошибаться.

От легкой скованности, возникшей в первые минуты встречи, вскоре ничего не осталось, и разговор принял более личный характер. Мы вспоминали общих знакомых из прошлого, обменивались сведениями, если таковыми располагали, об их теперешней жизни, и, должен сказать, я получал от этого огромное удовольствие. Не столько содержание разговора, сколько мимолетная улыбка, которой она сопровождала каждое свое высказывание, легкая ирония, время от времени сквозившая в ее интонациях, манера по-особому передергивать плечами, характерные жесты медленно, но верно восстанавливали в памяти ритмы и атмосферу наших бесед той далекой поры.

К этому времени я сумел кое-что прояснить для себя касательно ее нынешнего положения. В частности, оказалось, что в семейной ее жизни все отнюдь не так страшно, как можно было вычитать из письма. Она и вправду уходила из дому на несколько дней — именно тогда было написано и отправлено мне это письмо,— однако потом вернулась, и мистер Бенн очень обрадовался ее возвращению.

— И слава богу, что хоть один из нас здраво относится к таким вещам,— заметила она с улыбкой.

Я понимаю, конечно, что едва ли имел право касаться подобной темы, и хочу подчеркнуть, что мне бы и в голову не пришло ее об этом расспрашивать, если б — как вы, может быть, помните — не важные причины рабочего порядка, связанные с проблемами персонала в Дарлингтон-холле. Во всяком случае, мисс Кентон, кажется, довольно охотно поделилась со мной своими семейными трудностями, что лично я воспринял как приятное доказательство прочности тесных рабочих отношений, которые нас некогда связывали.

Помню, чуть погодя мисс Кентон подробнее рассказала о муже, который должен был скоро уйти на пенсию, немного раньше положенного — из-за плохого здоровья, и о дочери, которая уже замужем и осенью ждет ребенка. Больше того, мисс Кентон дала мне адрес дочери — та живет в Дорсете — и очень просила, чтобы я заехал к ней на обратном пути, что, должен сказать, мне польстило. Я объяснил мисс Кентон, что, скорее всего, вообще не проеду через тот район графства, но она продолжала настойчиво меня уговаривать, повторяя:

— Кэтрин столько о вас наслышана, мистер Стивенс. Она будет просто в восторге.

Я, со своей стороны, как умел, описал ей нынешний Дарлингтон-холл. Постарался, чтобы она поняла, какой добрый хозяин мистер Фаррадей, и рассказал о переменах в самом доме — о всех перестановках и перемещениях, о законсервированных комнатах и о нынешнем распределении обязанностей между слугами. Мисс Кентон заметно повеселела, когда пошел разговор о доме, и скоро мы с ней пустились вспоминать разные случаи из прошлого, над которыми то и дело смеялись.

О лорде Дарлингтоне, если не ошибаюсь, разговор зашел всего один раз. Мы вспоминали что-то забавное о юном мистере Кардинале, в связи с чем мне пришлось сообщить мисс Кентон, что этот джентльмен погиб в Бельгии во время войны. После чего я добавил:

— Конечно, его светлость тяжело переживал утрату,— он очень любил мистера Кардинала.

Мне не хотелось омрачать легкую, непринужденную атмосферу нашей беседы разговором на грустные темы, поэтому я сразу попытался перейти на другое. Однако, как я и опасался, мисс Кентон читала об отказе в иске по обвинению в клевете и, конечно же, воспользовалась случаем, чтобы кое-что у меня разузнать. Я, помнится, упирался, но в конце концов сказал:

— Дело в том, миссис Бенн, что в годы войны о его светлости писали ужасные вещи — и *эта* газета в особенности. Пока стране грозила смертельная опасность, он терпел, но война закончилась, а выпады все продолжались, и его светлость решил, что нет смысла их безропотно сносить. Теперь-то, может, и ясно, что не стоило обращаться в суд именно в то время, учитывая господствующие настроения и все прочее. Но так уж получилось. Его светлость искренне верил, что все будет по справедливости. Вместо этого, разумеется, у газеты просто взлетел тираж, а доброе имя его светлости было напрочь загублено. Честно, миссис Бенн, после этой истории его светлость, ну, стал фактически инвалидом. И дом как вымер. Бывало, принесешь ему в гостиную чай и... ну... Нет, просто сердце разрывалось глядеть на него.

— Мне очень жаль, мистер Стивенс. Я и не подозревала, что все было так плохо.

— Увы, миссис Бенн. Но хватит об этом. Я знаю, что Дарлингтон-холл запомнился вам таким, каким он бывал в дни больших приемов, когда наезжали блестящие гости. Его светлость заслуживает, чтобы о нем вспоминали именно так.

Как я сказал, больше о лорде Дарлингтоне разговора не было. После этого пошли преимущественно счастливые и радостные воспоминания, и два часа, что мы провели с мисс Кентон в чайной гостиной, оказались, на мой взгляд, чрезвычайно приятными. Во время нашей беседы в гостиную, кажется, входили другие постояльцы, присаживались, вставали и уходили, но мы не обращали на них никакого внимания. И когда мисс Кентон, бросив взгляд на часы на каминной полке, сказала, что ей пора домой, трудно было поверить, что прошло целых два часа. Узнав, что ей предстоит идти под дождем до автобусной остановки, находящейся за деревней, я предложил подбросить ее на «форде». Позаимствовав в гостинице зонт, мы вместе вышли на улицу.

На земле вокруг «форда» образовались огромные лужи, но с моей помощью мисс Кентон благополучно добралась до дверцы. Вскоре мы уже катили по главной деревенской улице, потом лавочки кончились, пошел сельский простор. Тут мисс Кентон, которая до этого спокойно сидела и глядела по сторонам, повернулась ко мне и сказала:

— Чему это вы так про себя улыбаетесь, мистер Стивенс?

— Ой... Вы уж простите, миссис Бенн, но мне только что вспомнились некоторые фразы из вашего письма. Тогда они меня несколько встревожили, но теперь я вижу, что к тому не было достаточных оснований.

— Да? А какие именно фразы, мистер Стивенс?

— Да так, ничего особенного, миссис Бенн.

— Нет, мистер Стивенс, вы должны мне сказать.

— Ну хорошо, миссис Бенн. Вот, к примеру,— произнес я со смехом,— в одном месте вы писали — сейчас, дайте вспомнить — «оставшиеся годы лежат передо мной как пустыня». Да, в таком духе.

— Ну уж нет, мистер Стивенс,— возразила она тоже со смехом,— я такого написать не могла.

— Уверяю вас, миссис Бенн, именно так вы и написали. Я хорошо запомнил.

— Господи. Что ж, может, в иные дни я и чувствую что-то похожее, но это довольно скоро проходит. Поверьте, мистер Стивенс, жизнь отнюдь не лежит передо мной как пустыня. Хотя бы потому, что мы с нетерпением ждем внука или внучку. А дальше, кто знает, может, пойдут и еще.

— Да, действительно. То-то будет чудесно.

Мы помолчали. Затем мисс Кентон спросила:

— А как у вас, мистер Стивенс? Что за будущее вас там ждет, в Дарлингтон-холле?

— Точно не скажу, миссис Бенн, но знаю одно — не пустыня. Пустыня бы еще куда ни шло, а то — работа, работа и еще больше работы.

Мы оба посмеялись. Впереди у обочины показался навес для ожидающих пассажиров. Мисс Кентон показала на него и спросила:

— Подождете со мной, мистер Стивенс? Автобус подойдет через несколько минут.

Дождь по-прежнему лил как из ведра. Мы выбрались из машины и бросились под навес. Это было каменное сооружение с черепичной крышей, на вид очень надежное, каковым, впрочем, ему и полагалось быть, раз стояло оно среди голых полей, открытое всем ветрам. Краска внутри облупилась, но было довольно чисто. Мисс Кентон присела на скамеечку, а я остался стоять, высматривая автобус. По ту сторону дороги, насколько хватал взгляд, тянулись поля с убегающей вдаль цепочкой телеграфных столбов.

Мы несколько минут помолчали; и тогда я наконец, собравшись с духом, сказал:

— Прошу прощения, миссис Бенн, но мы, должно быть, теперь не скоро увидимся. Может, вы разрешите задать вам один вопрос довольно личного свойства. Вопрос, который давно уже не дает мне покоя.

— Разумеется, мистер Стивенс. Мы же с вами как-никак старые друзья.

— Мы и вправду, как вы заметили, старые друзья. Мне просто хотелось спросить об одной вещи, миссис Бенн. Прошу вас, не отвечайте, если вопрос покажется вам неуместным. Но дело в том, что из писем, которые я от вас получил за все эти годы, и особенно из последнего вашего письма можно было заключить, что вы — как бы это лучше сказать? — не очень счастливы. Я просто подумал, может, с вами плохо обращаются. Прошу прощения, но, как я сказал, это давно не дает мне покоя. Глупо было бы заехать в такую даль, увидеться с вами и даже не спросить.

— Мистер Стивенс, вам незачем так смущаться. В конце концов, мы же с вами старые друзья, правда? Я очень тронута, что вас это так волнует, и могу полностью вас успокоить. От мужа я ни разу ни в чем не видела плохого обращения. Он человек совершенно незлой и невздорный.

— Признаюсь, миссис Бенн, что от ваших слов у меня камень с души свалился.

Я высунулся под дождь поглядеть, не идет ли автобус.

— Вижу, мой ответ вас не очень успокоил, мистер Стивенс,— заметила мисс Кентон.— Вы мне не верите?

— Ну что вы, миссис Бенн, дело совсем не в этом. Но факт — он и остается фактом: все эти годы вы, похоже, были не очень счастливы. Другими словами — вы уж меня простите,— вы несколько раз принимали решение бросить мужа. Но если он не обращается с вами дурно, то... то непонятно, отчего вы несчастливы.

Я снова высунулся под дождь. Наконец мисс Кентон произнесла у меня за спиной:

— Ну как мне вам объяснить, мистер Стивенс? Я и сама не совсем понимаю, почему на меня находит такое. Но я и в самом деле три раза от него уходила.— Она сделала паузу, а я стоял, не отрывая взгляда от полей за дорогой. Потом она продолжала: — Вероятно, мистер Стивенс, вы спрашиваете о том, люблю я мужа или нет?

— Что вы, миссис Бенн, я бы не осме...

— Но я чувствую, мистер Стивенс, что должна вам ответить. Как вы справедливо сказали, мы теперь навряд ли скоро увидимся. Да, я люблю мужа. Сперва не любила. Сперва долго не любила. Когда я много лет тому назад ушла из Дарлингтон-холла, я не понимала, что ухожу всерьез и совсем. Может, я считала это всего лишь очередной уловкой, чтобы расшевелить вас, мистер Стивенс. А когда я сюда приехала и вышла замуж, тут-то меня и проняло. Долгое время я была очень несчастна, очень, очень несчастна. Но годы убегали, война началась и закончилась, Кэтрин выросла, и вот однажды до меня вдруг дошло, что я люблю мужа. Живешь-живешь с человеком и, оказывается, привыкаешь к нему. Он человек надежный и добрый, и — да, мистер Стивенс, я научилась его любить.

Мисс Кентон помолчала и продолжала:

— Но это вовсе не значит, конечно, что время от времени не бывают минуты — минуты крайнего одиночества,— когда думаешь: «Господи, что же это я сделала с моей жизнью». И приходят мысли о том, что ведь могла бы быть и другая жизнь, *посчастливее*. Я, например, любила думать о той жизни, которую могла бы прожить с вами, мистер Стивенс. Вот тут-то я, вероятно, начинаю беситься из-за какого-нибудь пустяка и ухожу. Но всякий раз быстро понимаю, что мое настоящее место — рядом с мужем. В конце концов, упущенного не воротишь. Нельзя же всю жизнь думать только о том, что могло бы быть. Пора понять, что жизнь у тебя не хуже, чем у других, а может, и лучше, и сказать спасибо.

По-моему, я не сразу ответил, потому что эти слова мисс Кентон тоже не сразу дошли до меня в своем полном значении. Больше того, как вы можете догадаться, их тайный смысл породил во мне известные сожаления. А если честно — чего уж скрывать? — в эту минуту у меня разрывалось сердце. Однако я быстро взял себя в руки, обернулся и сказал с улыбкой:

— Вы совершенно правы, миссис Бенн. Как вы верно заметили, упущенного не воротишь. Я не мог бы спокойно спать, если б знал, что подобные мысли омрачают жизнь и вам, и вашему мужу. Каждый из нас, как вы говорили, должен сказать спасибо за то, что *имеет*. А судя по вашим словам, миссис Бенн, у вас есть основания быть довольной. Пожалуй, я даже рискну предположить — после того как мистер Бенн удалится от дел и пойдут внучата, вас с мужем ожидают очень счастливые годы. И не позволяйте впредь никаким глупым мыслям мешать счастью, которого вы заслуживаете.

— Конечно, вы правы, мистер Стивенс. Вы очень добры.

— Похоже, идет ваш автобус, миссис Бенн.

Я вышел под дождь и поднял руку, мисс Кентон встала и подошла к краю навеса. И только когда автобус остановился, я посмотрел на мисс Кентон и увидел, что глаза у нее полны слез. Я улыбнулся и сказал:

— Так вот, миссис Бенн, вы обязаны хорошо о себе заботиться. Многие утверждают, что с уходом от дел для супругов только начинается лучшая пора жизни. Вы должны обязательно постараться, чтобы эти годы стали счастливыми и для вас, и для вашего мужа. Мы, возможно, никогда уже не встретимся, миссис Бенн, так что прошу вас крепко запомнить эти мои слова.

— Я их запомню, мистер Стивенс, спасибо. И спасибо, что подвезли. С вашей стороны это было очень любезно. Очень приятно было снова повидаться с вами.

— Я был очень, очень рад снова повидаться с вами, миссис Бенн.

Над молом зажглись фонарики, по каковому случаю толпа у меня за спиной только что разразилась ликующими возгласами. Света еще вполне достаточно — небо над морем сделалось светло-розовым,— но возникает впечатление, что все, кто пришел на мол в последние полчаса, хотят, чтобы поскорей наступила ночь. Это, как мне кажется, весьма удачно подтверждает правоту одного высказывания, принадлежащего человеку, который был моим соседом по этой скамейке и лишь недавно ушел. С ним у меня случился любопытный разговор. Он утверждал, что для многих вечер — лучшее время суток, лучшее и самое долгожданное. Что ж, как я сказал, в его словах, судя по всему, содержится доля истины, а то с чего бы всем этим людям ликовать в едином порыве лишь потому, что над молом зажглись фонарики?

Человек этот, разумеется, говорил в переносном смысле, но довольно примечательно, что его слова немедленно подтвердились в самом прямом. Я, видимо, не заметил, как он подсел ко мне на скамейку и просидел рядом несколько минут,— настолько я погрузился в воспоминания о встрече с мисс Кентон два дня тому назад. Мне вообще сдается, что я обратил на него внимание только после того, как он громким голосом заявил:

— Полезная штука — морской воздух.

Я поднял глаза и увидел крепко сбитого мужчину лет под семьдесят в довольно потертом твидовом пиджаке и рубашке с расстегнутым воротом. Он смотрел на море, а может, на чаек вдали, так что я сперва не понял, ко мне он обращается или к кому-то другому. Поскольку, однако, поблизости никого не было и никто ему не ответил, я наконец сказал:

— Согласен с вами.

— Доктор говорит, что полезная. Вот я и прихожу сюда всякий раз, как позволяет погода.

Незнакомец пустился в рассказы о своих разнообразных недугах, все так же любуясь закатом и лишь изредка отрываясь, чтобы кивнуть мне или улыбнуться. Я только-только начал к нему прислушиваться, как он упомянул, что ушел на покой три года назад, а до этого служил дворецким в одном доме неподалеку. Расспросив его, я выяснил, что дом был очень маленький, а вся прислуга, кроме него,— приходящая. Я спросил, не доводилось ли ему когда-нибудь, может, еще до войны, работать, имея в своем подчинении положенный штат. Он ответил:

— Ну, до войны я был простым лакеем. В те годы я бы не потянул на дворецкого. Это ж только подумать, сколько всего нужно знать, чтоб служить в больших домах, какие тогда были.

После таких его слов я счел уместным открыться, и, хотя название «Дарлингтон-холл», видимо, ничего ему не сказало, самый факт, похоже, произвел должное впечатление.

— А я-то все вам объясняю,— расхохотался он.— Молодец, что сразу сказали, пока я совсем дураком не вышел. Лишний урок — нипочем не знаешь, на кого нарвешься, когда заговариваешь с незнакомыми. Штат у вас, думаю, был большой. До войны то есть.

Видя его живой интерес, я, должен признаться, порассказал ему о Дарлингтон-холле, каким он был в прежние времена. В основном я попытался ему объяснить, как, по его собственному выражению, «потянуть» там, где требуется надзор за обслуживанием больших приемов, подобных тем, что часто у нас происходили. Больше того, я даже раскрыл ему кое-какие из своих профессиональных секретов, позволяющих добиться от персонала почти невозможного, а также разного рода хитрости — вроде «ловкость рук — никакого обмана» у фокусников,— с помощью которых дворецкий способен устроить то, что нужно, там, где нужно, и в нужное время, да так, что гости даже не догадаются о подготовительных маневрах, зачастую крупномасштабных и сложных. Мой собеседник оказался благодарным слушателем, но в конце концов я почувствовал, что достаточно его просветил, и закончил:

— Конечно, теперь, когда у нас новый хозяин, американский джентльмен, все уже по-другому.

— Американский, вот как? Что ж, нынче это им одним только и по карману. Значит, вы остались при доме. Перешли, стало быть, заодно с обстановкой,— произнес он, повернувшись ко мне с широкой ухмылкой.

— Да,— сказал я, усмехнувшись,— как вы верно заметили, перешел заодно с обстановкой.

Мужчина снова уставился на море, набрал полную грудь воздуха и удовлетворенно вздохнул. Мы несколько минут помолчали, сидя бок о бок.

— Дело, видите ли, в том,— сказал я, нарушив молчание,— что все лучшее я отдал лорду Дарлингтону. Отдал все лучшее, что у меня было, и теперь у меня...

в общем... оказалось, что у меня не осталось почти ничего, что можно отдать.

Сосед мой молча кивнул, и я продолжал:

— С самого приезда моего нового хозяина, мистера Фаррадея, я стараюсь изо всех сил, действительно изо всех сил, служить ему наилучшим образом. Стараюсь и стараюсь, но, что бы я ни делал, каждый раз вижу, что далеко не дотягиваю до того уровня, который сам для себя когда-то определил. У меня случается все больше и больше оплошностей. Мелких, пустячных — по крайней мере, пока что. Но таких, которых раньше я никогда бы нс допустил, и я понимаю, что это значит. Видит бог, стараюсь и стараюсь, но ничего не выходит. Я отдал все, что у меня было. Я все отдал лорду Дарлингтону.

— Господи, дружище, да что это с вами? Дать вам платок? Сейчас, он у меня где-то тут. Ага, вот он. Почти совсем чистый, только с утра высморкался, а больше ни разу. Нате, держите.

— О господи, нет, спасибо, я и так обойдусь. Вы уж простите, поездка, видно, меня вконец вымотала. Так нехорошо получилось.

— Вы, верно, были крепко привязаны к вашему лорду Как-его-там. Говорите, он три года как помер? Вижу, дружище, крепко вы к нему были привязаны.

— Лорд Дарлингтон был неплохим человеком. Совсем неплохим. И он хотя бы имел преимущество — мог в конце жизни сказать, что сам виноват в собственных ошибках. Его светлость был человеком отважным. Он выбрал в жизни свой путь, как потом оказалось, неверный, но выбрал сам, уж это, по крайней мере, он мог утверждать. А я — я даже этого не могу про себя сказать. Я, понимаете, *верил*. Верил в мудрость его светлости. Все годы службы я верил, что приношу пользу. А теперь я даже не имею права сказать, что сам виноват в своих ошибках. Вот и приходится задаваться вопросом: а много ли в этом достоинства?

— Вот что, дружище, послушайте-ка меня. Не скажу, чтобы я все так уж понял, что вы тут говорили, но коли хотите знать мое мнение, так вы кругом ошибаетесь. Ясно? Не оглядывайтесь вы все время на прошлое, от этого вам одно расстройство. Ладно, согласен, вы не так споро управляетесь с делом, как раньше. Но ведь так оно с нами со всеми, правда? Всем нам когда-то приходит срок уходить на покой. Вы на меня посмотрите — никаких забот с того самого дня, как уволился с должности. Согласен, и я и вы — далеко не первой молодости, но нужно глядеть вперед.— Именно тут он, по-моему, и сказал: — Нужно радоваться жизни. Вечер — лучшее время суток. Кончился долгий рабочий день, можно отдыхать и радоваться жизни. Вот как я на это гляжу. Да вы любого спросите — услышите то же самое. Вечер — лучшее время суток.

— Вы, разумеется, правы,— ответил я.— Простите, что получилось так неприлично. Я, вероятно, сильно переутомился. Понимаете, столько времени провел за рулем.

Он ушел минут, наверное, двадцать тому назад, а я остался сидеть на этой скамейке и ждать того, чего дождался,— иллюминации над молом. Как я уже говорил, все собравшиеся с ликованием встретили это маленькое событие, что вроде бы подтверждает правоту моего недавнего собеседника: для очень и очень многих вечер — самое приятное время суток. Так, может, стоит прислушаться к его совету — перестать все время огля-

дываться на прошлое, научиться смотреть в будущее
с надеждой и постараться как можно лучше использовать дарованный мне остаток дня? В конце концов, много
ли проку от постоянных оглядок на прошлое и сожа-
лений, что жизнь сложилась не совсем так, как нам бы
хотелось? Ведь таким, как мы с вами, не уйти от суро-
вой правды: наш единственный выбор — полностью пе-
редоверить свою судьбу тем выдающимся джентльменам, кто, пребывая у ступицы всемирного колеса, берет
нас в услуженье. Какой смысл слишком тревожиться
о том, что можно, а чего нельзя было бы сделать, чтобы самому распорядиться собственной жизнью? Безусловно, достаточно и того, что мы с вами хотя бы *стре-
мимся* внести наш маленький вклад и надеемся, что его
сочтут искренним и полезным. И если некоторые из
нас готовы многим пожертвовать во имя таких устремлений, это уже само по себе, независимо от конечного
результата, дает основания для удовлетворения и гордости.

Кстати, всего несколько минут назад, когда вклю-
чили иллюминацию, я обернулся — поглядеть на тех,
кто со смехом и шутками толпится у меня за спиной.
По молу гуляют самые разные люди: семьи с детьми,
молодые и пожилые пары — и те и другие под ручку.
Мое внимание привлекла собравшаяся неподалеку не-
большая компания, человек шесть или семь. Сперва я,
понятно, решил, что это приятели, надумавшие вместе провести вечер. Но, прислушавшись к репликам, я
понял, что просто незнакомые люди случайно сошлись
на пятачке за моей скамейкой. Вероятно, все они на
минуту остановились, дожидаясь, когда зажгутся фонарики, а затем понемногу разговорились. Я смотрю на

них — они весело над чем-то смеются. Диву даешься, как люди успевают так быстро проникнуться друг к другу сердечностью. В данном случае я, правда, не исключаю, что их просто объединяет предвкушение приятного вечера, однако скорее склоняюсь к тому, что это связано с умением весело и непринужденно болтать. Я слышу, как они все время друг над другом подтрунивают. Видимо, такая форма общения по вкусу очень и очень многим. Возможно, мой недавний сосед по скамейке тоже рассчитывал, что я затею с ним такую же шутливую болтовню,— и, значит, жестоко во мне обманулся. Может, мне и впрямь пришло время подойти к проблеме подтрунивания с большим рвением. В конце концов, как подумать, не такое это и глупое дело, особенно если шутливая болтовня и вправду служит ключом к теплому человеческому общению.

Более того, мне теперь кажется, что у хозяев есть немалые основания требовать от профессиональных дворецких умения поддерживать подобную болтовню. Сам я, разумеется, потратил много времени на развитие навыков «подыгрывания», но, вероятно, до сих пор относился к этому делу без должного усердия. Так что, вернувшись завтра в Дарлингтон-холл — а мистер Фаррадей задержится еще на неделю,— я, пожалуй, с удвоенной силой возобновлю тренировки. Поэтому, будем надеяться, к возвращению хозяина я окажусь в состоянии преподнести ему приятный сюрприз.

Содержание

Пролог: июль 1956 года
ДАРЛИНГТОН-ХОЛЛ 7

День первый — вечер
СОЛСБЕРИ 31

День второй — утро
СОЛСБЕРИ 61

День второй — после полудня
МОРТИМЕРОВ ПРУД, ДОРСЕТ 141

День третий — утро
ТОНТОН, СОМЕРСЕТ 161

День третий — вечер
МОСКОМ, БЛИЗ ТАВИСТОКА, ДЕВОН 179

День четвертый — после полудня
ЛИТТЛ-КОМПТОН, КОРНУОЛЛ 251

День шестой — вечер
УЭЙМУТ 281

Литературно-художественное издание

Кадзуо Исигуро

ОСТАТОК ДНЯ

Ответственный редактор *А. Гузман*
Художественный редактор *Н. Никонова*
Технический редактор *О. Шубик*
Корректоры *Н. Тюрина, В. Дроздова*

ООО «Издательский дом «Домино».
191028, Санкт-Петербург, Моховая ул., д. 32.
Тел./факс (812) 329-55-33. E-mail: dominospb@hotbox.ru

ООО «Издательство «Эксмо»
127299, Москва, ул. Клары Цеткин, д. 18/5. Тел. 411-68-86, 956-39-21.
Home page: **www.eksmo.ru** E-mail: **info@eksmo.ru**

Подписано в печать 13.07.2007.
Формат 84×108 ^{1}/$_{32}$. Печать офсетная. Бумага тип. Усл. печ. л. 15,96.
Доп. тираж 3100 экз. Заказ № 6876.

Отпечатано в полном соответствии
с качеством предоставленных диапозитивов
в ОАО «Можайский полиграфический комбинат».
143200, г. Можайск, ул. Мира, 93.